作者自语

　　书香女人如诗如书，优秀的女人就是一首动人的诗，就是一部感人的书。看之赏心悦目，引人入胜，爱不释手；读之朗朗上口，余音袅袅，韵味无穷。书香女人柔情似水、风情万种、睿智聪慧、大气坦荡、优雅高贵，一生追求知识的富足、精神的富足、情感的富足和内心世界的富足。书香女人嗜书如命，爱读书，在书香的濡染中，会变得更加芬芳四溢，醇厚耐品，风度迷人，气质非凡，超凡脱俗，卓尔不群。

——摘自《做书香女人》

　　我向往这样潇洒而淡定的人生，我向往这样丰富而简单的人生。我追求这样的人生，我无怨无悔于这样的人生。我将去努力耕耘那片永远属于自己的心田，我将去尽情收获那份永远属于自己的快乐！

——摘自《我永远的梦》

气象文化丛书

彭抗 著

寻觅书香

——彭抗随笔

气象出版社
China Meteorological Press

内 容 简 介

本书收录了作者 1978 到 2017 年间于学习、工作闲暇之时创作的百余篇随笔，包括四部分：童年和家庭、追逐和奋斗、加拿大见闻、做书香女人，记叙了作者的奋斗经历和生活见闻，抒发了作者热爱生活的真情实感，表达了作者对做一个优秀的书香女人的不懈追求。全书语言平实，耐人回味，具有较强的可读性，尤其对于青年读者有一定的激励作用。

图书在版编目（CIP）数据

寻觅书香：彭抗随笔/彭抗著．--北京：气象出版社，2017.12

ISBN 978-7-5029-6675-1

Ⅰ.①寻…　Ⅱ.①彭…　Ⅲ.①随笔－作品集－中国－当代　Ⅳ.①I267.1

中国版本图书馆 CIP 数据核字（2017）第 281007 号

Xunmi Shuxiang——Pengkang Suibi

寻觅书香——彭抗随笔

彭抗　著

出版发行：气象出版社

地　　址：北京市海淀区中关村南大街 46 号　**邮政编码**：100081

电　　话：010-68407112（总编室）　　010-68408042（发行部）

网　　址：http://www.qxcbs.com　　**E-mail**：qxcbs@cma.gov.cn

责任编辑：吴晓鹏　杨　辉　　　　　　**终　　审**：张　斌

责任校对：王丽梅　　　　　　　　　　**责任技编**：赵相宁

封面设计：楠竹文化

印　　刷：北京中石油彩色印刷有限责任公司

开　　本：710 mm×1000 mm　1/16　　**印　　张**：18.75

字　　数：210 千字　　　　　　　　　**彩　　插**：2

版　　次：2017 年 12 月第 1 版　　　　**印　　次**：2017 年 12 月第 1 次印刷

定　　价：58.00 元

序

　　这是一部具有自传性的文学作品。文学作品是要有文学性的。文学语言不同于我们日常的口语，它需要作艺术加工。首先在词语上，它不是粗糙的，而更为重要是要真实。这种真实源于生活，又高于生活。这样读者才能喜欢，才能从中获益。像喝水，如果是白开水，固然可以解渴，但我们无兴趣去品味。如果是一杯龙井茶，特别是清明前的龙井茶，那就不同了，可以得到回味无穷之感。彭抗的文章有这种神奇的作用。她在本书《我想做一个快乐的真情写作者》中说："我用自己的真情打动了读者。我是一个喜欢真实的人。在生活中，我不喜欢化妆，不喜欢粉饰，我喜欢素面朝天。在与好友至交知己交往中，我喜欢全方位全身心地展示真实的我，因而我获得了最珍贵的友谊和可以经得住一生一世考验的宝贵情感。在写作上，我喜欢行云流水般直抒胸臆自然天成的写作手法，因而我已经或者正在获得读者。"

　　此仅举一例。读者在阅读、品味这部作品时，我想会有更多真切的感受，会获益多多的。

　　我们还要看到，找一两个例子不算困难，然而要一以贯之，始终这样就难了。彭抗为了锻炼身体，每周要有一两天乘车到颐和园，沿着昆明湖快步走，坚持了十几年。她已经从北京走到了多伦多，又从多伦多返回北京，旅程累积已经有一万多公里了。凭借这种坚韧不拔的毅力，做任何工作都会迸发出耀人的火花。

"以小观大"是一种认识人、认识事的方法。汉代有位著名的政治家霍光，《汉书》里记载了其生活细节："光为人沉静详审，每出入，下殿门，止进有常处。郎仆射窃识视之，不失尺寸，其资性端正如此。"霍光以其勤政谨行，前后达 20 年，可谓青史留名了。

本文在前面讲到彭抗步行以锻炼身体是心有大志，则任何困难都踩在脚下了。

本书的内容我就不作评述，因为我对书中讲的许多问题没有研究，没有研究就没有发言权。

最后，我要说这是一本好书，我们看到彭抗这一代人的与时俱进的可贵精神，非常感人。不同年龄段的读者皆可结合自己的经历，从中受益。我已经是 85 岁的老人了，我是带着我人生经历来读这本书的，受益匪浅。我推荐朋友们来读这本书，你会觉得这是品味文化大餐。

是为序。

北京大学中文系教授
国家语委原副主任
中国辞书学会原名誉会长
曹先擢
2017 年 6 月 26 日于方庄寓所

自　序

　　我出生在一个知识分子家庭，父母都是教师，他们在校教书育人，在家育女成人。

　　我从小就热爱读书，喜欢读书。在家庭的文化熏陶下，我把寻觅书香之于我的吸引力比作女孩们对口红胭脂的喜爱。上幼儿园时，我特别喜欢倾听年轻女教师用她那娓娓动听的声音讲述《白雪公主》《灰姑娘》《孔融让梨》的故事。上小学时，我曾尽情地在知识的海洋里遨游，向书本索取知识，向老师学习知识。1965 年，我以优异的成绩考取著名的北京师大女附中，在那里，我学习的天地更加广阔、更加自由。我中学以后就有了做书香女人的梦想。

　　"文化大革命"打碎了我读书成人、长大报效祖国的梦想。上山下乡运动将我无情地抛向了祖国的北疆，当上了一个亦兵亦农的兵团战士。在那终日于大田劳作的日子里，没有书读，没了书香，我也失去了自我。但我心中仍然朝思暮想地祈盼有机会上学、上大学。

　　恢复高考后，久违的书香之气重又唤回我做书香女人的希望。我夜以继日地自学初中、高中的课程，积极备考。功夫不负有心人，我终于考上了北京大学第一分校中国语言文学系。

我踏进北大校园，一股浓浓的书香气息扑鼻而来。我站在未名湖畔垂柳树下，眼望着湖水中博雅塔的倩影，神圣之感在心中油然升起。我久久伫立在北大图书馆前，渴望让书香气息沐泽久旱的心灵。湖光、塔影、书香将伴我去实现人生的梦想。

我顽强拼博，用四年时间不仅完成了大学学业，还填补了初中和高中文化知识的空缺。

大学毕业后，我先后在中共北京市委、中共中央纪律检查委员会和中国气象局工作。在职场奋斗的 30 年间，我从来没有忘记过我对中国古典文学的挚爱，对文字水平的修炼和提高也从来没有停滞过。

62 岁退休后，我又回到母校——北京大学，旁听中文系的研究生课程。我又继续寻觅书香，重新开始了对中国古典文学尤其是唐诗宋词的学习和研究，特别是对我钟情的宋代著名女作家——李清照的再学习、再研究。我用自己大半生的经历和阅历，理解着、感受着这些作家和作品，比在大学时有了更加深刻、更加真切的体会和感悟。我视读书、学习、写作为我生活的重要组成部分，没有它们，我的生命将会失去光彩和意义。

知识是我人生取之不尽、用之不竭的源泉，读书是我不断奋进、走向完美人生的最大动力。读书使我聪明大方，读书使我胸怀坦荡，读书使我气质优雅，读书使我自信无比。即使走在群星璀璨的优秀男性当中，我也不让须眉，毫不逊色。

做一个书香女人，是我终生的奋斗目标。

彭抗

2017 年 6 月 20 日

目录

寻觅书香——彭抗随笔

寻
觅
书
香
——
彭
抗
随
笔

寻觅书香——彭抗随笔

后 记

第一篇
童年和家庭

过 年

最爱过年的是孩子们。

小时候，我特别盼望过年。不仅是因为爸爸妈妈要给我们买漂亮的花衣服，而且因为有好多好吃的食物，可以做很多充满童趣的事儿。我的人生梦想正源于天真烂漫的孩提时期。

有一年，我也就是七八岁，除夕晚上，一家人围坐在一起，热热闹闹的，只有爸爸还没有回来。忽然，里屋的门帘掀开了，一位身穿白花花羊皮袄的白胡子老头儿，头戴一顶旧毡帽，手背在后面，弓着背走了进来，他一面慢慢地走着，一面咳嗽着。快走到我们跟前时，他瓮声瓮气地说："孩子们，你们好！我是新年老人，我给你们带新年礼物来了。"我和姐姐惊奇地瞪大了眼睛，两个妹妹吓得哭了起来。只有妈妈大笑着跑了过来，一把扯下他的胡子，这时，老头儿也大笑着脱下反穿的羊皮袄。噢，是爸爸！爸爸拿出给我们四姐妹买的新年礼物，姐姐是个玩具降落伞，我是个小鼓，两个妹妹也各有各的玩具。我们立刻笑了，欢呼着、跳跃着向爸爸扑去，爸爸抱起小妹妹，在我们每个人的小脸蛋上亲了一口，全家人笑作了一团。

吃完晚饭，我们又一个欢乐的时刻来到了。外面噼噼啪啪地响起了鞭炮声，五颜六色的花炮直冲夜空。我们都是女孩子，不太爱放鞭炮，但我们有我们的乐趣。穿上崭新的花衣服，我们姐四个，一人举着一个灯笼出发了。姐姐的是红色的，我的是粉色的，我小时候特别喜欢粉颜色，一直到工作后，粉色的衣服、裙子还不少，大妹妹是绿的，小妹妹是黄的。灯笼用一根筷子挑起，中间有一根小蜡烛。举灯笼得有点小技术，不然左右一晃，灯笼就着了。我们踮着脚尖，小心翼翼地举着灯笼，排成一行，出发到院子里，红、粉、绿、黄，我们一边走着，一边叫着、笑着。不一会儿，同院子的小伙伴也举着灯笼出来了。于是，我们一起出发到胡同里去，一下子队伍又壮大了，大秀、小梅、建华、德群、骆驼、小发都来了，红的、粉的、黄的、绿的、蓝的、紫的、浅绿的、浅粉的……各种各样的颜色，只见一条长长的灯笼队，弯弯曲曲。天上，星星在眨眼；空中，花炮在开放；地上，灯笼在闪烁。多美的除夕之夜啊！

谁想到第二天上午我们睁开眼时，院子里已是白茫茫的一片了。"噢，下雪了！"我们欢呼着从热呼呼的被窝里爬出来，又一个欢乐的时刻到了。妈妈帮助我们穿好棉衣、棉裤、棉鞋，戴上毛围巾、棉帽子、棉手套。我们四姐妹就像圆球似的一起滚到了院子里。雪下得真大呀，房顶上铺满了雪，在太阳光的照射下闪着耀眼的银光。院子里的雪早已被大人们扫成堆，我们奔跑着去堆雪人，小妹妹扑哧一下滑倒了，像个小熊猫似的结结实实地坐在了地上，我们赶紧跑过去把她拉了起来，还好，挺勇敢，没哭。我们笑着、叫着，堆起了雪人。雪花，晶莹剔透的雪花纷纷扬扬地洒落在我们身上，我们的小脸蛋一个个冻得通红。但我们全然不顾这些，我和姐姐用小铁铲往这边运雪，大妹妹干脆趴在雪堆上拍打，小妹妹也跟着帮忙。身子堆好了，我们又滚了一个大雪球当脑袋。眼睛怎么办？对，拿来两个黑煤球安上。我和姐姐正发愁没有鼻子，只见大妹妹从屋子里"滚"了出来，手里拿着一根红辣椒，这个机灵鬼还真有小主意呢！鼻子安好了，就差一顶帽子，这时小妹妹叽叽喳喳叫起来了："爸爸送帽子来了！"原来，爸爸见我们堆雪人，早在屋子里用报纸糊了一顶帽子，这会儿往雪人脑袋上一戴，正好。雪人堆好了！雪人堆好了！我们高兴得又拍手，又跳跃，又滚成了一团。

孩子们最爱过年，童年对很多人来说是人生中最幸福的时光。每当我回忆起童年这些趣事，心里总会涌起一种特别幸福的感觉。

1982 年 12 月

赵登禹路 55 号内 4

我家在赵登禹路 55 号 内 4 这个小院子里住了整整 24 年，从我出生那年就搬到那里，一直到 1976 年唐山大地震前才搬走。

这是一座典型的四合院。大北屋有高台阶，还带着廊子住一户，西厢房三间住一户，东北角一间半住一户，小南屋一间住一户。一进院子就是一垛砖砌的影壁，院里的通道都是整齐的小砖地。我家住西屋，两间正房打通共 22 平方米，另外一间是厨房，只有不足 10 平方米。屋里是水泥地，房顶很高，窗户是带木格的，每年冬天都要糊纸。

我在这个小院子里度过了童年、少年时代，后来又跨入了青年时代。小时候，这个院子是我们姐妹四个和院子里其他小伙伴玩耍的好地方。我们在这里跳皮筋、跳绳、踢毽子、扔沙包、跳房子，玩邀请人、拾棉桃、找朋友的游戏。我们自编自演小白兔拔萝卜、捉小山羊、小熊请客，一人扮演一个角色，边说边唱边比划。这院子的犄角旮旯儿我们都玩遍了。夏天玩土、玩蚂蚁；冬天玩雪、堆雪人。最有意思的是盛夏的夜晚，大家都睡不着觉，在院子里乘凉，我们几个孩子干脆把铺板抬出来，铺上凉席，仰面躺在上面。耀眼的星星在天上眨眼，我们也看着天上的星星眨眼。"月亮轻轻地拨开浮云，银河从东北流向西南，数不清的星星在天上眨眼……"那时候，我们最爱看的是明亮的北斗七星、牛郎星、织女星和那浩瀚的银河，听大人们讲牛郎织女、嫦娥奔月的故事。远处不时传来"月亮在白莲花般的云朵里穿行，晚风吹来一阵阵快乐的歌声"的悠扬曲子，那是前面不远的大院子里一位女孩最爱唱的歌。我们幻想着，我们神往着，理想和幻想交织在一起编织出美丽的梦，小院子在夜晚的清香中沉寂下来，我们也在理想的梦幻中熟睡了。

小院子里还有一棵枣树，树虽不大，但枝叶繁茂，每年果实累累。到了金秋收获季节，树上挂满红澄澄的鲜枣，男孩子们爬上树去打枣，女孩子们就在地上拾枣，然后各家均分。这枣又大又脆又甜，可好吃了。可是，"文化大革命"时期，这棵枣树死了，也不知是什么原因，永远消失了。

小院子随着我们的长大也发生了变化，影壁被拆除了，它显得空旷了，但很快变小了，因为各家盖起了小棚，小院子变得七零八落了。它再也不是我童年记忆中的小院子，它随着时代的发展而改名为中华路66号（前些年又改为赵登禹路66号）。后来，我们终于搬出了那个小院，但我始终不能忘记它。

1983年6月

6

西屋三间

　　我们家在赵登禹路 55 号内 4 的西屋里住了整整 24 年，从我出生那年到我满 24 岁，24 个酷暑严寒，24 个春去秋来。

　　这三间西屋珍藏了多少我童年时的梦、少年时的幻想、青年时的志向。在小时的记忆里，外面那两间串通着的屋子大极了，我们姐妹几个在屋子里蹦呀跳呀，玩捉迷藏，玩老鹰捉小鸡，玩得可欢了。那方块砌成的水泥地可光滑了，走在上面像滑冰一样。我和妹妹一个拖一个，有时一个使坏，就一起摔倒在地，趴在地上哈哈大笑。那时候，我家床底下也特别大，两个妹妹一藏猫猫就藏到床底下去了，大气也不敢出，等把她们从床底下拖出来，只见她们脸上、身上挂满了灰尘和蜘蛛网，但她们全不顾这些，拍拍身上的土，又跑到院子里玩去了。

　　小时候，我们爱在屋子里玩过娃娃家，拿出爸爸妈妈给我们买的小锅、小盆、小桶，用铲子到院子里铲点土当棒子面，再用小刀往锅里刮点墙粉当白面。由于个子矮，靠门口那一溜矮墙的墙粉都让我们刮干净了，床头能够得着的墙面也让我们刮了一遍，因此，谁进我们家都会看到墙的下半部刮得一道子一道子的，那都是被我们刮去充当面粉玩了。

　　小的时候，我们都爱和妈妈睡在一张床上，晚上，朦胧的月色透进窗来，照在床上。这时候，妈妈教我们念"床前明月光，疑是地上霜，举头望明月，低头思故乡""帘外雨潺潺，春意阑珊""朝辞白帝彩云间,千里江陵一日还""春眠不觉晓,处处闻啼鸟",教我们读毛主席的诗词"红军不怕远征难,万水千山只等闲",在喃喃的背诵中,我们甜蜜地入睡了。

上小学了,我渐渐地懂事了。经常有小同学到我家来做功课、玩耍。上二年级时,我担任了中队长,有时我们就在家里过队日,十几个少先队员分两排站在屋子里举行队日仪式,完全站得开。过完队日,我们这些孩子们就在屋子里疯玩起来,五六个趴在床上滚成一团,那时可真是无忧无虑啊!

到了五年级,学校开展了向雷锋叔叔学习的活动,我和班里的几名同学一起成立了学雷锋制作粉笔小组。每天放学后,我们挨班搜集粉笔头,然后汇集到一起。每星期有两个下午到我家里来,我们把粉笔头磨成粉末,然后用自制的粉笔模子重新将粉笔末做成新粉笔,为学校省了一笔开支。

我上中学后,在家待的时候少了。后来又开始了"文化大革命",到处都在破四旧,我的父亲母亲有很长时间不能回家,我也不那么爱回家了。再后来,我读了《军队的女儿》这本书,我想:一个青年,应当哪里艰苦,哪里安家。毛主席挥手,我前进,1969年,在我17岁那年,我就离开了这三间西屋,上山下乡到黑龙江生产建设兵团参加军垦建设去了。

几年以后,我再回来时,感觉到这三间西屋连同这个小院子都发生了很大的变化,它们已不再是我儿时记忆当中的屋子、院子,一切都逝去了。

1976年,我们全家默默地离开了这三间西屋,搬到别处居住了。

1983年12月

赶庙会

那已经是二十六七年之前的事情了。

小时候，我家住在宝禅寺西口，离护国寺庙会很近。我五六岁的时候，每星期日我外婆都要领我去赶庙会。到了那天，我总要穿得干干净净、漂漂亮亮的。外婆拉着我的手，我一边走，一边唱，时而蹦蹦跳跳，只那么一小段路我们就要走上十几分钟。庙会的门洞呈半圆形，两扇红漆大门敞开着。每逢庙会日，这门前熙熙攘攘，老人、孩童、姑娘、媳妇、小伙子……从四面八方赶来。庙会里面就更热闹了，卖衣服的、卖玩具的、卖百货的，炸大果子的、烙芝麻火烧的，耍马戏的、变戏法的、演木偶戏的、唱京剧的，遍地都是摊，到处都是叫卖声。我最爱去看卖玩具的，每次都要缠着外婆给我买点小玩艺儿，像会叫的小公鸡、玲珑透明的珠子、小布洋娃娃、粉色的蝴蝶结……有时我拉着外婆去看木偶戏《大灰狼的故事》《小熊请客》，看得津津有味。外婆最爱听京剧，一个临时搭起的台子，两块布一搭就是幕，看戏的人总很多，我们得拼命挤到前面去，外婆听得摇头晃脑，简直入了迷。我听不懂台词，但爱听那青衣、小生拉长声，爱看他们长袍马褂的装束。我在那里常听《穆桂英挂帅》《望江亭》《三不愿意》等戏，时间久了，也学会几个动作，能尖着嗓子唱出一两句台词了。

每次逛庙会日，我们都逛得很晚很晚。饿了，外婆就给买一根刚出锅的炸麻花，又甜又脆，香极了。听说北京又要恢复定期庙会了，这不禁使我回忆起这段往事来。

1984 年 2 月

甘家口一号楼 501 房间

甘家口一号楼坐落在甘家口商场旁边的那条胡同里。这座楼的地基据说是一个垃圾坑，是后来垫起来的，因此地基很高，楼就像建筑在一个小平台上。我家住在 5 楼，房子是一间半，一间 15 平方米，半间 8 平方米。大间是爸爸、妈妈居住，安妹从技校回来时在他们屋临时搭床，我和姐姐、大妹住小间，两张单人床，还有一个上下铺，严丝合缝地摆着，上下铺的上铺堆满了东西，还架着一辆自行车，进屋时需侧着身子才能勉强通过。屋子里刚刚能摆下一张方桌，中间再放上一把椅子，另外两个人就只能坐到床上去了。1979 年 2 月，我和大妹同时考上了大学，又都是走读，每天晚上做功课，只能一人在桌上，一人在床上。整整两年，我们就是在这样艰苦的条件下读完了大学两年的课程，直到 1981 年 2 月搬到了魏公村小区。

我们搬来甘家口一号楼不久，唐山大地震就发生了。那天白天，5 楼接不上水，大伙都认为是天太热的缘故。晚上天又热得出奇，许多人在外面乘凉到十一二点才回屋睡觉。哪知道，凌晨 3 点多钟地震了，整个楼都摇晃起来。我从睡梦中惊醒，急忙穿上裤子下地，但人根本站不稳，我和家里人一起晃晃悠悠地跑下楼来。已经不震了，楼下站满了人，穿背心裤衩的、光脊梁的，什么样的都有，大家议论纷纷，都很恐慌。地震发生后，这座楼出现了明显的裂缝，后来得到了加固。

我家在这座楼里住了四年多的时间，其实有一年左右是在地震棚里住的。不管怎么样，我是在这里复习考上大学的，是在这里读完大学二年级的。这座楼还是很有功劳的。

1984 年 12 月

我和妈妈去颐和园赏桃花

上星期六，刚刚下完一场春雨，大地湿漉漉的，空气格外清新，我和妈妈乘上 332 路公共汽车，去春游颐和园。

进了东门，倍感亲切，好久没有来游玩了。老天爷真是作美，刚才天空中还飘浮着朵朵乌云，我们因此带了把小折叠伞，只这一会儿工夫便豁然开朗了，晴得只在天边才看得见几朵白白的云彩，我们径直向后山走去。

迈上后山缓缓的石阶，迎面便是一棵茂盛的桃树，它侧弯着腰，伸出粗壮的"臂膀"，向观赏桃花的人们频频"点头问好"。一朵朵粉红色的小桃花开满枝头，沁人心脾的香气扑面而来，我不由得猛吸了两下，像是想把这春天的气息全装进我的肺腑。再往前走，一棵棵桃树都开满了花，有粉红粉红的，有洁白洁白的，有白里透粉的，有粉里透白的，有的满树的花都开全了，辛勤的蜜蜂在忙着采蜜；有的正半开着，仿佛初恋的少女含羞的面孔；有的含苞待放，那更是另一番风姿。

我们缓缓地拾阶而上，这里是花的世界、花的海洋，置身在这花的怀抱中，我不由得心旷神怡，心花怒放。已有七八个月身子的我也仿佛轻巧了许多，竟然走到了妈妈的前头。来到一个三岔路口，我们坐在长椅上小憩片刻，这里被四面的桃花环抱着。往下看，昆明湖全景尽收眼底，西堤像一条飘带浮在湖面上，十七孔桥、龙王岛遥遥相对，湖面上轻舟荡漾，波光鳞鳞。往上走便是佛香阁，金碧辉煌的建筑物在太阳光的照射下熠熠闪光。因是路口，这里人来人往，有蹦蹦跳跳两三岁的孩童，也有七八十岁拄杖而行的老翁，有手拉着手的年轻恋人，也有三五成群谈笑风生的大学生。一对年轻的夫妇刚刚给他们年迈的老父亲和天真可爱的小女孩照完相。小女孩调皮地拉着姥爷的拐棍坐到我和妈妈的身边来，年轻的父亲和年迈的姥爷赶紧过来，妈妈问起老人的年龄，老人笑而不答，反问道："你看我有多大岁数？"我妈妈说："过七十了吧？"小女孩的父亲笑着说："都八十六了。"我妈妈连声说："不像，不像。"老人转身走了，又和他的儿孙们一起迈上向上的石阶，他不拄拐棍，背微微有点驼，但身板还是那么健壮，步履还是那么有力，我和妈妈都不禁连声赞叹起老人健康的身体和绝佳的心境来。

继续前行，我们选择了去松堂的路。在刚刚修复不久的福海下面逗留了片刻，我们便转向后湖而行了。这里是花的甬道，两边的桃花争相怒放，千姿百态、各显神韵。再往前行，右面的山坡上开满了桃花，这里是片茂密的桃林，白的、粉的、粉白的桃花相间开放，争相生辉；左面是碧波荡漾的后湖水，偶尔有一只小船划过，几个女孩子正站在面向湖面的柳树边照相，嬉笑声不时传来。隔岸望去，一座座小巧玲珑的亭台楼阁后面隐隐地开满了桃花。山背面有一片桃花刚刚长满花骨朵，也许是居北的缘故吧，妈妈说："记住，这片桃树晚开花，再过一两个星期来赏花也不迟。"一棵长在悬崖边的老桃树正吐着芳香，它的根、干明显地苍老了，树皮掉了不少，这里阳光并不灿烂，水土也易流失。但它仍顽强地生存着，用生命诠释着天无绝人之路的道理，它的枝头一半已开满了粉白色的桃花，一半正含苞欲放，它特有的晚香气味使人油然生起敬佩之感。

在"三间房"处休息后，我们又前行了，最后饱览了后山桃花的世界，才恋恋不舍地离开了颐和园。桃花，在花卉之中并不是奇花，也不是姣姣者，然而它是报春之花。在迎春花开放之际，它就漫山遍野地含苞欲放、争奇斗艳了。它是催春之花，给人们送来春的气息，带来蓬勃向上的力量，在这严冬刚刚过去的初春，有谁不对这送来春光的桃花充满亲切的情感呢！

1986 年 3 月

由欣赏《让我们荡起双桨》这首歌所想起的

这周的周一打开收音机，忽然听到电台正播放儿童歌曲《让我们荡起双桨》，当那悦耳动听的童声合唱传入我耳朵的时候，我简直有点不能抑制自己激动的感情了。"让我们荡起双桨，小船儿推开波浪，水面倒映着美丽的白塔，四周环绕着绿树红墙。小船儿轻轻飘荡在水中，迎面吹来了凉爽的风。"这优美的词句、动听的曲调为我们勾勒出一幅活泼美丽的画面。在北海公园那微波荡漾的湖面上，一群身穿白衬衫、蓝裤子的男少先队员和身穿白衬衫、花裙子的女少先队员们，正愉快地荡起双桨。他们的脸上洋溢着天真烂漫的微笑，红领巾在他们胸前飘扬。高高的白塔倒映在水面上，绿树红墙环绕在湖边不远的地方，他们有的在吹口琴，有的在拉手风琴，一起用甜美的声音在唱着《让我们荡起双桨》。啊，多么令人陶醉的童年生活，多么令人怀念的幸福童年。

这首歌正是我幸福美好童年生活的真实写照。1961 年，我加入了少先队，那年我刚满 9 岁。我们曾经多少次到北海公园过队日，总爱划起木船荡起双桨，让小船推开那轻轻的波浪，让红领巾随风飘扬吹拂我们喜悦红润的面颊。我们最爱唱《让我们荡起双桨》这首歌，一人领唱，大家合唱，这歌声久久地回荡在水面上。

上中学了，我还爱唱这首歌。但在"文化大革命"期间，这首歌作为封资修的东西不准唱了，我们——"十七年修正主义教育路线的苗子"，有的去兵团，有的去插队，有的去工厂，都遭受了厄运。但不知道为什么，自己有时一想起童年时代幸福美好的生活，就自然而然地想起这首歌，虽然歌词记得不那么准确了，但那优美动听的曲调还能一个音符都不差地唱出。当然自己只是在心里唱，偶尔也在军垦时收工回来的田间小路上放开胆子和几个要好的伙伴们一起唱过。每一次歌唱，都会勾起我一段甜美的回忆。

打倒"四人帮"后，我考入了大学，一次偶然的机会，我来到北海公园，倚坐在五龙亭里，凭栏远眺。忽然，水面上飘来一阵阵悦耳动听的歌声，那是绝妙的童声合唱《让我们荡起双桨》，我心里不禁为之一颤，急忙站起身来。这时，几只轻舟划来，船上坐着戴红领巾的少先队员们。他们正嬉闹着、愉快地高声歌唱，多么遥远而又多么熟悉的童年生活，我的眼睛湿润了。童年，我的童年时代已经过去十多年了。我有一个幸福的童年，但它不是完美的。因为在我刚刚14岁的时候，"文化大革命"就开始了，社会给予了我不公道的待遇。14岁，黄金般灿烂的少年时代，胸前还飘扬着红领巾的时代。我们经历了庄严的入队仪式，但我们没有经历庄严的退队仪式，我们不能在摘下心爱的红领巾的同时就戴上光荣的共青团团徽。因为我的青少年时代，正是在那党和国家遭受极大灾难的黑白颠倒的日子里度过的。我失去的东西太多了。正因为这样，在我27岁上大学的时候，我并不觉得自己岁数大了，有时会觉得我是在上中学，甚至是回到了小学时代。特别是当我听到自己童年时代最爱唱的《让我们荡起双桨》这首歌时，我的童心复苏了，我拼命追忆幸福的童年，失去的东西越多，留在脑海里的幸福甜蜜的童年生活印象就越深，回忆起来的东西就越觉珍贵。

从那次在北海公园听到这首歌后不久，收音机里很快也开始播放童声合唱《让我们荡起双桨》。每当我听到这首歌曲，都要情不自禁地和孩子们一起哼唱起来。是啊，唱歌的孩子们都叫我"阿姨"了，但他们哪里知道，阿姨的心和他们一样年轻，一样对幸福美好的明天充满憧憬。

1986 年 3 月

儿子与"黑子"

　　我婆婆家住在海淀清河南马坊村，那村子最大的特点是狗多。我没生孩子之前去的次数不多，一两个月才去一回。但每回进村前都要做好充分的思想准备，那就是对付狗。村口总聚集着几条大狗，有黄狗，有黑狗，还有花狗，它们都龇着牙、咧着嘴，凶神恶煞似的，一见着生人就拼命地狂叫，露出尖尖的牙齿和鲜红的舌头。老远一看见狗，我的心就提到嗓子眼里，手里准备好武器——书包，只要狗一追我，我就用书包抡它，或低头弯腰装作捡石头的样子，把狗吓跑。我曾不止一次地对我爱人开玩笑说："你们村真是狗村哇。"

　　可是不久，我对狗的害怕、厌恶之情开始发生了变化，慢慢地甚至对狗产生了感情。说起这变化，还要把功劳归于我儿子呢。

　　我儿子出生后半年就被放到农村由他奶奶带，这样每星期我就必须回婆婆家两次了，一次是周三，那天我爱人是不回去的，另一次是周六，我俩也是各从各的单位走。所以，进村基本上都是我一个人。我婆婆家有两条狗，一条叫"灰子"，长着一身黄毛；一条叫"黑子"，长着一身油黑的毛，脖子上"镶嵌"着一圈白毛，两只前爪也是黑毛中间有白毛。一开始我回来时，两条狗也都叫着向我扑来，它们不认识我，不把我当家里人，我到院子里去倒水、洗菜，两条狗也跟我捣乱，经常吓得我往屋里钻。婆婆总是对我说："它不会咬你的。"我不信，总是提心吊胆的。儿子一天天长大了，能走了，会玩了，在屋子里、院子里出出进进的，狗很快就成了他的朋友。他经常嘴里"喔喔"地叫着去抚摸狗毛，狗也总是顺从地让他抚摸。不久，灰子到猪场看门去了，家里只剩下了黑子。黑子是条母狗，下了一窝小狗。六只全是小花狗，长得既像又不像；一样，又不一样，逗人喜爱。儿子最爱这群小狗，每天都要到狗窝那儿去和小狗亲热亲热，小狗们见到小主人，摇摇小尾巴、小脑袋，围着他团团转，真是逗死人了。有几次，我带儿子从姥姥家回来，儿子第一件事都是去看小狗，对小狗又是"喔喔"地"说"上一阵心里话，真是有意思极了。

那黑子自从把我认作家里人，对我越来越亲近了。每次我下班回来，它总是摇着尾巴跳跃着来接我，有时，灰子向我扑来，黑子还使劲挡住它。我发现黑子自从当了母亲以后母性十足，她给小狗们喂奶时表现出一种母亲对孩子的格外的深情。我们有好东西给它吃，它跑过来用嘴叼住，不吃，等它的"孩儿们"从外面玩回来，就给他们吃。婆婆说："狗妈妈也惦记着自己的孩子呢。"黑子的性格温顺、老实，它除了看见凶恶的狗和陌生人狂叫外，总是一副温柔顺从的样子。自从它不给小狗们喂奶后，体形逐渐恢复了，长得很漂亮，一双乌黑的眼睛看着它的主人时透着无比的顺从。我几次早上上班，它都老早就守候在屋门口，等待着送我。一次下雪，我一路走，黑子一路跟，我叫它回去，它不肯。半路上碰见一条恶狗，黑子吓得直往我身边躲，有小孩往它身上砸石子，它也害怕。没办法，我只得送它回去。那天上班，我迟到了，但我对黑子的了解更深了。

春暖花开时节，每个星期天我都要带儿子到河边去玩，到野地里去玩，只要我们一出动，黑子就跟着，有时还带着小狗崽。黑子总是勇猛地在前面带路，它跑起来动作麻利，姿势矫健。有时它和小狗簇拥着我和儿子，这时我儿子不是摸摸黑子的头，就是摸摸黑子的尾巴，有时还抱着黑子的尾巴亲上几口，这时，黑子得意极了，任小主人百般爱抚。有时，黑子跑远了，我们准备打道回府，我对两岁多的儿子说："儿子，快把黑子叫回来。"这时，儿子亮开他那清脆动听的童音喊"黑子，黑子"，那声音在田野、平原上回荡，好听极了。只见黑子像一只离弦的箭，飞奔回来，每次都擦着小主人的身边而过。我儿子经常吓了一跳，但一见是黑子，又高兴地咧着嘴笑了。

多有意思啊！儿子、黑子，黑子、儿子。

1989 年 1 月

儿子在春节里

听说春节要去姥姥家，我那两岁零八个月的宝贝儿子兴奋了整整两个星期，在奶奶家简直待不下去了。一会儿在屋子里蹦着喊："二哥（爸爸）、二姐（妈妈），怎么还不回来接我？"一会儿开门出去，跟奶奶再见："我走了，我上我姥姥家去了。"大年三十那天，我给他穿上了漂亮的毛衣、毛裤，穿上小棉鞋，我们一起坐上大汽车。一路上，儿子不断地唱着"妹妹你大胆地往前走……""我家住在黄土高坡……"。

大年初一清晨，前一夜鞭炮的硝烟气味还未散尽，人们还沉浸在除夕之夜的酣睡中，我、儿子、姥爷就出发了，紫竹院公园今天免费开放。我们老、中、小三人径直来到游乐场。儿子一眼就看见了滑梯，兴奋得很，连滚带爬地上了梯子，我赶紧去扶他，他一边笑着一边从滑梯上滑下来，又赶紧跑回来再爬上去。一会儿，我们又去玩摇船，儿子坐在摇船里，一个小姐姐搂着他，他顺势躺在小姐姐身上，任摇船摇来晃去，张着大嘴哈哈地笑。一会儿，我们又去玩转椅，两个小姐姐主动来推他，他一个人舒舒服服地坐在转椅上，那得意劲儿就甭提了。一会儿，我们又去玩攀登架，在姥爷的帮助下，儿子一直爬到攀登架的最顶端。看见那边有大滑梯，我们又奔过去，儿子嗖地一下滑下来，姥爷一把抱住他，他哈哈笑着喘不过气来。这天，公园里游玩的人特别少，游乐场里除了天真活泼可爱的孩子们外，就是他们的父母长辈了，这半天玩得可真痛快啊。

初二早晨的天色灰蒙蒙的，一会儿又飘起了雪花，但这也没挡住我、儿子、姥姥和姥爷上陶然亭公园去游玩的兴致。坐公共汽车就足足花了一个半小时的时间。一进公园门口就是游乐场，有电瓶车、碰碰车、飞机、火车、摩托车等。一切玩具都是电动的，我儿子还是头一次玩这些玩具呢。我想先让他玩一种简单一点、危险性小一点的玩具，就带他去坐升降飞机了。我把他放在前面座位上，我坐在他后面，飞机起飞了。儿子张着大嘴哈哈笑着，高兴极了。姥爷在下面一面向他招手，一面喊他的名字，他摇晃着脑袋找姥爷，一点也不害怕。飞机转了几圈，停住了，儿子还舍不得下来，我赶紧把他抱下来，带他去坐电瓶车。这车是只大公鸡，我扶着他骑上去，工作人员按了电钮，儿子撅着小屁股，双手扶着把，开起车来，我看他不会转弯，就在后面扶着他帮他转弯。他骑在上面兴奋得很，一会儿就不让我扶了。刚坐完电瓶车，远远地看见我妹妹领着她那 4 岁的儿子大有来了。妹妹说那边有一种电瓶摇车，一个孩子开车，一个孩子坐在旁边，我们就一起过去让大有和我儿子玩那车了。我怕车开得快，儿子会从车上掉下去，就让他两只小手紧紧地扶着前面的扶手。车一开，儿子不但不怕，还张着嘴吐着舌头使劲笑，样子像条小哈巴狗，旁边的工作人员和带孩子的家长们都让他逗乐了。足足坐了3分钟，到点了，他俩还恋恋不舍，没办法，我们只得再去买一张票。这次可倒好，他俩刚坐上去，儿子"啪"地一声就把电钮打开了，车就开动了。这回他不但不扶把，还东摇西晃在车上自由自在地来回乱看，我挺担心，拼命喊让他扶把，他根本不扶。大有开车技术还挺好，有时绕大圈，有时绕小圈。不好，一块砖头卡在车底下了，工作人员不得不把车停下来，请两位小朋友下车，把车搬开，把砖头挪开。他俩又上了车，又坐了两圈，到点了，这两个小子玩得还真痛快。

回家以后，我问儿子："儿子，今天你上哪儿玩去了？"他说："上陶然亭了。"我说："你玩什么了？"他说："玩电瓶车了。"这小子记性还真好。

1989年2月

写给在加拿大留学儿子的一封信

儿子：

你好！

转眼之间，你赴加拿大留学已近三个月。三个月的多次沟通，我感觉你长大了不少，懂事了很多，成熟得很快。

你现在最重要的任务就是学习，学习西方的文化知识、科技，熟悉西方的生活习俗、习惯，研究西方社会的政治、经济和理念、信仰。美国、加拿大是典型的西方国家，他们的社会制度和文化理念与中国迥然不同，你要用心学习，用心比较，一生能有这么好的学习机会的中国年轻人并不多，国内有多少人在羡慕你们。希望你抓紧时间，抓住机遇，集中精力，聚精会神，全神贯注，努力学习。眼下你最重要的一步是过语言关。过语言关可以采取上语言中心的形式，也可以考雅思，无论哪种形式都要下苦功夫，都要付出心血，都要踏踏实实、一点一滴去努力。我希望你学会两条腿走路，让两者相互促进。既要上语言中心，了解它的规章制度，能过一级是一级；同时争取考好雅思。我粗算了一下，你每天上语言中心的学费是400多元人民币，而且那里是了解加拿大政治、经济、文化、历史、地理和学习语言的最好课堂，希望你转变观念，开拓思路，充分利用好这个课堂，多向老师学东西，做个好学生。

儿子，我知道你正值青春年少，有许多事情要考虑，但人生的黄金时光就是你这个年龄阶段，少壮不努力，老大徒伤悲。希望你思考问题、安排自己的生活道路时一定要分清大小、前后、轻重、缓急。现在的当务之急是过语言关！尽快进入大学，考过雅思最好，学语言中心一级级过也没有多长时间，也是一个办法，起码能保底。希望你三思。既然已经出国，就既来之则安之，有问题有困难多找几个同学和朋友商量，不要自己盲目作决定。

出国困难很多，只要不怕，有坚强的毅力和信心，奋力拼

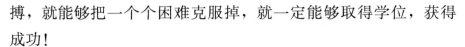

搏，就能够把一个个困难克服掉，就一定能够取得学位，获得成功！

注意安全，保重身体，外出小心。

妈妈

2007 年 10 月 19 日

写在《我和我的父亲母亲》一书前面

这是一本孕育了许久的小书。文字虽然不多，但它却记述了半个世纪以来，父亲母亲和我自己的生活片断；篇幅虽然不长，但它却承载着父亲和母亲、我和父亲母亲间的浓厚感情。

儿时的我生长在一个充满爱的无忧无虑的知识分子家庭，父亲是一所中学的校长，母亲是一所中学的教师。他们在学校为人师表，在家里为人父母，我在他们身边度过了一个有着许多趣事值得回忆的幸福童年。然而，我 14 岁那年，"文化大革命"爆发，我的父母都挨了斗，还有相当长的一段时间不准回家。我 17 岁那年上山下乡去了黑龙江生产建设兵团，在那里只能用书信与父母沟通情感。回城后，考大学、上大学、毕业、结婚、生子，在这一段时间也时时感受到父母对我的关怀与期盼。时光荏苒，在我事业还未成就之时，父亲就因疾病离世。母亲又多年患有多种慢性疾病，我由于家庭负担沉重和对事业成功的追求占据了大量时间，对母亲的照顾十分不够，终于她也离我而去。只有在这时，静下心来慢慢回忆自己的人生，回忆父亲母亲对自己的教育、培养和呕心沥血的工作经历。写这么一本书——一本记述我和父亲母亲之间深厚感情的小书，慰藉自我心灵。

2013 年 9 月

回到宁乡

母亲在世时，一直不太愿意我们去她的老家——湖南宁乡。直到 2011 年夏天，母亲去世两年后，我有机会再次到湖南出差。当陪同我调研的同志得知我从未去过母亲的老家时，执意要抽出半天时间与我同去。这样，我们一行六人分乘两辆小车由长沙直奔宁乡。

车上，我向陪同同志简单介绍了我外公外婆的情况。小车在母亲曾经生活了二十几年的宁乡县仙凤乡菜家村周围转了几圈，就是找不到外婆的老家。我对陪同同志说："下午还要工作，咱们就回去吧。"陪同同志说："我们是来寻根的，你母亲是地主家庭出身？"我说："是，所以母亲不让我们到她的老家，怕影响我们的政治前途。"陪同同志接着说："今天我们一定要帮你找到你母亲的出生地，了却你多年来的夙愿。"

最后，我们下车向一位七八十岁的拄杖老人打听外公的名字，这位老人一下子就指明了不远的一个去处。小车终于停在了一处景致很美的地方，前面是两座碧绿的池塘，后面是一座三层小楼。村民们纷纷跑了出来，村支部书记、村长和妇女主任也闻讯赶来。这简直成了村里的一大新闻，在村子里不胫而走："老刘家的子孙回来了！"我是自中华人民共和国成立初期母亲和她的姐弟们离开家乡后第一个回来的后人。村民们告诉我，这座三层小楼是中华人民共和国成立后重建的，原来老刘家有东西两座二层小楼，母亲住在西楼二层的绣楼里。因母亲天生丽质，又聪慧过人，外公极其疼爱，从小就教她琴棋书画，母亲十几岁时就能背诵《红楼梦》中的大段诗文了。那时的外公风度翩翩，皮肤白皙，很有经商头脑，在宁乡有"儒商"美称。外公除了在家乡有几十亩水田、两个池塘外，在宁乡县城还开有铺子。他曾是宁乡县商会主席、参议员，远近闻名的开明绅士。在小楼旁边，有一间四面透风的破旧小屋，村民告诉我，"文化大革命"那年，你外婆被送回村后就住在这里，由于没有民愤，经常有农民偷偷摸摸来给她送吃的。但她最后还是因为饥寒交迫死在了这间小屋里。我站在小屋前面，默默地向外婆三鞠躬，眼泪再也无法控制，哗哗地流了下来。"外婆，您的外孙女来看您了，是您把我们姐妹四人抚养成人，今天，我是来报恩的。外公外婆，我可以告慰您们在天之灵的是，您们的外孙女没有辜负母亲的培养和教育，也没有辜负您们的殷切期望。"

2016 年 1 月

我的外婆

  我和外婆生活在一起的时光应当是半个多世纪以前的事了。多少年来，我也曾试图写一篇缅怀她老人家、纪念她老人家的文章，因为那种浓厚的骨肉亲情，是我一生一世挥之不去的孩童时的深刻记忆，但却总没有落笔。50 年前，"文化大革命"浩劫肇始，我外婆只是千千万万"文化大革命"受害者当中的一个。谨以此文慰藉亡灵。

  我外婆是一名大家闺秀，识文断字，知书达理，年轻时端庄贤惠，眉清目秀。在我的记忆当中，外婆有一张亲切、慈祥、清秀的脸，操一口地道的湖南宁乡乡音。外婆生养了 9 个孩子，成活了 7 个，一生含辛茹苦，历尽艰辛。自中华人民共和国成立初期，外婆就一直住在我家。母亲隔一年生一个，一口气生下我们四姐妹。那时产假只有 56 天，母亲又是一个十分要强的人，挺着大肚子也要坚持到临产的前一天。全靠外婆养活我们，试想，没有外婆的悉心照料，我们怎么可能长大成人？孩提时，我们都抢着和外婆睡在一起。尤其是夏天，我们喜欢打地铺，外婆一面打着大蒲扇，一面用她的宁乡话给我们讲着动人的故事，如《白雪公主》《灰姑娘》《七个小矮人》等，听着听着，我们就进入了甜蜜的梦乡。"三年自然灾害"时期，为了把仅有的一点粮食留给我们吃，外婆总是去捋榆钱、挖野菜吃，饿得皮包骨头。"文化大革命"开始后，一天，我从学校回来，看见胡同里的"红五类"大妈正在给外婆和母亲讲毛主席的《中国社会各阶级的分析》。大妈正襟危坐，母亲和外婆诚惶诚恐。只听大妈说："你是摘帽地主婆，要好好接受改造。"我无论如何不能把慈眉善目的外婆与书上写的、电影里演的凶神恶煞般的地主和地主婆联系在一起。后来，我经常在学校里闹革命，外婆也在街道上挨批斗，最后被遣返回到了宁乡老家。

记得那时，每月母亲都要往宁乡寄钱，但有一段时间她也回不了家，无法寄钱，最后，外婆连冻带饿悲惨地在老家的一间四面透风的破旧小屋子里死去。许多年来，母亲对外婆的死一直感到愧疚，当年不应当让她回老家，但在那个年代又有什么办法呢！

我从黑龙江回北京后，每年外婆的生日，母亲都要做几个外婆爱吃的菜，把我们召回家，和我们一起缅怀外婆、纪念外婆。

外婆，我好想你呀！

2016 年 1 月

青少年时代的母亲

我的母亲 1922 年农历腊月十七出生于湖南宁乡仙凤乡菜家村一户比较富裕的家庭，从小聪明伶俐，外公视为掌上明珠。5 岁时进入宁乡第一女校读书，在班里成绩始终名列前茅。13 岁考入长沙周南女中（长沙市最有名的女中），当时宁乡第一女校有 20 多名女孩子前去应试，只有我母亲一人考取。母亲初中时就开始对古典诗词感兴趣了，能背诵《红楼梦》中"葬花词"等诗文。

每年暑假，母亲姐弟们回到家中，外公都要组织他们开展诗词歌赋朗诵比赛。母亲家东西两幢小楼前有一大片草坪。夜晚时分，绿草上的露水在月光中飘落着，无声无息，无影无形；天空中的群星在月光下闪烁着，美丽耀人，光彩夺目。母亲和她的六个弟弟躺在各自的竹床上，争相背诵唐诗宋词，自然是母亲的声音最甜美、背诵得最流畅。6 个弟弟不仅赞叹姐姐的美貌，更被姐姐的才华所折服。母亲成为远近闻名的才女。19 岁那年，母亲以长沙市女生第一名的成绩考入湖南国立师范学院史地系。大一时与同系读书的我的父亲一见钟情，开始了他们长达 8 年的恋爱，于 1949 年结婚，终成眷属。

2016 年 2 月

怀念我的母亲
——写在 2013 年母亲节前夕

2009 年 2 月 1 日，我们姐妹最亲爱的母亲离开了我们，第二天就是她 86 岁生日。在她去世 4 年之际，在 2013 年母亲节

来临之时，我写这篇文章怀念她、纪念她，更是学习她。

母亲的一生是自强奋斗的一生。

母亲出生于湖南宁乡一个比较富裕的家庭，自幼聪慧。13岁考入湖南著名中学——周南女中，毕业后又以优异的成绩考入湖南国立师范学院读书。

母亲一生经历坎坷，她经历了新旧两种社会，经历了家庭的富裕和衰败，经历了一个社会给予的种种磨难的成长过程。但她始终恪守做人的准则，那就是追求真理、积极进步、热情执著和不懈奋斗，直至生命的最后一息。她对外婆关怀备至，对几个舅舅关怀备至，对父亲和女儿们更是关怀备至；她对同学、同事、学生极端热忱，对朋友、街坊极端热忱，甚至对不相识人的求助也极端热忱。她充满理想，执著追求，在教育战线上奋斗了一生，桃李满天下，直到80多岁还在为社会作贡献。特别是她与疾病顽强斗争的精神，使她赢得了时间，赢得了生命，为她的一生增添了无限的光彩。

母亲的一生是忠于爱情的一生。1942年，母亲19岁在湖南国立师范学院读大一时与父亲相识。父亲当年风华正茂，他出生于农民家庭，家境贫寒。但母亲不顾外公反对，1949年在湖南长沙与父亲结婚。母亲一生追随父亲，相濡以沫。在事业上，为父亲出主意、想办法、当高参，与父亲一起著书立说；在生活上，母亲和父亲相互照顾，他们每10年照一次合影，70岁时的合影现就镶嵌在八宝山他们骨灰合葬的墓碑上；在教育子女上，他们目标一致，相互配合，为子女的事业成功和生活幸福呕心沥血。

父亲73岁去世后，母亲几年都重病缠身，我们真担心她也会随父亲同去，但她坚强地与疾病抗争，战胜了自己。她完成了父亲未竟的事业，为父亲出了纪念集，在父亲去世11年后协助北京市委统战部、海淀区委为他召开了纪念会。她虽身患十几种慢性疾病，但她居然比一直身体健康的父亲多活了13年。有一件事情我一直不得其解，母亲一直坚持住在父亲在世时住的那间阴面小屋（我家其他两间房屋都阳光灿烂），睡在那张父亲住过的小床上，直到她生命的倒数第6天——被送往医院抢救的那天。母亲去世后，我们在整理她的遗物时发现了父亲去世后她思念父亲的一封充满深情的诗。后来，我慢慢领悟了母亲是在用她特殊的方式纪念父亲，天天在默守她对父亲深深的爱。

母亲的一生是教女成功的一生。母亲养育了四个女儿，她一生在教育子女上倾注了全部心血。"文化大革命"前，我以优异的成绩考上了北京市最好的中学——师大女附中，这主要是母亲培养的结果。"文化大革命"中，我和姐姐上山下乡了，母亲经常给我们写信，要求我们不要放弃读书、不要放弃奋斗。回城后，母亲一直督促我们学习，她说今后国家还是需要有知识的青年的。终于，我们迎来了国家恢复高考的灿烂春天，我们四姐妹均考上了大学。在这方面，我获益更多。记得高考前母亲为我辅导了政治、历史、地理和英语，使得我在高考中这几门均获得了很好的成绩。我生儿子刚坐完月子，母亲几乎隔一天来一次，有时就住在我这里，督促我写作。她一直教育我说，在机关工作最重要的是要有写作能力，这为我后来30年的职业生涯奠定了非常好的基础。从我记事起到母亲去世，我们相处的50年间，她鼓励我最多的语言是："人生能有几回搏？""世上无难事，只要肯登攀。""巾帼不让须眉。"……这些终生教诲融入我的血液、深入我的骨髓，铸造了我顽强拼搏、挑战人生、一往无前的性格特性。母亲在她最后的十几年反复给我的忠告就是，人的最后的竞争不仅仅是智力的竞争，还有身体健康状况的竞争。她教我如何保健，如何锻炼身体，如何与疾病作斗争。

今天，我可以告慰母亲在天之灵的是，我没有辜负您的期望，我继承了您性格中的善良、热情、执著、胸怀宽广、奋斗不息和坚韧不拔。我已在工作岗位上奋战了45年，经历了7个工作岗位；在职业生涯中经历了地方、中央和部门的历练，从一名"知青"成长为正司级领导干部。我虽然也患有多种慢性疾病，但我始终与疾病抗争，与生活中的种种磨难抗争，始终坚守在工作岗位上，实现了您所期盼的也是我一生奋斗的目标——始终走在我们这一代人的前列。

安息吧，我最亲爱的母亲。

原载 2013 年 5 月 22 日《中国气象报》

深切的思念
——写在 2016 年母亲节

5 月 8 日凌晨 3 点多钟，我忽然从梦中惊醒，知道今天是母亲节，一股深深的思念之情、一种浓浓的怀念之意涌上心头，我再也无法控制自己，泪水一次次夺眶而出，浸湿了半边枕巾。

2009 年 2 月 1 日凌晨，也是这个时辰，我们最慈爱的母亲辞世，享年 86 岁。那年大年初二，母亲突发脑溢血，被我们紧急送往医院。不久，她老人家就陷入了深度昏迷，高烧不退。在她生命的最后五天里，我们姐妹几个都依偎在她的身边，我整整五夜没有合眼。我不时地亲吻着母亲的面颊，我们姐妹几个在轮流给她做着全身按摩的同时，不停地和她说着话，希望着企盼着母亲能从昏迷中醒来。我一直感觉到母亲以顽强的生命力在与死神抗争着，她清晰而强有力的心跳告诉我们，她还活着。但她眼角有时会淌出一滴泪珠，她感知到了我们正在竭尽全力挽救她的生命，她的泪水告诉我们，她终会离我们而去。

2009 年 2 月 1 日凌晨 3 时许，母亲最终没有在我们的千呼万唤中醒来，她的心脏停止了跳动，她的面容慈祥而安静。我们姐妹几个流着眼泪，轻轻地为她擦拭她那依旧细腻光泽、洁白如玉的肌体，轻轻地为她穿上寿衣。我们静静地守候在她的身旁，把内心的祈祷和祝福向她倾诉。我说，在母亲的身体没有完全冷却之前，我们不能把她一个人送到那冰冷的太平间去。就这样，我们默默地守候着、等待着。

母爱宽广，母爱深厚，母爱无私，母爱无垠。母亲一生养育了我们姐妹四人，更重要的是，她对我们倾注了一生的心血，把我们培养成人。

母亲教导我永不气馁。记得上小学时，每学期期末从学校领回记分册，我都要蹦蹦跳跳地把它送到母亲手上，因为那上面记满了 5 分和 100 分。但五年级第二学期期末考试五门功课，我只考了 499 分，我的一位同学却考了 500 分，当时心里好难过呀。是母亲语重心长地对我说，失败是成功之母，一次的得失算不了什么，只要不断努力，就会不断进步的。我大学毕业后，被分配到一个很大的机关工作，由于生长道路的简单和为人处世的单纯，有许多的不适应，进步很慢，自己感觉很气馁。是母亲鼓励我调动工作，在儿子刚满 3 岁之时，我就又挑战新的环境、新的岗位，总结经验教训，跌倒了再爬起来，开始了人生又一轮的拼搏。

母亲教导我努力学习，永不放弃奋斗。我 17 岁那年上山下乡到黑龙江生产建设兵团军垦，一段时间失去了理想，十分苦闷。是母亲一次次地来信激励我好好学习，好好劳动，争取进步。她说，只要不放弃学习，不放弃进步，总是会有机会的。为了支持我事业有成，1986 年在我怀孕和生孩子期间，母亲隔几天就要到我家来一趟，亲自督战，提高我的写作水平。后来，我之所以在职场上做出一些成绩，母亲功不可没。母亲还是一位批评人一针见血的人，她对我的缺点毛病一看就透，一说就准，经常批评得我无地自容，这对我的成长进步无疑是一副副良药。她去世后，我是多么怀念这一切呀！

母亲教导我们"先立业，后成家"。母亲总是说，一个女孩子要在社会获得地位，在家庭获得地位，就要经济独立、人格独立，而独立是需要靠知识作基础作支撑的。所以，我们姐妹四个虽然只有"文化大革命"前小学毕业或初中未毕业的文化程度，却在 1977 年恢复高考后，全部考上了大学。那时，我们都二十多岁了，均已到了谈婚论嫁的年龄，但在母亲的一再坚持下，我们终于都在完成学业后才嫁人、生儿育女。后来，我姐姐和两个妹妹均在高校或中学获得高级职称，我也在职场上获得了一席地位。

母亲教导我们如何做好母亲。教育子女，是母亲传给我们的无价之宝，她言传身教，身体力行，我们从中领会真谛，受益终生。今天，可以告慰母亲在天之灵的是，除了母亲的大外孙女是国内一本大学毕业外，两个外孙子均已获得国外名牌大学学历，走向社会，开始了他们人生的独立生活，最小的外孙女也将于今年上半年获得加拿大名校学士学位。

安息吧，我最亲爱的母亲！

2016 年 5 月 8 日

在父亲最后的日子里

1993 年 5 月 5 日，我们最慈爱的父亲去世了。第二天，整天下着雨。灰蒙蒙的天，灰蒙蒙的地，细雨蒙蒙，蒙蒙细雨，苍天在哭泣，大地在哭泣。

5 月 14 日，在八宝山举行的遗体告别悼念活动中，中共中央和北京市的党政领导同志来了，民进中央、民进北京市委的领导同志来了，其他各民主党派的领导同志来了，各区区工委的领导同志来了，各界人士来了，尤其是教育界的老前辈来了，父亲在 20 世纪 50 年代到 80 年代教的学生们来了。长长的悼念队伍缓缓地向安卧在鲜花丛中的父亲遗体鞠躬、默哀、告别。有的人掏出手帕擦拭自己的眼泪，有的人放声恸哭。

父亲静静地躺在那里，脸上表情十分安详，就像平日工作劳累后睡熟了一样。——是啊，他太累了！他步履匆匆地走完了自己 73 年的人生路程，没有过驿站，没有过歇脚点，一直到他去世的前一个月才办理离休手续。他日复一日、月复一月、年复一年地忘我工作着，把自己的全部精力、整个生命都贡献给了革命事业。他没有留给我们姐妹任何遗产，也没有遗言，但是他生命不息、工作不止的革命精神，他为党为人民无私奉献的精神，却是给我们留下的一笔宝贵精神财富。

我们永远怀念父亲。他得了绝症后，仍然想的是工作。1992 年 11 月 3 日，当我在医院里取到父亲患肝瘤的诊断证明时，我两腿发软，不能相信自己的眼睛。我们姐妹四个商量后决定，不要把这个悲痛的消息告诉父亲，也向多病的母亲保密。但是一天也不能耽误了，要以最快的速度投入治疗。当我们以父亲肝上长了良性肿瘤为由，让他去肿瘤医院就诊时，他沉默了。他对自己长期以来超负荷的工作日感力不从心，但他仍一直在努力地坚持工作。1987 年体检时，就发现肝部长了一个约 1 厘米的血管瘤，医生曾警告说它有可能恶变。因为工作忙，他从来没有到医院复查过。在他的生命中，他视工作为第一需要。现在，他已经感到身体十分疲劳，支撑不住了。但在他的头脑中，工作始终是第一位的。父亲还要去开会，去参加人民代表视察，拒绝去医院检查。我们出于无奈，很快将父亲的病情通知有关部门，为他请假，一些开会的通知也被我们扣留了。在我们再三动员下，父亲才勉强去了肿瘤医院就诊，检查结果是肝癌晚期，已经没有什么希望了。这就是说，父亲的生命将十分有限。父亲太慈祥、太和善、太令人尊敬了，我们不能失去他。家庭会议做出的决定是：全力以赴延长父亲的生命，减轻疾病带给他的痛苦。住进医院后，父亲很快做了第一次导管手术，住院期间，他根本没有把自己的病痛放在心上，而是不断地给有关方面打电话指示工作；写好发言稿，让我们送到他参加不了的会议会场上去；在病床上答复人民代表提案；和前来探望的人们谈工作。

父亲对疾病始终充满革命乐观主义精神和胜利的信心。他得的是癌症，尽管我们没有把真实病情告诉他，但他从医院对他的检查治疗中，以及同病房病友的接触中，已经感觉到自己病情的严重程度，特别是做完第二次导管手术后，他感到身体大大不如以前了。不久，肝区出现疼痛后，病情急剧发展。但是对于疾病，最后可以说是对于死亡，父亲始终表现出顽强的斗争精神和革命乐观主义态度。在医院里，他和每一位医生、护士，甚至清洁工都相处得很好，人们爱戴他、尊重他，对于任何一位护士给他送药、打针、输液，不管其技术如何，他都主动打招呼，并以微笑致谢。在做第一次导管手术时，他一面与医生、护士谈笑，一面接受治疗，使得医生、护士都十分钦佩这位老同志与疾病斗争的顽强精神。在以后的多次治疗中，他都积极主动地配合医生，从来没有给医务人员出过难题。在4月底5月初他生命最后的时光里，父亲已经完全知道他的病情不能好转了，但他仍热情地接待前来探望的每一个同志。尽管他输着液，吸着氧，全身浮肿，腹水肿得老高，但他还是热情地对待每一位医生、护士。5月5日，父亲去世的当天上午，一位年轻小护士来打点滴，怎么也找不着父亲的血管，他的血管全部干瘪了。小护士扎了几次急得满头大汗，最后还是请来了护士长。小护士过意不去，临出门前，父亲把她叫到跟前，费力地说："你贵姓?"小护士回答："姓×。"父亲说："找不到血管不要紧，谢谢你。"直到生命的最后时刻，他仍然想的是别人。

父亲说青年时代应当是峥嵘岁月，而不是蹉跎岁月。他做完第二次导管手术后，体质明显衰弱，他或许感到自己活着的时间不多了，于是抓紧时间做他要做的事情。那段时间，我每次去医院探望他，都看见他或半倚在床上，或靠在桌边，费力地写着什么。我劝说他，医生让您多休息，您不要太累了。他总是笑笑说："为北大95周年校庆写点东西。"谁想到，这竟是他最后发表的一篇文章。4月底，父亲病危后，总是念叨他这篇《峥嵘岁月——（1946—1948年）母校生活回忆》的文章是否发表了，让妹妹5月4日一定代他去北大参加校庆。妹妹去北大领回《北京大学校友通讯（第11期）》，上面载有父亲的《峥嵘岁月》一文，近1万字。文章回忆了他在北大学习期间经历的革命斗争的洗礼，文章充满了他对自己青年时代就在中国共产党的领导下，积极投入学生运动的自豪感和对北大的眷恋之情。这是一位生命垂危的老人，用生命抒写的对自己革命青春的讴歌！父亲看到自己的《峥嵘岁月》发表了，情绪十分激动，他一边吸着氧一边费力地对我们说："一个人年轻的时候应当拼搏、奋斗，这叫峥嵘岁月，千万不可以蹉跎岁月，青年时代应当峥嵘岁月。"这谆谆教诲竟成为父亲对我们的遗嘱。看到这篇文章后，父亲竟奇迹般地见好，能喝点东西了，有时还可以不吸氧了，他看到医生和我们总是说："我好多了，我好多了。"但是，他的眼睛却越来越黄，全身浮肿越来越严重。5月4日上午，他又自己躺在床榻上聚精会神地收听来自北大校园的新闻报道。他将自己生命中的热量全部释放出来，燃烧起生命之光。这一天，他没有输液，精神却格外地好。然而，他的生命之火已经燃烧到了尽头。

父亲临终前希望我们都在他身边。他一生勤奋工作，留给我幼年时的印象是长年住在学校，拼命工作，很少回家。"文化大革命"开始时，父亲成了"走资派"挨了斗。后来，恢复工作了，他仍然住在学校。以后，我和姐姐到黑龙江生产建设兵团，年过半百的父亲曾两次风尘仆仆地赶到那里看望我们。1972年，父亲到花园村中学任副校长，从此他又一门心思扎在学校里，仍然是那么忙碌。1983年，父亲又到民进北京市委工作，60多岁的他仍不改一工作起来就拼命的老脾气。他在北京市教育界是一位老校长，在北京市人大代表中，他是一位有着35年代表资格、德高望重的人民代表。他为北京市的教育事业，为北京市的市政建设和党风廉政建设，做了许许多多为人知和不为人知的工作。他是一位深受人民爱戴和尊重的教育家和人民代表。在家里，他是一位慈祥和蔼、可亲可敬的老人，我们的好父亲。只可惜他在家里的时间太少太少，与儿孙们在一起相处的时间太少太少。在他患癌症直到去世的半年中，他很少要求我们为他做什么，他嘱咐我们不要因为他耽误工作，不要为他多花钱。他一直强忍着病痛，在我们面前总是装出笑脸。他明知自己将不久于人世，但他不忍心看着我们悲痛，而是深深地把自己的痛苦埋在心底。在父亲去世的前十天，他深感自己快不行了，提出让我们姐妹四个轮流守护在他身边的要求，我们含着眼泪默默答应了。他要求我们给他读《唐诗三百首》里李白、杜甫、白居易的诗，他要妹妹给他唱儿时的歌曲。听着听着，不时从他那无光的眼睛里淌出泪水，我轻轻地为他拭去，但他从来没有说一句让我们难过的话。在他弥留之际，我们全家人全部守护在他的身边，握着他的手，默默地为他送行。他去了，没有任何痛苦，任何遗憾。是的，在革命战争年代，在地下党的领导下，他和国民党反动派进行了坚持不懈的斗争；在社会主义建设中，他为教育事业工作了35年，为统战事业工

第一篇　童年和家庭

37

作了 37 年，任人民代表 35 年，晚年还开辟了统战理论研究工作的新领域。他干工作是全身心投入的，所以全部都成绩卓著，赢得了人们的广泛赞誉和敬重。他做到了鞠躬尽瘁，他毫无遗憾，安详地去了。他给我们留下了不尽的哀思和怀念，我们将永远怀念他——我们的好父亲！

原载 1994 年 4 月《彭庆遐同志纪念集》

永记父亲遗言
——2004 年在纪念彭庆遐同志逝世
11 周年座谈会上的发言

今天来参加这个座谈会，我心情十分激动，也很感动。我只讲三句话。第一句，在一个人去世 11 年后还有这么多人在缅怀他，追思他，纪念他，说明他生命的价值在延续，说明他生命价值的永恒。我父亲的一生是峥嵘岁月的一生，他从来没有蹉跎过，直到生命的最后一息。第二句，我父亲没有留给我们任何物质遗产，但他留给了我们最可宝贵的精神遗产，这就是他的峥嵘岁月，这笔宝贵的精神遗产，我们将一生取之不尽、用之不竭，必将激励我们生命不息、奋斗不止。第三句，十分感谢民进海淀区委组织的这次追思会，感谢海淀区委、北京市委统战部、民进北京市委的领导，感谢我父亲生前的至交、老同学、老同事、老朋友。衷心祝愿在座的老前辈们身体健康、晚年幸福，青年朋友们事业有成、如日中天！谢谢大家！

原载《海淀民进》2004 年第 2 期

寻找大伯父当年抗倭的足迹

2000 年 9 月，我到云南出差，除了工作以外，了却了多年来的一桩心愿。那就是我从瑞丽出发，经芒市、龙陵，到达腾冲，一路寻找了当年大伯父率部将日本侵略者赶出中国的足迹。我大伯父彭劢，1910 年出生于湖南长沙白沙乡报母村的一个农民家庭。17 岁那年因抗婚离家出走，后考入黄埔军校 7 期，毕业后就奔赴抗日前线，参加了淞沪会战。在抗日烽火中成为陆军军官学校第 15 期毕业的一名优秀军官。1942 年率部在腾冲打游击抗日。1944 年在收复腾冲战役时，任中国军队 54 军预备二师副师长。因英勇杀敌，战功赫赫，曾被美国授予罗斯福勋章一枚。

我是彭氏家族第二个来腾冲的，我的堂姐——彭京士（我大伯父的长女）早我几年来过腾冲。当我看到汹涌澎湃的怒江潮水时，我仿佛听到了 60 多年前中国军队和中华民族为抗击日本侵略者而发出的最后的吼声。

当我们乘坐的小车整整 4 个小时盘旋于高黎贡山崎岖曲折的山路，我仿佛看到了当年仅有三十几岁的大伯父，素有"彭诸葛"美名的他，率部在崇山峻岭间与日本鬼子周旋。他神机

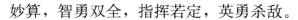

妙算，智勇双全，指挥若定，英勇杀敌。

当我站在国殇园大伯父的遗像前，站在九千多名英烈——其中多为湖南籍官兵的坟冢前悼念的时候，我血管里奔涌的湘江女儿的热血沸腾了，我的心无比的刺痛。我深深地三鞠躬，为这些为国捐躯的年轻生命默哀。

当我来到腾冲这座文化底蕴深厚并享有现代旅游胜地美誉的历史名城时，我看到腾冲人民对中国军队抛头颅洒热血为收复腾冲失地的壮举家喻户晓，人人皆知，并世世代代铭记。当一些人得知我是彭劢将军的侄女，纷纷跑来看望将军之后时，我更被他们的一片真情所感动。

2016 年 5 月

第二篇

追逐和奋斗

1992 年第一次回兴凯湖

——回到阔别 20 年的连队

1992 年 8 月 4 日，我利用出差之机，和几位同事一起乘车前往兴凯湖农场——我曾经下乡的地方，自己的心情久久不能平静。

已经是晚上 8 点钟了，汽车离开密山县城，载着我们这一行人，开往兴凯湖农场。夜色逐渐降临，夜幕越来越重。23 年了，路还是那条崎岖不平的湖岗，路两旁还是那些永远长不大的绿树。风很大，大湖水的波涛还是那样惊天动地，撞击人的心扉。

23 年前，只有 17 岁的我，随着浩浩荡荡的知识青年大军，来到兴凯湖这一望无际的大草甸，当我们第一次听到兴凯湖排山倒海的涛声时，我们第一次被大自然雄伟壮观的奇景震撼了。同时也感到了一种从来未有过的远离家乡、远离父母亲人的寂寞。尔后的几年，繁重的体力劳动、枯燥的准军营生活，埋没了我们的聪明才智，耽误了我们的青春年华。我们只有日复一日、年复一年地和朝阳同起，穿上头一天沾满泥巴的衣裤，扛上锄头，拿起镰刀、铁锹，去锄那一望无际的玉米地，去割那永远无边的麦田，去筑那稻田里一道道的田埂。在 5 月份，黑龙江刚刚解冻的天气里，我们扑通扑通跳下水田，去水整地，带有冰碴的冰水冻透了我们的双腿。

冬天的北大荒一片银装素裹，气温有时在零下 30 多摄氏度，刮起"烟泡"来，旋风卷起雪片劈头盖脸打过来，像鞭子抽打着脸颊一样。只有刮"大烟泡"时，我们才不出工，面对"小烟泡"则照出不误。我们的脸上常常被冻起一块块红疙瘩，卷毛帽子下垂着一根根冰柱，手被冻成"紫馒头"，脚上穿着毡袜、棉鞋也不管用。1 月份，我们还要上夜班到场院去脱粒，大家要不停地活动着双脚以免冻僵。有时干着活就打盹，因为太困了。白天作为通讯报道员，还要给连队写稿件、出板报。只有当手被脱粒机猛烈地打了一下时，才会惊醒，继续干活。冬天刨猪圈的活也很不好干，猪粪冻得像岩石一样，一镐下去，只有一个白点，所以要有窍门。猪粪刨起来，常常溅到嘴里，味道很坏。那时哪里顾得上这些，大家都争先恐后，高喊着毛主席语录，互相你追我赶。冬天打土方、修水渠的活也够苦的，每天工作还有定量，完成不了会受到班里排里同志们的谴责。

夏天的兴凯湖，天气像个爱发脾气的小姑娘，一会儿晴，一会儿阴。本来天空中只有几朵白云，日头高照，没有风，空气仿佛凝固了。在一望无际的大豆地里锄草的我们，肩膀被阳光灼得生疼，穿着长衣长裤，胳膊、腿还被豆藤、豆叶扎成一道子一道子的，汗水流下来火辣辣的疼。忽然，一团乌云从天边滚来，接着几个炸雷，一场雨劈头盖脸下来了。躲也没处躲，藏也没处藏，一个个像落汤鸡似的，雨水、汗水、泥水从头上一直流到脚下。20 多分钟过去，又是雨过天晴，万里无云。毋庸置疑，活还是要接着干的，不一会儿，衣服就被"老天爷儿"晒干了。夏天最难干的活要数背麦子了。记得我到兵团第二天，就要从水里背麦子。那年涝了，收麦子时，倒伏了不少，割的时候就硬是从泥里水里拽出来的。割完了，天还在下雨，于是麦子捆就地架在农田里。我初来乍到，不用说干过这活了，这活了十几岁连见都没见过呀！老战士教我，用绳子把几大捆麦子捆住，再像打背包那样背在身上。那麦子捆倒在水里，一背起来，立刻满身满脸都是泥水了。当时没什么想法。一来我们是毛主席的"红卫兵"，是来屯垦戍边、建设边疆的，就是要不怕苦不怕累；二来我们是"十七年修正主义教育路线"培养出来的，就是要接受贫下中农的再教育，进行脱胎换骨的改造。因此没有二话，背不起来也要硬背。脚上穿着农田鞋，在烂泥水地里一步一滑，身上的麦捆在不停地往下淌着泥浆。这样走还不算，还要走田埂、跨水沟，前面有老战士帮着拽一把还好，有时没人帮，就连人带麦捆一下子倒在水沟之中，真是叫天天不应、叫地地不灵啊！夏天割麦子的活也够苦的。一望无垠的麦田，麦浪滚滚，金黄一片，看着够喜人的。但割麦子的活可不是好干的。到地里后，全班战士先念毛主席语录，念完后立刻一字排开，一人把七八垄，就飞也似的割起来。左手抄麦秆，右手下镰刀，刀要下得低，一刀下去要割得齐。左右脚成蹲裆式，腿要蹬得有劲，脚要站得合适。每次先打好一个结，再割几把麦子，就是一捆，捆麦子时两脚叉开把麦子捆住，绕个扣，再别到里面，这样的麦捆就是扔几个滚也不容易散开了。我开始割麦子时只是心急，但掌握不好要领，总是比别人累，还领先不了；后来逐渐掌握了要领，在班里也能领先一二了。麦子穗把胳膊扎成红呼呼一片，镰刀割破了手指头，那都是经常的事。

我在兴凯湖那几年，吃得最多的是窝头，我一顿能吃 4 个。那时的伙食总是熬白菜汤或萝卜汤，再加上窝窝头或黑面馒头。我们总喜欢把菜汤放火炉上熬开，把窝头掰碎放进汤内煮，这样吃挺有滋味的。黑面馒头不好吃，尤其是几分钱 1 斤①的黑面跟黑铁蛋似的，嚼在嘴里粗拉拉的，咽下去拉嗓子眼。大米饭一月能吃上两顿，有时吃鱼，兴凯湖被称为"鱼米之乡"，这点我们比别的兵团还是强的。一吃米饭，一般人都能吃 1 斤，有的男战士能吃 2 斤。一次吃包子，我一顿吃了 8 个，一个怎么也得有 2 两②，有一个女生吃了 11 个包子。有一个男生光吃馒头就吃了 16 个，现在想起来真是够吓人的。那时的生活，除了干活就是总感到饿、感到累。因此不管吃什么都香，都感到是一种享受。到兵团后的第二年春节前，我和姐姐都没有想到，爸爸妈妈给我们邮来的新春礼物是一个木头长盒，小盒子钉得很仔细，打开一看，里面整整齐齐地排着一行带鱼块，炸得很黄。可想而知，刚炸完的时候一定很酥、很脆、很香。当然我们吃的时候已经不酥不脆了，而且还带着一点点木头味。但我们仍然觉得很好吃，不只是好吃，简直是好吃极了。一年了，没有吃到这么香的食物了，胜过我回城以后吃的许多东西。我俩每顿饭一人只吃一块，尽情地享受了一个多星期。在兵团，我们每月有 32 元工资，有时实在嘴馋，就去团部买点点心吃，那点心基本上就是桃酥，里面掺了棒子面，但不管怎样，也比窝头、黑面馒头好吃多了。有一次，食堂给我们炸油饼，每人只能吃两个，食堂剩了不少。过了两天，他们把油饼切成块和别的菜炖在一起，可谁也没发现一只耗子因为偷吃油饼被一起扔进了锅里。中午大伙去打饭，正好打进了一个班的饭桶里，又恰巧被盛进了一个女生的饭碗里。这个女生端起饭碗时看见了一只死耗子，简直恶心死了，这顿饭她什么也没吃。下午出

---

① 市制 1 斤为 10 两，合 500 克。下同。

② 1 两合 50 克。下同。

工时，全连战士都知道了这件事，知道了中午这顿菜是用耗子汤炖的，都觉得反胃，有什么办法，活还是得干呀。

这次回43团，看到团部建设得还不错，笔直的柏油马路刚刚修好。我们住的是一幢五层楼的招待所，条件很一般。我没有找到我和父亲、姐姐留影照相的团部大楼，听团部的人说就是我们住的这幢楼，只不过当时是三层，很破旧，后来重新修建成五层。那时候团部大楼自然要比我们十八连的礼堂神圣得多、高级得多，尽管它也十分落后。现在呢，团部和当时比已发生了很大变化，当然它和我去过的许多地方相比，依然是落后、贫穷、简陋的。

同事们陪我在中午时间去了一趟十八连（现在改称"十八队"），队长张义平和他的爱人杨玉芳非常高兴，他们都是当地知青，队长爱人原来就在连队炊事班工作，有两个齐齐哈尔知青和一个当地知青都说认识我，也都热情极了。他们陪我在连里转了一圈，一切依然如故。到处杂草丛生，房子还是一排排的，只是当时草顶的房子基本扒掉，换成了瓦房。格局还是那样，一进连队的那两排面对面的房子还在。我们刚来时就住在那儿，那是一排的驻地。南边的房子住着男生两个班，北边的房子住着女生两个班。女生两班之间有个过厅，一边一个炕洞。当年我们留做值日的就在过厅里烧炕、打水，把战友们的脸盆一个个摆好。老四排在最后一排房，房顶已换成了瓦片的。我没有走近，只是远远地望着它，回忆着当年我们曾在这里吃住，我住在北面这溜炕倒数第三个炕位。我们那时的宿舍收拾得可干净了，每一床被子都叠得像豆腐块似的，上下各苫一条毛巾，有棱有角的，床单扯得很平，没有一点褶皱。洗脸毛巾都是折成方形后再挂在铁丝上，一溜儿，特齐。鞋是鞋跟冲炕，鞋尖冲外，摆成一排。就连牙缸也整齐地排成了队。就在这间房子里，我们迎来了"九大"的召开，这些十七八岁的孩子们，有的敲饭盆，有的敲脸盆，纵情高唱"庆九大，迎九大，九大开红花……"。就在这间房子里，我们曾多少次盘腿坐在炕上，谈论着我们的将来。大家对未来都不抱什么希望，只觉得这辈子就这么完了，终日只有在农田耕作了。我们谈论着等到三四十年后，我们都成了老太太，到那时还是这样盘腿坐在炕上，聊聊天；到死的时候，就让兴凯湖把我们埋葬吧！

第一次回兴凯湖，感慨颇多；故地重游，勾起了我对往事的许多回忆。是啊，自己离开兵团已快 20 年了，人生能有几个 20 年。说起来自己在兵团生活的时间并不长，但在那里生活的日日夜夜却历历在目，始终记忆犹新。是因为当时年纪太轻了？是因为从一个一切顺利的城市名校女生一下子被抛到了这一切皆无的大草甸子上，反差太大了吗？还是因为这里的经历在自己一生的道路上铸造了一种牢不可破的东西？也许，这些因素都有吧。

总之，这里给我留下了刻骨铭心的记忆。如果再过 10 年、20 年，还有机会故地重游的话，我会再回来看看这块曾经让我抛洒过青春热血的黑土地，回忆一下那青春岁月。

1992 年 9 月

2000 年第二次回兴凯湖
——31 年过去，弹指一挥间

2000 年，儿子放暑假，我和爱人带着 14 岁的儿子一起回到兴凯湖。这次陪同我们的有 3 位知青战友：兴凯湖农场党委书记杜崇山、副书记徐贵喜（他俩原先都是哈尔滨知青）、十八队队长张义平。这次回来除了带儿子畅游了兴凯湖，参观了鹿场，我还在连队里好好转了转。

我们乘坐的面包车到达十八队后，两位中年妇女快步迎了上来，同我紧紧握手。其中一位姓杨，是张义平的爱人，当年在炊事班；另一位叫冯丽君，当年是齐齐哈尔知青，现在开一家小卖部。她们告诉我每年都有知青回到这里，幸亏有她们接待。我发现队部的房子是新盖的，装修一新。张义平他们领路，我们一家三口和杜崇山、徐贵喜一起聊着，沿当年的路在连队里走了一圈。我看到连里添了不少新房，但当年知青的住房不少还在，我依然可以回忆起当年哪一个排在哪排房子里。

当年的场院已经变成了种子仓库。当年的食堂也由于多年弃之不用，已经破旧不堪，门外长了一人多高的蒿草。我爱人和我儿子跳进去，看到里面灶台尚在、锅碗无存，几只老鼠吱吱叫着逃进洞里。沿土路前行，我看到当年的厕所还在，于是拉着我的战友们以厕所为背景合了影。到了最后那排房子，我却发现老四排的房子不见了。冯丽君告诉我，前几年由于农场遭水灾，房子倒塌了，后来就被拆除了，我不禁有些伤感。是啊，知青们的离去，使得这里不少房子都空闲了，被生产队的家属们用来养鸡、养羊，这里失去了昔日的喧闹而显得冷冷清清。杜崇山感慨道："人气、人气，首先是人；没有人，什么气也不存在了。"

前面出现了一条水渠，渠上架有一座水泥桥。我左看右看不像当年的小桥，我印象中当年的桥没有栏杆，也比现在的桥窄。张义平指着旁边渠里的几个水泥墩说："当年的桥被洪水冲垮了，这桥是后建的。"他说，你的记忆力真好。我说，当年每个排出工、收工都要排着队、唱着歌、喊着口号从桥上过，我和刘连长、白连长、于长香还有我姐姐还在桥头照过相呢，我怎么能不记得呢？

当年十八连的礼堂，已被改建成今天的兴凯湖精米加工厂。礼堂变成车间，高大的碾米机矗立在礼堂中间，兴凯湖出产的优质大米已远销全国。在礼堂外墙上，当年的标语"广阔天地大有作为""扎根边疆干革命"的豪言壮语，仍清晰可见。我拿出当年我们班集体在大礼堂门口照的照片，那一张张稚气的小脸多么英姿飒爽。杜崇山建议按照当年照片的画面角度，以礼堂为背景，集体合影。时光荏苒，物是人非，历史已经前行了整整30年。

连队的稻田，一望无边，同远处的群山相连。当年，我们收割的时候，一天能走一个来回算是割得快的；现在拖拉机收割一天往返也只能走两个来回，可想而知当年的劳动强度之大。农忙季节，我们每天早上三点半跟着太阳一起起床，晚上七八点钟了太阳下山我们才收工，一天十四五个小时的劳动强度。杜崇山说："那时的劳动叫作'两头看不见，地里三顿饭'，特别到水整地时，简直是超体力劳动。"徐贵喜也说："即使打雷下雨，也不能休息，冒雨干活。身上的衣服不是被雨淋湿就是汗水浸湿，从未干过。"是啊，那时，我们每天都在向身体的极限挑战，多少知青得了腰肌劳损、风湿性关节炎，甚至积劳成疾，患了绝症，我们的身体严重透支啊！

我们一边走着、指点着，一边回忆着、交谈着。我看到碧蓝的天空没有一丝白云，像水洗过一样；清风吹来，夹带着稻花、芦苇、菖蒲的芳香，沁人心脾。多美的景致啊，可当年我们不曾有这样的欣赏心境。我爱人问道："今年你们的水稻一定高产吧？"张义平说："今年的兴凯湖，水稻单季亩产 1400 斤，我们还搞了稻田养鱼，每亩能收七八十斤鲫鱼，大大提高了农民的收入。"我看到一片水稻田长势很好，杜崇山、徐贵喜、张义平的责任田都在这里。我想，有了他们这些曾经有过知青经历的好带头人，兴凯湖的明天将会更加美好。

2000 年 9 月

2012 年第三次回兴凯湖
——这片魂牵梦绕的黑土地

2012 年 5 月，我又有机会来到黑龙江，当陪同的同志问我需要什么安排吗？我脱口而出，想去当年军垦的地方看看，那个魂牵梦绕的地方，那片永生永世眷恋的黑土地。

由于团部（农场）中的知青领导都已退休，给十八队原队长张义平打电话，恰逢他和他爱人都在北京看孙子，因此无人陪同我们去连队了。车子停在了团部大楼前面的广场上，我下车后情不自禁地说了一句"这十八连怎么走呀？咱们打听打听吧。"话音刚落，只见一位满头白发、一瘸一拐的女同志走过来，她接过话茬说："我就是十八连的，我带你们去吧。"于是她上了我们的车，引导我们前往十八连。只几分钟后，这位女同志就说到了，原来道路全修成了柏油马路，可不是我们当年要步行一个多小时的土路了。下车后，我们看到的是一片废墟。几十年前一排排的营房已荡然无存。女同志说，现在大部分连队都不存在了，过去分散住在各队的，现在场里统一安排住房，都搬到场部了，这叫作"退耕还田"。这一片片黑油油的土地将再次连片。听说这里正在修建农用直升机场，鸡西已经修建了航空机场，以后再来兴凯湖可以从北京直飞了。

我们在这连队最后尚存的废墟前面留影，在心里默默地为连队送行。43年前，这里曾喧闹无比。这里曾经先后住着700多名兵团战士，加上职工和家属共计1300多人，这是一个小社会，每天都人声鼎沸。特别是清晨和傍晚，一队队兵团战士排着整齐的队伍，喊着整齐的口号，迈着整齐的步伐，歌声嘹亮，《我是一个兵》《打靶归来》和毛主席语录歌响彻云霄。到处弥漫着青春的气息，到处闪动着青春的身影，到处充满着"与天奋斗，其乐无穷；与地奋斗，其乐无穷；与人奋斗，其乐无穷"的青春精神。

今天，我站在这片废墟前面，有幸为连队送行，为青春送行。我在心里默默地为我们的青春呐喊，为我们的青春讴歌，为我们的青春鸣不平。

十七八岁，一个女孩子如花似玉的花季年华，一个男孩子风华正茂的青春年华。而我们却不曾开花，也不曾茂盛。时代给予了我们不公正的待遇，社会把我们抛向了生活的最底层。我们曾困惑，我们曾无助，我们曾无望，甚至绝望。岁月流逝，尽管我们遭遇了一生的艰辛、曲折和磨难，可我们仍深深地眷恋着这片我们曾经抛洒热血、献出青春的黑土地。因为知青的经历铸造了我们忍耐、坚韧、顽强奋斗的人生品格；奠定了我们不怕一切艰难困苦，敢于承担、勇于牺牲、甘于奉献、勇往直前的世界观、人生观和价值观。

我永远忘不了那位当过兵团战士的母亲，为救治自己患白血病的孩子多次卖血的憔悴面容；我永远忘不了在那个风雨交加的夜晚，曾经的兵团战士而如今下岗的工人为养家糊口，在公交车站维持秩序的疲惫身影；我永远忘不了和我父亲同住一病房的曾是六师兵团战士的刘宏，因肝癌晚期，腹水肿得老高，在他生命终点的前三天还在费力地、兴奋地和我交谈着当年他在兵团时生活的情景；我更永远忘不了我回兴凯湖时，那静卧在大草甸子上的一座座墓碑，其中安葬着一位年仅 17 岁的北京知青，1969 年他刚到兵团 3 个月，就因扑救荒火而陷入沼泽，永远地长眠于那片黑土地。

我想，历史将记载：在国家和民族危难的时候，是我们用稚嫩的双肩为国家为民族排忧解难，我们愿一生做铺路的碎石，我们愿一生做支撑桥面的桥桩，我们愿一生奉献，从不索取。今天，祖国像巨龙般在全面实现小康社会的伟大进程中腾飞，而"知青"这一代人为祖国今日的腾飞已经付出了一生。我们这一代人在上学时期失去上学机会，在年轻时要晚婚晚育和只生一个孩子，有些人工作后提前下岗、买断工龄，退休后又赶上了国家正迅速进入老龄社会、养老难的困境。虽然我们中的大多数都已年过花甲，但只要祖国需要，我们还能负重前行。

火红的青春，灿烂的青春，激情燃烧的青春，岁月如歌的青春！

2012 年 6 月

雪

今天下了整整一天的雪。

北京总爱二三月份下雪，这已经是老习惯了。天气预报总结说，今天的降雪量还真不小，北京近郊区某些地方的积雪已达到了5厘米厚。下午雪下得小点了，孩子们都出来了，他们打雪仗、堆雪人，或坐在轱辘车上滑雪，他们蹦啊，跳啊，嚷啊，叫啊，摔倒了也不怕。是啊，北京已有几年没下过这样的大雪了，俗话说"瑞雪兆丰年"，人们怎么能不喜上眉梢呢？

看到这大雪，我不禁想起兴凯湖的鹅毛大雪——那铺天盖地的大雪和那冰天雪地中的兵团生活来。我当年所在的黑龙江生产建设兵团四师43团地处中苏边境，紧挨着兴凯湖。这里一年有半年的冬天，也就是说，每年从10月份开始下雪，到第二年4月冰雪才开始融化，每年的无霜期只有6个月。我们十八连种水稻，每年4月底、5月初就要下水田整地。水田里的冰刚刚解冻，其寒冷是可想而知的。我们那时都没有长筒靴子，每人只有一双农田鞋，一下田，水就没过了脚脖子，再往深走，有时水能达到膝盖那么深。每次下水田前，我们都要高声背诵毛主席语录："下定决心，不怕牺牲，排除万难，去争取胜利。""这个军队具有一往无前的精神……只要还有一个人，这个人就要继续战斗下去。"当时这种革命精神给了我们很大的力量，现在想起来是无论如何也忍受不了的。每年10月份是我们收获水稻的秋收季节。那时兴凯湖的天气还是相当好的，经常是万里无云，但好天只有十来天，得赶紧抢收。等我们把水稻都割倒，打成捆，在地里垛成堆，雪就开始下了。再到我们赶着马车到地里运稻子时，就已经要从雪里扒稻子了。每年我们都是1月份脱稻粒，那时场院里到处是雪，每天我们顶着刺骨的北风，冒着零下三四十度的严寒去干活。在漫天飘舞的雪花中脱粒扬场；在冰天雪地里打土方挖水渠；在冰雪覆盖的小湖里打苇子；在漫天大雪中刨猪圈积肥。冰雪还没有融化时，我们就随着拖拉机去整地、播种；大雪已铺满大地时，我们还在地里忙着搬运庄稼。

东北的雪厉害得很，有出名的"大烟泡"和"小烟泡"。刮"大烟泡"时，大风卷起雪粒朝人的身上、脸上拼命地抽打，同时带着一种鬼怪式的吼叫声，这时的气温通常在零下30摄氏度左右。这种天气我们一般是不出工的，因为风雪刮得人连眼睛都睁不开，手也无法伸出来。刮"小烟泡"时稍微好一点，但那坚实的雪粒打在人的脸上也是够呛的。我们的脸、手、脚通常要冻起大肿包。冰霜结在帽檐下，成了一根根的冰柱。有时，雪深得没过膝盖，走一步都要费很大的力气。尤其是走过冰雪覆盖的大沟渠，不知雪深得程度如何，有时一脚踩下去就踩空了，很危险。这时通常由有经验的连队老战士打头，在大沟上探出一条雪路，然后大家一一通过。有时到处是冰，一步一个跟头，但也摔得不疼，因为我们都穿得厚实，棉袄、棉裤加棉帽子，又年轻。刮"小烟泡"时，我们是要干活的，因为东北冬天这样的天气很多。如果碰到不刮风的雪天，那简直是我们的福气了。

由下雪而想起的这些事发生在十六七年前了，在我十七八

第二篇　追逐和奋斗

55

岁的时候，说起来很遥远，但每个场景还是历历在目的。

1986 年 2 月

我爱这一九七八年

晴空万里，阳光灿烂。7 月 1 日，在庆祝党的生日的联欢会上，衣着五颜六色节日服装的孩子们登上这绿毯般的草坪舞台，放声高唱，起舞翩跹，歌唱伟大、光荣、正确的中国共产党。

"下一个节目"，小报幕员用她那清脆响亮的童音报幕："由小班的小朋友演唱'英语字母歌'。"啊，我的学生们上场了，小演员们一个个精神抖擞、活泼可爱，随着欢快的乐曲，孩子们的歌声响起，多么清晰、准确的发音。要知道这些刚刚 5 岁的孩子们学习英语只有两个多月的时间啊，我按捺不住激动的心情低声和孩子们一起唱起来。忽然，小演员们举起手中的图片，露出"I can see my ABC"的英语字样，向观众们点头微笑，仿佛在说：你们看，我们现在已经学会唱英语字母歌了。瞬间，孩子们手中的图片又组成了一幅壮丽的图案，金色的葵花朵朵向阳，一行鲜红的大字耀眼夺目："我们一定要实现四个现代化。"是啊，在我们党诞生 57 周年的大喜日子里，孩子们在向党表决心，我作为一名幼教工作者、培育革命幼苗的园丁，又应以怎样的成绩向党汇报，敬献忠心呢？我不禁陷入回忆之中。

一九七八年的春天是阳光明媚的春天，在全国科学大会上，邓小平同志提出的一定要极大地提高整个中华民族的科学文化水平的伟大指示，像春风吹开了我们每一个教育工作者的心扉。在全国教育工作会议上，他又亲切地提出要搞好幼儿教育，并且向我们这些战斗在教育战线上的辛勤园丁致以崇高的敬意。多么巨大的鼓舞，多么殷切的期望！我暗暗下定决心，一定要把自己的全部智慧和才华献给祖国的幼教事业，用自己青春的热血和辛勤的汗水浇灌革命的幼苗、红色的花朵。近几年，通过自学，我掌握了一定的外语知识。我想，为了让祖国早出人才，为四个现代化贡献力量，我们可以不可以适当地教给孩子们一些简单的英语呢？我的建议得到了领导的大力支持。但也有一些同志持怀疑态度，认为孩子们太小，她们能学会吗？是啊，我所教的小班儿童大多数还不到 5 岁，汉语还掌握不好，学习英语，困难一定会不少的。但是，我们能见到困难就畏缩不前吗？我利用业余时间制作了英语 26 个字母的卡片，晚上回家对着镜子反复纠正口形，练习发音。4 月中旬的一天，我怀着十分兴奋的心情给孩子们上了第一堂英语课，我对小朋友们说，为了实现祖国的四个现代化，现在老师和你们一起学习英语。小朋友们可高兴了，一双双清澈明亮的大眼睛惊奇地盯着我手中的字母卡片，学得可认真了。就这样，我们每星期三上一节英语课，小朋友们特别感兴趣，有的小朋友这一天病了，可也一定让爸爸妈妈送来，说今天要上英语课，有的家长兴奋地对我说，孩子回家念英语字母说是老师教的。为了让孩子们掌握正确的发音，便于记忆，我还制作了一些图片配合字母教学。这不，孩子们现在都学会了 26 个字母，她们的节目赢得了多少观众的赞赏啊。一阵热烈的掌声打断了我的回忆。原来是我们班的小雅维身穿漂亮的连衣裙，头上扎着一朵鲜红的蝴蝶结，站在舞台中央用英语演唱《我爱北京天安门》，小雅维眨动着她那双水灵灵的大眼睛，两个小酒窝笑得那么圆，百灵鸟似的歌声清脆动听，吐字发音准确鲜明。啊，多么像一朵盛开的鲜花，她开放在百花园中，在其中争芳吐艳。此时此刻，我怎能不更加深切地感到作为一名人民教师所担负的历史重任，党和人民授予我们"辛勤的园丁"这称号的光荣和神圣。

亲爱的党啊，在您的生日里，回顾一九七八年这战斗的日日夜夜，展望新的长征路上那万马奔腾的跃进景象，我怎能不感到自己的心脏和祖国的脉搏一起跳动，自己的脚步伴随着祖国跃进的隆隆脚步声响，我爱这火红的年代，我爱这一九七八年。

1978 年高考前

我的大学

——北大一分校和北京大学

可以说，我做梦也没有想到，在我离开中学后的第十年，终于踏入了大学的门槛。

1978 年，高校恢复招生考试制度的第二年，我考上了北京大学（以下简称"北大"）第一分校中国语言文学系。这所学校坐落在西城区甘家口地区，占据的是华侨补校的旧址。它只拥有一座灰色的教学楼，可以说几乎没有操场。在离教学楼几百米处的一所中学旁边有几间大教室，很简陋、很破旧。在这几间大教室里，我们聆听了北大的教授们（给我们讲课的当时只有一位是讲师），包括著名教授王力老先生的课，整整 4 年。

我们中文三班的教室在教学楼四层的最东边。这间教室很大，大大的明亮的玻璃窗。我们在这里读书、自习、听课、考试、讨论，在这里过团组织生活、党组织生活，开诗歌讨论会，开文娱晚会。

楼前有一长方形空地，我们常在课间时来这里做操、活动，有时体育课也在这里上，练单双杠、前滚翻、后滚翻、跳山羊等。这里还矗立着几个宣传栏，每年评选完"三好学生"、优秀班干部，就在这里公布。我在大学里连续三年被评为"三好学生"，一年被评为"学雷锋标兵"，我和同学们戴着大红花的照片就挂在这宣传橱窗里。

北大一分校的条件是很艰苦的，但在这样困难的条件下，我们争分夺秒、奋力拼搏，努力完成了 4 年的学业，获得了大学文凭和文学学士学位。

我们学校的师资基本上来源于北大，连系里管理我们的老师也大都来自北大，这样就使得我们有机会经常出入北大本部了。北大创建于 1898 年，初名"京师大学堂"，是中国第一所国立综合性大学，辛亥革命后，改名为"北京大学"。北大校园占地总面积约 7000 亩，其中，燕园校区是北京大学本部，占地面积 2925 亩。燕园包括淑春园、勺园、朗润园、镜春园、蔚秀园、畅春园等，在明、清两代是著名的皇家园林，数百年来，其基本格局与神韵依存。校园北与圆明园毗邻，西与颐和园相望。北大校园环境风景如画，既有皇家园林的宏伟气度，又具江南山水的秀丽特色。校园内，亭台楼阁等古典建筑错落有致，山环水抱，湖泊相连，堤岛穿插，风景宜人；到处古木参天，绿树成荫，四季常青，鸟语花香。著名的"一塔湖图"，即博雅塔、未名湖和北大图书馆并列成为北京大学的标志。北大图书馆，外观展现盛唐风格，宏伟大气，坐落于校园中心，观之如知识圣殿，拥有非常多的藏书，堪称"书山""智海"。未名湖，可谓北大燕园的精髓，是"一塔湖图"最主要的组成部分。沿着未名湖畔的小径而行，林木葱茏，荷塘映绿，水光潋滟，空蒙欲滴，环湖的杨柳婀娜多姿，低垂的枝条在斜风细雨中温柔地拍打着水面，博雅塔的倒影在湖中隐隐浮现。博雅塔则是燕园建筑之精髓。它位于未名湖东南的小丘上，是仿通州燃灯古塔、取辽代密檐砖塔样式建造的。它原是校园供水水塔，其独具匠心的设计构思，乃燕园构建的神来之笔。我们中文系的毕业照就以北大未名湖和博雅塔为背景，全体同学在这里留下了青春的倩影。

还有应当特别提及的是，在北大一分校学习期间，经北大中文系曹一兵老师和五班班长王宏源同学介绍，我和同学赵建华相识、相爱，毕业后结为终身伴侣。总之，北大一分校与北京大学有着天然的、亲密的关系。那前无古人、后无来者的北大一分校中文系的同学们，享受了来自北大中文系最富实力的老师们的辛勤栽培和谆谆教诲。这些学生毕业后的 30 年，奋战在祖国各条战线上，成为国家的栋梁。我想我们永远不会忘记，是北大的乳汁哺育了我们，我们一生将以此为骄傲。

2013 年 11 月

天津之行

　　1980 年，我上大学后的第一个寒假是一个特别有意义的假期。在这个寒假里，我们去了一趟天津，了却了一桩多年来的愿望。

　　那时，我并不太清楚二舅家的近况，只知道 1979 年全国的"右派"都平反了，我二舅也该"重见天日"了。对于二舅家的地址，我们也只是从二舅写给妈妈的信封上看到的，也许是老皇历了，但"杨柳青"这三个字是深深地印在我们的脑海中的。我们买了去天津的火车票，下了车已经很晚了，我们边走边打听。那里刚刚下了雨，到处坑坑洼洼、黑灯瞎火，我们硬是摸到了杨柳青大楼胡同 7 号——二舅家，谁想到，二舅在落实政策后，全家早搬走了。给他看房子的是一位中年妇女和她的儿子。那是怎样破旧不堪的两间小南屋啊，门就像农村的柴门，只能虚掩着，为了安全，晚上得顶上门杠。房顶棚是纸糊的，破旧的发黄的报纸，呼啦啦掉下一大片，漏出黑乎乎的房顶。四壁又黑又脏，里屋有土炕，外屋盘了一个灶。听说我们是从北京来的大学生，院子里的三户人家都热情极了，尤其是住北屋的房东老太太，硬是拉着我们到她家去吃饭去睡觉。对于这房东一家的人品，我们早有耳闻，我们就是坚持要在二舅二舅妈和弟弟妹妹们曾经住过的破房子里吃饭睡觉。

　　第二天一早，看房的娘俩儿就把我们送到了二舅的新居——

天津市河北路 46 号。这新居也不是单元楼房，而是二舅恢复工作后的单位——天津市职工业余大学临时给安排的，实际上是一间大教室，旁边有一间小屋做厨房。这间教室可大了，我们去时二舅一家还没起床，听到我们的声音，全家人沸腾了，我们也不管他们穿没穿衣服，就一头闯了进去。这时，湘灵弟弟已经爬出了被窝，他大多了，已经 16 岁了，像个大小伙子似的。他如今已是南开大学分校物理系的大学生了，他在上初中时因学习成绩优异跳了一级，上高一时全校选拔了三名优秀学生与高三毕业生一起报考大学，他一举考入了南开大学分校。当时他只有 15 岁啊，比正常考大学的孩子小了整整两岁。湘灵学习起来是格外认真的，他每天早上到外面去跑步、念外语。他爸爸让他背英语词典，他一直坚持背诵。我们一起听英语广播，试着用英语会话，他的发音十分准确。

湘灵和我很要好，上大街的时候我们总是手牵手，他虽还是个孩子，但手已长得很成熟了，粗大有力、热乎乎的。二舅在一旁看了笑道："真像当年我和你妈妈呀。"二舅上中学时，我妈妈总是带着他的，每星期天他都要到我妈妈所在湖南国立师范学院的女生宿舍区去玩，多有意思啊。湘灵的模样和动作还像个孩子，但他的思想却过早地成熟了。他出生在这样一个家庭，父亲当年才华横溢，1957 年却遭受了不白之冤，被打成了"右派"。母亲忍辱负重，把他们几个拉扯大，他的姐姐和弟弟都因为"文化大革命"被打致残。只有他躲过这一劫，他从小就聪明伶俐，父亲整日在外因劳教不能回家。母亲温柔贤惠，她把全部爱都给了丈夫，给了孩子们，对湘灵的培养更是费尽了苦心，从小就教他念古典诗词，湘灵出口成章的许多诗句都是他母亲教会的。记得在水上公园游玩时，我们一起漫步在长廊里，他吟诵起柳永的《雨霖铃》中的词句来，很是感慨。正因为时代、社会给他幼小的心灵造成的伤害，使他看问题是那样的深刻和尖锐。我们一起逛百货大楼时，我向他说起在杨柳青时房东老太太对我们的热情招待，当时，湘灵嘴角浮现出一丝冷笑，说道"这种人就和王熙凤一样，明里一团火、暗里一把刀"，我当时不禁暗暗吃惊，小小年纪竟然把社会上的某些人物的灵魂看得如此透彻。二舅妈也向我说过，湘灵在杨柳青时可没少受房东那家的气，当时家里的力气活差不多都是湘灵的，他拉煤、买粮、买菜，经常受到房东老太太的指桑骂槐。他小小年纪就要学会忍受，但他心里一切都是明白的，他知道应该爱什么，应该恨什么。"人情冷暖，世态炎凉"八个字深深地刻在他幼小的心灵里。

天津之行对我的教育太大了，回北京后我为二舅、二舅妈、湘灵、小彬子、大华子各写了一篇文章，并寄给了他们。后来，我和湘灵弟弟经常通信，互相交流思想感情、交流学习体会，姐弟之间的感情越来越深厚。但时间如流水，瞬息间30多年过去，然往事历历，挥之不去。好在一切都已过去，时间呀在前进，每秒钟都在改变他周围的面貌，使新兵变成老兵，战士变成指挥员，指挥员变成元帅。我已成为国家干部，湘灵已加入美国籍，二舅已成为教授。我们都在各自的岗位上努力奋斗去实现人生的价值。

2013 年 11 月

春雨

春雨跟随着春天的脚步声来了。

密密的雨丝像一层薄薄的轻纱从天空中飘然而至。它滋润着大地山河，滋润着人们的心田。春雨带来了春天的气息，沉睡了一冬的土地在它的哺育下苏醒了，蚯蚓蠕动前行，小草冒尖，大地吐出泥土的清香。山在发青，水在变绿，鸟儿从屋檐下飞向树梢，发出清脆悦耳的鸣叫。万物在复苏，万物在萌动，万物在春雨的洗礼下生机勃发。

上小学时，我曾经学过一篇课文《春雨》，这样写道："滴答，滴答，下小雨啦！种子说：'下吧，下吧，我要发芽。'梨树说：'下吧，下吧，我要开花。'"儿时的我就喜欢春雨，当一个严寒的冬天过去，春雨第一次降落到大地上，我们这些孩子都要欢呼着、跳跃着，跑到院子里去，任凉飕飕、轻柔柔的雨丝抚摸我们的面颊。我记得每年总是春节过后不久就要下春雨，这时，我们姐妹几个都要吵着让妈妈帮我们脱去棉衣、棉裤、棉鞋，换上毛衣、毛裤、夹袄，欢跳着去迎接春雨。我们真仿佛变成了轻盈的小燕子，就要展翅飞翔了。那时的生活真是无忧无虑啊，春雨的浇灌，使我们像课文中的小树那样一年年长大了。

真正长大起来了，是在黑龙江生产建设兵团度过的那几个春天。兴凯湖地区的无霜期是很短的，每年从10月到来年4月，到处都是白雪皑皑，一片银装素裹。4月底，已是水稻、大豆的播种季节，清晨，我们踏着薄冰，披着雪花出发了，而到中午的时候，雪花变成了雪粒，雪粒又逐渐变小，最后变成雨，滴答滴答地打在我们脸上、身上。"下雨了!"不知是谁惊呼了一声。我突然间醒悟了，啊，是春雨! 它在送走冬的严寒，它在迎来春的温暖，它在与冰和雪的奋斗中坚韧地顽强地抗击着，但它最终战胜了它们。春雨默默地、不声不响地来了，黑油油的冻土受到这雨的浇灌，绽开了、复苏了。积雪在春雨中消融。铺满薄冰的路变成了泥泞的路，我们浑身泥水，迎着春雨返回驻地了。但心里却有一种说不出的喜悦，春就在这一瞬间降临到了北国大地。它来了，它带来了生机，带来了希望。

对春雨怀有更深刻的理解和更深厚的感情，那是我上大学学习了古典文学史这门课程以后。在源远流长的我国古典诗词当中，有不少描写春雨的著名诗句。像杜甫的《春夜喜雨》："好雨知时节，当春乃发生。随风潜入夜，润物细无声。"作者以拟人的手法描写了春雨正值春天植物萌发的时节，伴随着春风，静静地、悄悄地在夜间就稀稀疏疏地下起来了，这绵绵细雨无声无息地滋润着大地，滋润着万物，滋润着一切。韩愈的《早春呈水部张十八员外》也是一首描写春雨的佳作："天街小雨润如酥，草色遥看近却无。最是一年春好处，绝胜烟柳满皇都。"把春雨比作酥油，香喷喷、湿润润的洒满了天街。春雨使青草发芽，使烟柳满城，春雨过后，大地一片新绿。吟咏了古人的诗句，我对于春雨更加喜爱了。春雨送来了春，春雨过后，春回大地，春光明媚，春意盎然。一年之计在于春。春天，一切都欣欣向荣，生机勃勃，人们抖擞精神，又开始了一年新的生活。

1983 年春

窗下有一位小姑娘

每当我要写文章的时候，总爱站在我家阳台上，一面理着思路，一面朝下看。北京 3 月份的天气还很冷，尤其是前几天又下了雪。我向下望时正看见我们 3 号楼和 4 号楼中间的一片空地上，一位身穿鲜红色羽绒服的小姑娘正吃力地拿着一把与她同样高的扫帚在扫地。这小姑娘看上去也就五六岁，她没戴头巾，也没戴手套，小脸被风吹得通红，再被红羽绒服一映，简直像一个大苹果，小手也冻得通红通红的。她费力地把地上的垃圾扫到一起，那么认真，哪怕是一片树叶、一个烟头、一片糖纸都不放过。好不容易把垃圾聚拢在一起了，一阵风刮来，垃圾又散落开来。她毫不气馁，又重新一片纸、一片叶地扫了起来，这样往返了几次，终于把垃圾扫进了簸箕里。一个小姑娘在扫地，这看起来是件很平常的事，但她那严肃认真的神态，那一丝不苟的精神却感染了我，使我目不转睛地看了下去。

小姑娘费力地端着大簸箕来到大垃圾筒前，她把簸箕举起来，就是够不着垃圾筒的入口。她想了一下，就从楼角处搬来两块红砖，站了上去。这时，只见对面 4 号楼的一扇玻璃窗打开了，一位年轻妇女探出了头，她大喊着："小莉莉，你干什么哪？那多脏啊，那是小孩子干的吗？"这个叫小莉莉的小姑娘仿佛没听见妈妈的呼喊。她把簸箕举了起来，把垃圾倒进了垃圾筒。只见她长长舒了口气，仿佛刚刚完成了一项大任务似的。

这时，她妈妈跑下楼来，拉着她就走，嘴里面还叨唠着。小莉莉什么也没说。她只是不停地向后瞧着，那眼神仿佛在说："我扫的地干净吗？我倒垃圾时没有倒在外面吧？"她好像后悔自己动作太慢了，没有来得及把那两块砖搬回楼角处。她恋恋不舍地走了。

1986 年 3 月

北戴河旅游记

旅游车在宽阔平坦的柏油马路上急速地向前行驶，两边茂盛的树木在眼前飞似地的闪过，汽车轮子终于在 10 个小时的飞速运转后戛然停止了。1981 年 8 月 21 日 18 时 30 分，我们到达了宿营地——北戴河专家疗养院。

海滨夜景

晚餐后，我们不顾一整天旅途的疲劳，向海滨进发了。久闻北戴河海滨风光迷人，果然名不虚传。未近海边，我们就听到海浪拍打岸边的响声，"哗——哗——"，走近了，只见灰蒙蒙，水连天，天连水，宽阔无边，浩浩瀚瀚。远处，海天交接的地方，在东北方向有一排灯光，据说那就是秦皇岛港口，这灯光宛如一串珍珠镶嵌在海天的尽头，熠熠闪光，与满天的星斗交映生辉。银河流过宽阔的夜空，仿佛一条淡淡的白纱带在深蓝的天空中翩翩起舞。若明若暗的星星点缀在这巨大的夜幕上，帘垂四面，垂向大海，垂向原野。啊，广阔的大海，广阔的夜空，从城市拥挤的人群、繁华的街道、林立的楼房之中出来的人们一下子见到这宽广的天地，呼吸到这带有清香水气的新鲜空气，怎能不豁然开朗、心旷神怡呢。我们禁不住要在这布满细软沙石的海滩上席地而坐，手抚沙石，不知不觉摸出一个个小贝壳，天太黑了，看不出它们的颜色和形状，但我们还是很有兴趣地摸了满满一大把……

北戴河之晨

夜晚，因天色太黑了，海上的许多景物只是影影绰绰。第二天一清早，我们又来到海滩上，观赏海滨晨景。初升太阳的光芒映照在海面上，跃起道道金闪闪的光带，波纹闪烁，犹如金链摆动。大海，碧蓝碧蓝的大海，一望无垠，伸向天际。一艘艘轮船在海上出现了，徐徐的晨风将船帆高高鼓起。远处的海面是那么平静，一个个浪头就像用彩笔固定在水面上，纹丝不动。而近处的海面却浪花翻卷，涛声四起，一排排浪头跃然而起，奋勇向岸边冲击，溅起一层层雪白的浪花。海水每冲击一次岸边，就留下一层玲珑的贝壳和晶莹的石子，退下了；不一会儿，它又聚集了一排浪头向岩边驱来，于是哗哗地拍岸声与怒放的浪花构成了海边一种音乐般的节奏、一幅诗意般的图案，令人兴致盎然。早晨的海滨一切都笼罩在晨曦里，南边有一座小山坡，听人说在那里可观海上日出。可惜这个早上我们起得略晚，太阳已升起好一会儿了。北边，一大群礁石组成一片礁石滩。那里有当地人在打捞海中生物，有的当时就卖给游人。从北边的海滩向上走，只见绿荫环抱，高楼错落，那是几个疗养院的所在地。人们正漫步在花丛树影之中，吸吮着沁人心肺的湿润海风，真是怡然自得、饶有情趣啊！

孟姜女庙

早餐后，我们驱车直奔孟姜女庙，汽车驶过一尘不染的清洁街道，两边造型精致美观的宾馆、旅社、疗养院别具风格、各有特色。很快，孟姜女庙到了。登上台阶，首先映入眼帘的是"贞女祠"三个大字，孟姜女哭长城的故事最早见于《汉书》，讲的是流传于民间的秦始皇修筑长城时的一个动人故事。祠内有一座形象逼真的"望夫石"，孟姜女神态茫然、目光黯淡，遥遥直视前方。身后还有一座小亭，传说孟姜女曾在这里振衣拂袖，抖干身上的海水，因此命名"振衣亭"。

山海关

第二站是山海关，雄伟壮观的山海关是万里长城东端的第一个关口，它是我国古代多少劳动人民智慧的结晶，又是由多少保家卫国的将士们的血肉筑成。它是中华民族的象征。"天下第一关"，一行苍劲挺拔的泼墨大字镶嵌在漆金大匾上，横挂于城门楼上，气魄之大曾令外寇胆战心惊，曾使人民情豪志壮，古今中外多少游人为之讴歌，为之赞叹。

"假桂林"

第三站是"燕塞湖"，又名"石河子水库"，历来有"假桂林"之美称，身临其境，名副其实。乘上快艇，1 小时 25 公里的水上游使我们饱览湖光山色。这里的水不同于海滨之水，它碧绿碧绿，宛如一块晶莹剔透的碧玉；这里的山不同于莲蓬山，青草满布把一座座秀峰打扮得如同绒毯铺出一般。青山绿水，一碧如玉，山影倒映，水添山色，奇峰峻峭，怪石高耸，水波荡漾，静影沉璧。咦，前面一块山石多么像一位衣袖翩跹的少女以坐卧之态仰望星空，人们指指点点，管它叫"仙女抱月石"。快艇划过的湖面上，一道深深的圆圈状波纹宛如一条深绿色的绸带漂浮，它是那样长，那样圆，渐渐地，越飘越宽，越飘越浅……

海中游泳

已是下午3时，旅游车返回驻地了，身体虽感觉疲劳，但海滩游泳的兴致又驱使着我奔向大海。在大海里游泳对于我这个只能在城市浅浅的游泳池里扑腾十几米的嫩皮姑娘来说是多么新鲜，又是多么陌生。但我没有畏惧，没有恐慌，我扑向大海，抱起浪花，让海水抚摸我的四肢，让波涛把我的身体掀上海岸。海水的浮力真大呀，海浪从天边一排排赶来，真像一块巨大的绸面在随风抖动。人随海浪在水中浮动，顺波逐浪，掀起跌落，好似鱼儿跳跃，蛟龙欢舞。海浪拍击岸边的沙石，掀起一尺多高的碎花。躺在湿润的细沙上，任海浪一次次跃过我的身躯，把我拉下，又推上。以这浩瀚无垠的大海，以这翻腾起舞的浪花作背景，按一下快门吧，摄下这饶有诗意的镜头。

观日出

次日凌晨4时许，汽车把我们载向鸽子窝，俗称"鹰角石"，观看日出。当地人说在北戴河观赏日出，那里可是"绝胜之地"。鹰角石，一块巨石酷似鹰隼耸立，孤峰入海，壮观雄伟。一座雅致的小亭就建在比肩而立的石岸上，人称"鹰角亭"。天色还是灰蒙蒙的，我们就到达了那里，谁知已姗姗来迟，鹰角亭和周围居高临下之地早已密密麻麻站满、坐满了游人。快步奔向高台阶选择有利地形，我与另外一个年轻人迅速地在半山腰占据了一个不会被人挡住视线的地盘，眼望东方。天边刚刚略现红色，渐渐地，渐渐地红光蔓延，浸染着天空，红、黄、绿、蓝，四散开来。大海一碧万顷，红光辉映。人们的眼睛紧盯住海际天边的最红处，那将是朝阳升起的地方。已是 5 时 20 分了，我屏住了呼吸，连眼睛都不敢眨一眨了。到底是高处，只听到鹰角亭上一片欢呼声，随之，只见红光的中心绽开出一个鲜艳的小红苞，它一点点跃出水平线。它通红透亮，它照红了天，映红了水，不一会儿，一轮红日冉冉升起，它给晨空，它给大海带来了勃勃生气，红光变成了金光，水面上波光鳞鳞，水纹漱滟。沐浴着朝阳，脚踏着礁石来一张摄影特写吧，千万不可放过这难得的绚丽画卷。

莲花石

　　早餐后，我们去莲蓬山，它亦名"联峰山"。我们首先来到位于东联峰山南麓的莲花石公园，只见万松之中有数石矗立，人们称这些石头为"莲花石"。步入公园，只见一块石碑矗立于一堆莲花石之前，碑上刻有一首字迹秀丽的七律诗："海上涛头几万重，白云晴日见高松。莲花世界神仙窟，孤鹤一声过碧峰。汉武秦皇一刹过，海山无恙卉云河，中原自有长城在，云壑风林独痗歌。"落款为"水竹村人"。听同行的老先生们讲，水竹村人即徐世昌，在清光绪年间做过翰林，任过军机大臣，民国初年当过大总统，曾到此一游，题此诗。

望海亭

沿山路向前徐行不远，一大石窟坐落在半山腰上，这就是"仙人洞"。过了仙人洞。我们开始向联峰山之巅攀登。虽然已是入秋天气，但上午九十点钟的太阳仍十分灼人，人们走走歇歇，不一会儿，薄汗浸透了轻衫，但见山顶渐近，也就不顾一切地向上攀去了。望海亭位于联峰山之巅，为北戴河最高处。当人们登上亭台，不禁油然而生"一览众山小"之感，放眼望去，近处，山峦重叠，绿树环绕，亭台楼阁，点缀于万木丛中；远处，渤海湾海天茫茫，帆影点点。黄澄澄的细沙海滩，蜿蜒曲折，围绕着晶莹澄碧的海湾，就像给一块巨大无比的蓝色宝石镶上了一条耀眼的金边。俯瞰、远眺，北戴河海滨全景尽收眼底。这时，人们又会吟诵起唐代诗人王之焕的著名诗句"欲穷千里目，更上一层楼"。

捉螃蟹

人们说，北戴河最美妙最动人的景物莫过大海，此话言之极当。大海，洪波万里，白浪滔天，澎涛碎玉，气势雄伟。人们或在波涛里畅游嬉戏，或在礁岩间寻贝垂钓，或在海滩上漫步赏景，或在岸边倾听涛声。然而，我发现有一件游戏更为有趣，这就是在海边的礁石缝隙的水洼里捕捉小螃蟹和小鱼了。

第三日清晨，邀上同车11岁的小维维，我们跑跑跳跳来到海边，卷起裤脚，下到浅水了。捉小螃蟹可不是件容易的事。第一眼睛要尖。第二手脚要快，别看螃蟹横着爬，样子挺笨，见有人来捉它，钻得可快呢，所以一旦发现目标就要眼疾手快地迅速将它擒住，不然它钻进石缝深处，死也不肯出来。有两个小螃蟹就是生生让我拉断了腿也没有能活捉住。小螃蟹到底不多，捉上几只就很难寻觅了。小鱼可有的是，它们自由自在地在水里游来游去，但要捉到它们可不简单了。没关系，我们有办法，这个清澈见底的小水洼，鱼可真不少，来，我们先用小石头把两边堵上，省得这些小鬼流窜到别的水洼中去。鱼用手捏可不行，它们滑得要命，你手根本抓不住。要这样，一人张着塑料袋的口，一人连鱼带水一起往口袋里赶，即便两人如此合作，它们还常常从口袋边溜走呢。好半天，我们才捉到 8 条。又捞上些小水草。糟糕，塑料口袋漏了，小鱼离开水怎么能活。好啦，装满半口袋水，一手捏住漏水的口袋角，我们胜利而归了。

碣石园、中海滩

白天，我们又游玩了海滨花园、碣石园、中海滩等名胜风景区。

碣石园，据说就是以曹操《观沧海》中提到的"东临碣石，以观沧海"和后来毛主席诗词中的著名诗句"东临碣石有遗篇"中的碣石命名的，可惜碣石已全部风化，无处观赏了。

中海滩，北戴河的又一著名海滩，游泳胜地。观潮亭矗立于中海滩西部。老虎石位于中海滩中部，海内有巨石数块突出海面，呈群虎盘踞之状，故以为名。站立海岸，只见渔舟逐浪，海鸥翱翔，浪花飞溅，天水一色。

再见了，大海！

不消说，每日下午我们都要到大海里去游泳，让海水滋润我们的肌肤，让海风吹拂我们的面庞。三天游玩的时间实在太短了。第四天清晨，我们又早早地起床，赶到海边，与大海话别。澎湃的海水翻卷碎玉般银浪把大海妆扮得更美了。奔腾的浪头一排紧接着一排地向岸边奔来，像是在欢送我们，是那样热烈亲切，又是那样脉脉深情。再见了，大海，回头再望一眼你的风姿，回头再听一声你的呼唤。你载着千层万层的浪头永远奔腾不息。

1981 年 8 月

魏公村的变迁

1981 年初，我家搬到了魏公村居住，至今已有三年多了。

我们刚来时，这里刚刚在建设，还算不上魏公村小区。几幢楼孤零零地矗立着，前面几座楼还在施工，沙子、砖瓦、石灰堆得到处都是，楼与楼之间杂草丛生，瓦砾遍地，有时还有一堆堆的垃圾，行走起来经常要拐弯抹角，迂回前进。这里没有商店，连打酱油都要到魏公村口外去，买其他东西就更不用说了。

我家楼前面那幢楼旁边矗立着两块石碑，据说是齐白石和他夫人的墓。后来那里围起了栅栏，周围种上了苍劲的松树。慢慢地，魏公村小区开始变化了。

我们 3 号楼和 4 号楼之间盖起了一所现代化的幼儿园。天气好时，老师们经常要领着孩子们出来散步、做游戏；又是好几幢楼完工了，在两排整齐的楼房中间，修起了一条笔直的柏油马路；居委会建立起来了，他们管理的自行车棚昼夜为居民服务，公用电话亭、医疗站都建好了；副食店、蔬菜店、百货店建成了，人们一出门就可以买到菜，生活用品应有尽有，就连发电报、寄邮包也不需要跑路了，百货商店的楼上就是邮局。魏公村变了，但最明显的变化还是发生在今年。

今年，海淀区政府拿出几万元美化魏公村小区。近两个月来，魏公村小区每天都有着明显的变化。建筑工人们用他们灵巧的双手辛勤地劳动着，他们把每两幢楼房之间的空地建成一个个各具特色的美丽的花园。他们用方砖砌成各式各样的甬道，中间镶嵌一个大花坛，里面种上色彩艳丽的鲜花。两幢楼之间除留出甬道外，都用小栅栏围起来，门口是一个大花栅栏，中间或是圆形的门，或是方形的门，或是花瓶形的门。每一个小花园还都有一个好听的名字。在两排楼中间以前泥土的便道上，也铺上了方砖走道，两边围起小栅栏，中间种上鲜花和青草。所有的栅栏都漆上乳白色，配上鲜艳的花朵和翠绿的小草，美丽极了，和谐极了。每天清晨，人们在这里呼吸新鲜的空气，老年人在这里练气功、打太极拳；孩子们在这里追逐、玩耍；年轻人在这里读书、锻炼身体。每天傍晚，人们在平坦的甬道上散步，在香气沁人心脾的花园里乘凉，孩子们爱爬那乳白色的栏杆，大人们爱坐在花坛边聊天。多么清爽的早晨，多么美好的夜晚！魏公村小区的居民们有了一个多么舒适、美好的生活环境啊！

魏公村小区还成立了一个文化活动站，退休干部和职工在这里下棋、打扑克、看报；小学生们在这里看书、活动；晚上，这里还是职工文化补习学校，老师们在这里讲数学，讲语文，讲地理，讲历史。

魏公村变了，它日新月异，你如果认真地观察，还会发现它更多的变化。你如果离家半年，回来后的感受就会更多更深切了。很快，魏公村小区就被评为了北京市绿化先进小区。

我爱你——魏公村小区。

1984 年 5 月

清河巨变

35 年前，我第一次到住在海淀清河马坊村的婆婆家时，那里还是地地道道的农村景象。距婆婆家院子约 100 米处便是一片片的农田，那里种有水稻、小麦和各种蔬菜，不远处还有一个碾谷场。婆婆家的院子将近一亩地之大，挖有菜窖，地面上种满了西红柿、扁豆、茄子、黄瓜等蔬菜。葡萄藤缠绕着，秋天时晶莹剔透的果实挂满藤蔓，黄灿灿的大柿子结满枝头，石榴绽开了粉红的笑脸。真是果蔬满园、丰收在望呀！婆婆家用的是旱厕所，夏天蹲坑时要带蒲扇去，不然一会儿屁股就会被蚊子咬出几个大包；冬天蹲坑，则需内急，越快越好，不然屁股也会被冻起疙瘩。那几年，我们周日回去，爱人时常背着猎枪带我去打猎，我们跳过沟沟坎坎，也能打着小麻雀一类的活物，回来剖杀拔毛炸着吃，味道还真不错哩。晚上拿着手电去钓田鸡也是一件十分有趣的事，那田鸡的味道更是好极了。

好日子没过多久，1986 年我生下儿子，自带半年后，因要上班，只得忍痛把儿子送到了婆婆家，从此开始了每周两次看望儿子的"长途跋涉"。我那时在北京市委工作，每次从台基厂上车到地安门倒长途车，到清河南镇下车，再走三里路，总共需要花费近 3 个小时才能见到儿子。周六好说，我和爱人一起走，他经常带我走那条有看守所、粉丝厂、畜牧厂的坑坑洼洼的土路，这两个厂子半里路之外就能闻到臭气熏天。我又不能总请假早走，经常是周日和周三独自去看儿子。特别是冬天，寒冷刺骨不说，当时的清河已是郊外的郊外，很是偏僻。我喜欢走清河边的那条路，因为要平坦笔直一些。晚上没有路灯，伸手不见五指，行人很少。有行人更害怕，怕遇上流氓或拦路抢劫的，不时有大卡车呼啸而过，也给我壮些胆。当时唯一给我精神鼓舞的，就是我那可爱的儿子，儿子在等妈妈呢。就这样，我在这漆黑的夜里走了整整 3 年，直到儿子被送进幼儿园。

　　1999 年，马坊村拆迁建设，只一年多的工夫就拆迁完毕，一幢幢楼房拔地而起，农民们兴高采烈地搬进了新居。开始几年，我还没太注意观察这里的变化之大。

　　2014 年 2 月，93 岁的婆婆去世，她老人家将一居室住房留给了我儿子。当时，因儿子在加拿大，我爱人装修完房子后，我就经常往返于大钟寺与清河的小区（后改为宝盛里小区）之间了。宝盛里位居北五环林翠路再北，著名的奥林匹克森林公园北面，从这里出发到奥林匹克森林公园步行只需 20 分钟。每周六，我们都要去那里散步，空气之清新，草木之茂盛，令人目不暇接、心旷神怡。

　　过去只有几趟长途车经过清河，现在直接开到家门口的公交车就有七八趟。这里新建了永泰、清缘里、宝盛里、宝盛西里、观奥园、观林园等小区，有普通住宅楼，有高档住宅区，还有一幢幢漂亮的别墅。据说这里已居住了十几万人，各种服务设施应有尽有，饭店、宾馆、学校、医院、超市、银行、大百货商场、家具城，过去农村的落后景象已荡然无存，代之而起的完全是一座初具现代化规模的新兴城镇。有不少大学毕业生在这里谋取职业，安家落户。

清河，发生了巨变。白天，这里车水马龙，人声鼎沸；夜晚，这里灯火通明，喧闹有加。北京的发展真是日新月异，我们的国家正在展翅腾飞！

2016 年 3 月

怀念我的好领导、好老师潘菊圭

1989 年春天，我经同学介绍，准备调到中央纪委信访室工作。3 月 8 日这天，信访室副主任潘菊圭约我去见面，当时我还是有些紧张的。中央纪委是大机关，不知道这位潘主任厉害不厉害，他会怎么考我呢？中央纪委信访室坐落在东城区张自忠路 7 号院内最后一幢三层楼，老潘的办公室在三楼 308 房间。我轻轻地敲了敲门，只听见一个略带南方口音的轻柔的男同志的声音说："请进。"我进去了，看到一张挺大的办公桌后面坐着一位四五十岁的文静的男同志，他站起来和我握手，我看到他个子不高，彬彬有礼，他请我坐下后便随便和我聊了起来。只一会儿工夫，他那和蔼可亲、笑容可掬的样子就把我内心的紧张情绪驱散了。他说："我们想让你来搞一个内部刊物，这个刊物在中央纪委，在中央纪委信访室都是很重要的，我们欢迎你来。"

就这样，我们有了第一次印象，一次很好的印象。我调入中央纪委信访室后和老潘的办公室相邻，他又是主管我们六处的副主任，我有了更多的机会了解他，向他学习。我在他领导下工作了8年多的时间。可以说，这8年是我政治生涯中逐渐成熟的8年，也是我业务能力逐步提高的8年。特别是后来，我不仅把他当作领导、上级，同时把他当作大哥、朋友、良师益友。我在他身上学习了怎样做人、做事，如何清清白白做人、老老实实做事。他是我人生道路上最可尊敬的老师。

老潘1939年10月出生于上海南汇一个农民家庭，原来在部队工作，1979年2月调入中央纪委信访室工作。曾任综合处副处长、处长、信访室副主任、正局级副主任，到2002年6月26日去世，在中央纪委工作了整整23年。他工作勤奋敬业，为人正派忠厚。他在信访室任副主任期间，带领同志们开辟了信访理论研究的诸多领域，为开创信访工作的新局面奠定了良好的基础。那一阶段，信访工作在中央纪委的工作中是占有一席之地的，各地方各部门的信访工作也都开展得有声有色。老潘带头研究信访理论问题，带头著书立说，同时他也组织、带领同志们著书立说。我到信访室不久，就在他的直接领导和指导下，主编了《纪检信访工作经验方法集录》一书。内部刊物《情况交流》也在他的具体指导下，从过去的三四个栏目增至十几个栏目，为推动全国纪检监察信访工作的开展发挥了重要作用。

我特别想提及的是，老潘人品可贵，有着很高的道德修养。

他德才兼备、知识渊博；他谦虚谨慎、平易近人；他顾全大局、宽以待人。他因身体不好，一直是正局级副主任，但他从来不计较个人名利得失。在他的鼓励和支持下，我也开始有一些小诗小文在《中国纪检监察报》上发表，我把报纸拿给他去看的时候，他总说："你有很好的文字基础，要多写，大胆地写，要多改，文不厌改。"我经常向他请教如何写文章，他头脑清楚、思路敏捷，讲话有条有理，还很具文采，我偷偷地向他学习，只是还远远没有学到手。老潘埋头致力于信访理论、信访实践的研究，废寝忘食，经常带病坚持工作，只有在身体实在吃不消的时候才休息一段时间。1999年12月，他退休后又马上转入另一战场，当时方正出版社正在组织一批人撰写《中国共产党党风廉政建设文献选编》，为党的80岁生日献礼。当时中央纪委一位领导主抓这项工作，老潘带领起草组夜以继日，终于完成了《中国共产党党风廉政建设文献选编（1921—2000年）》1～8卷。

不久，老潘因癌症住院手术，以后又因肝硬化恶变而移植肝脏，最终未能战胜病魔，于2002年6月离开了我们，享年63岁。

他住院后，我曾几次到医院去看他，开始他还能说话，但到最后他被送进了隔离的病房里，我们只能在玻璃窗外探望他，他已不能再和我们交流，他脸上充满了无奈。他去世后，骨灰放进了八宝山革命公墓的墙上，我曾去那里默默地给他鞠躬，表达深深的哀思。

老潘，我的好领导、好老师，我永远怀念你！

2007年4月

2006 年是不寻常的一年

2006 年是极不寻常的一年，是我在中央纪委工作期间感觉压力最大的一年。年初，中央纪委第六次全会对加强农村基层党风廉政建设作出部署，提出要研究制定指导性意见。中央纪委一位领导将起草《关于加强农村基层党风廉政建设的意见》的任务交给了党风廉政建设室。党风室由主任亲自挂帅，一名副主任负责，由我牵头，选调了地方纪委的一些优秀同志，与党风室的几名科处级干部共同组成文件起草小组，驻扎兰州宾馆，开展了为时半年之久的起草工作。

文件起草工作经历了四个阶段：

一是摸索起步阶段。加强农村基层党风廉政建设是摆在起草组同志面前，同时也是摆在中央纪委党风廉政建设室全体同志面前的一项全新课题。这个课题是伴随党中央、国务院关于建设社会主义新农村的重大战略部署而来的，是过去我们研究不多、工作比较薄弱的一个领域。因此，摆在我们面前的首要任务是武装头脑，了解、学习党的十六大以来关于"三农"工作的一系列大政方针，特别是十六届五中全会提出的建设社会主义新农村这一重大历史任务以来，党中央、国务院的有关文件精神，在众多的文件、讲话的反复学习中寻找农村基层党风廉政建设工作的切入点。

二是亲历感受阶段。2006 年新年伊始，在料峭春寒中，由我任组长的一个调研小组就奔赴湖南省浏阳市，深入 3 个乡镇、7 个行政村，开展了为期 8 天的深入调研，亲历感受农村基层的实际，在那里获得了大量的真实的第一手资料。

这是一次前所未有的调研，调研时间全部集中在乡村，以走村串户的形式开展调研前所未有；接触的乡村干部、工商和税务等部门基层站所干部职工、农民群众之多前所未有；了解到的目前我国乡村政治、经济、文化、党风廉政建设方面的情况和问题之广泛前所未有。

这是一次感受深刻、震撼灵魂的调研。一方面，农村改革开放带来的深刻变化，中央支农惠农政策的落实给农民群众带来的实惠使我们感受深刻；另一方面，在某些落后地区，贫富分化加剧，贫困人口增多，农村缺医少药，农民看病难、子女上学难的问题使我们的心灵受到强烈震撼。同时，目前农村基层党风廉政建设存在问题之多、基础工作之薄弱更令我们忧心忡忡。

调研回来后，在撰写调研报告期间，我们调研小组的同志们在不断的讨论和思考中，这种感受和震撼更加强烈。我作为文件起草组的牵头人更多地在思考，我们如何才能实实在在地起草好这个文件，使农民群众切实感到这个文件是为他们说话、办事、谋利益的；使广大农村基层党员、干部感到这个文件既对他们严格教育和规范，同时又充分爱护和保护他们干事创业的积极性；也使各地党委、政府和有关部门感到这个文件是可行可操作的。

春节过后，我们调研小组撰写的《关于赴湖南省浏阳市开展农村基层党风廉政建设调研情况的报告》被呈送到中央纪委、监察部领导的办公桌上。2 月 7 日和 9 日，中央纪委两位主要领导相继作出批示，对党风室的同志深入县乡调查研究，了解农村基层实际情况，有针对性、前瞻性地开展工作的作风予以高度肯定。这巨大的鼓舞和鞭策令我和起草组的同志们受到莫大的激励，大大增强了我们工作的信心。

三是艰难起草阶段。整个起草工作爬坡艰难。围绕起草工作，如何学习领会、吃透中央关于"三农"工作和建设社会主义新农村的一系列方针政策，并把文件精神和各项政策融会贯通到《意见》的每一部分、每一个条目中去，是摆在我们面前的第一难题。如何找准当前农村基层党风廉政建设方面存在的突出问题，进行深入的原因分析并提出解决这些问题的对策，使《意见》提出的具体措施更具针对性和可行性，这是摆在我们面前的第二难题。理清起草思路，科学构建框架，合理提出任务，使得内容充实、观点鲜明、提法准确，起草好《意见》提纲，进而起草好文件，是摆在我们面前的第三难题，也是难中之难。起草工作经历了数次攻坚，经历了基本框架、提纲、初稿、讨论稿、送审稿反反复复等十多个战役。

四是打磨锤炼阶段。从 2006 年 5 月份开始，通过召开会议、发函等形式，先后征求了 31 个省（区、市）和 21 个中央部门的意见。中央纪委领导同志先后主持召开 14 次座谈会，听取省（区、市）和中央有关部门领导同志以及市、县、乡、村主要负责同志的意见；同时委托 18 个省（区、市）分别召开座谈会，征求了 340 个县（市）和 310 个乡（镇）党政主要负责人的意见。先后重大修改十余次，小修改、小磨炼不计其数。与此同时，完成了政策摘要、专题研究、调研报告、"三农"概况、会议纪要以及起草领导讲话、整理座谈会意见建议、修改经验材料上百万字。

2006 年 10 月 2 日，经中央批准，《中共中央办公厅国务院办公厅关于加强农村基层党风廉政建设的意见》正式印发,《人民日报》同日予以全文刊登。

2006 年是不寻常的一年,从春回大地到金秋十月,《意见》起草工作在中央纪委领导同志的亲切指导下,不断顺利向前推进。作为个人,通过这项工作的全程参与,我的政策研究能力、调查研究能力、文字综合能力和组织协调能力也得到了较大的提高,受到了一次全面的锻炼和考验。

2007 年 1 月

我终身受益的一段经历

40 多年前那段"知青经历"使我们一生遭受了太多的坎坷、痛苦和不幸,但与此同时,我们却收获了担当和坚强,这是人生的两大财富。最近,我经常反思自己的人生,知青的经历在我职业生涯中、在我生命中的地位和作用。

许多年来,我无论走到哪里,无论到哪里出差或调研,都会开诚布公地自我介绍"我曾是一名知青,我来自社会的最底层。"每年的民主生活会上我也必说这两句话,因为我认为我的世界观、人生观、价值观,在我十七八岁当知青的时候就已奠定。我的头脑中存在着固有的知青思维模式,我观察问题、分析问题、处理问题的出发点和落脚点,自觉不自觉地总是带有"知青经历"的痕迹。当然,我是积极向上的,我是敢于担当的，我是勇往直前的。

1985年，我在北京市委信访办工作期间，有一段时间，市委门前的台阶上坐满了从陕西、山西回京反映问题的北京知青。我对他们怀有强烈的同情心，每天穿梭于他们中间，倾听他们的诉说。最终，市信访办与市知青办一起联合向市委市政府写出调查报告，争取了一系列解决北京知青问题政策的出台，我在其中也尽了一份微薄之力。

2006年，我在中央纪委党风廉政建设室工作期间，因参与中办国办《关于加强农村基层党风廉政建设的意见》的起草工作，曾率队到湖南浏阳3个乡镇7个行政村开展调研。我当时要求省纪委只派一名干部陪同，只开一辆普通吉普，车子不进村，我们沿田间小路自己走进去。在那次调研中，我深入农民家中与老农民促膝交谈，面对面倾听上访户意见，与最难对付的七站八所基层干部座谈，听村干部、乡干部发牢骚。这种胆量和作风从何而来，我以为，正是知青这段经历的磨难和历练所造就的。

2009年，我被派驻到中国气象局纪检组工作后，曾到山西大同联系点开展解剖麻雀式的调研。除了省气象局执意为我安排了两个工作基础较好的县局外，我决定自选一个经济条件不好、工作基础较差的贫困县局。

我清楚地记得我们去时，这个贫困县局里仅有的一台电脑还坏了，局长由于内心激动，拿着他的小本子磕磕巴巴地向我们汇报工作。我对他们的工作予以充分肯定，并找每一位干部职工聊天了解情况。中午吃饭时，这位五十多岁的老局长几次向我敬酒，他面对我的到来，感动得语无伦次。

退休后，我经常反思自己的职业生涯，感悟人生。连我自己都感到惊奇，有时我竟然比一个男同志都敢于接受挑战，敢于承担重任，有着不怕一切艰难困苦、勇于负责的魄力、精神和作风。诚然，几十年的职场经历和历练不容否定。但知青的经历，那段我刚刚步入社会所经历的苦难岁月，所磨炼出来的坚强性格，无疑都成为我一生奋斗和进取的最坚实的基础，化为我一生取之不尽用之不竭的力量源泉。

感谢"知青经历"，使我终身受益。

2016 年 1 月 29 日

我们和共和国一起走过

六十载年轮跨过多少急流险滩，
六十载春秋战胜多少天灾人祸。
跟随着共和国脚步前行，
依靠着共和国领袖掌舵。
我们经历了风风雨雨，
我们留下了丰碑一座。

我们和共和国一起走过，
生活在共和国阳光下恩逾慈母。
从呱呱落地到蹒跚学步，
那时的共和国还满目疮痍左支右绌。
从孩提时代到弱冠之年，

那时的共和国已蒸蒸日上朝阳似火。
尽管我们的幼年童年还不曾温饱，
但那无忧无虑的日子，我们无比快活；
尽管我们的少年遭遇罕见的灾害，
但那报效祖国的抱负，我们死生契阔。

我们和共和国一起走过，
五千年文明史灿烂瑰卓。
接受学校老师辛勤培育，
立志成为栋梁报效祖国。
"文化大革命"的一场浩劫，
将我们读书的权力剥夺。
我们无奈辞别学堂下乡，
土里刨食历经人生困惑。
命运将我们抛向广阔天地，
苦难却让我们将坚强收获。

我们和共和国一起走过，
忘却身心伤痛岁月蹉跎。
十一届三中全会犹如一声春雷，
惊醒神州大地唤起万众的振作。
我们靠自学争分夺秒，
我们用坚强奋力升擢。
考大学与少同堂，
上夜大携儿共读。
我们是社会主义建设中坚骨干，

我们为中华民族崛起结出硕果。

我们和共和国一起走过，
我们人生有过惊心动魄。
如今我们虽然已年过花甲，
但我们晚年幸福精神矍铄。
也许后人不会再记得我们，
但我们确与共和国一起走过。

2016 年 4 月 5 日

三十年感怀

1978 年，是我们党、我们国家历史上翻天覆地的一年，也是我个人成长史上具有重大转折意义的一年。那一年开展了实践是检验真理的唯一标准的大讨论，那一年召开了我们党历史上具有划时代意义的十一届三中全会，那一年……三十年了，我们经历了太多的心灵震撼，我们经历了太多的刻骨铭心，作为解放思想、改革开放、科学发展的目睹者、见证者、亲历者和获益者，我心潮起伏，感慨万千。

三十年来，我目睹了我们党、我们国家经历的风风雨雨，迈过的沟沟坎坎，目睹了我们党在"文化大革命"拨乱反正后的振兴，目睹了我们国家在经济发展停滞二十年之后的崛起，目睹了人民精神生活和物质生活的巨变。

三十年来，我见证了：解放思想、改革开放是决定当代中国命运的关键抉择，是发展中国特色社会主义、实现中华民族伟大复兴的必由之路；只有社会主义才能救中国，只有改革开放才能发展中国、发展社会主义、发展马克思主义，这早已成为被实践反复证明了的颠扑不破的真理。

三十年来，我和我们的党、我们的国家、我们的人民同呼吸、共命运，亲历了解放思想、改革开放、科学发展的日日月月、年年岁岁。我为我们党作为中国特色社会主义事业的坚强领导核心，我们国家日益成为自立于世界民族之林的强盛国家而感到骄傲和自豪。同样，我也为前进道路上的一些阻力、困难和绊脚石——特别是为看到一些腐败分子以螳臂挡车而忧国忧民，深感自己肩上责任的重大。

三十年来，作为获益者，我从心底里感谢解放思想、改革开放、科学发展在我个人成长史上的作用。1978年，在我经历了中国最基层的艰苦锻炼之后，在我感觉人生最迷茫的时候，十一届三中全会解放思想、实事求是的思想路线的确立，犹如一声春雷为我们这些在"文化大革命"中被抛弃了的一代人的人生重新定位拨开迷雾。上大学、学知识，做国家的有用之材，成为我们77、78两届大学生的共同心声。三十年过去了，我们作为在我国高等教育事业上解放思想、改革开放的第一批人才，早已成为各行各业、各条战线上的骨干和中坚力量。可以说，我们是解放思想、改革开放的受益者，同时也是解放思想、改革开放的实践者和推动者。

三十年对我的人生成长道路是极其重要的。从26岁到56岁，学习——工作，开花——结果，经历——阅历，成长——

成熟。从一名大学生到机关干部，从一名普通党员到党的领导干部，从地方党的机关到中央党的机关，再到部门党的机关。回顾过去，引领我走过三十年路程的是解放思想、改革开放、科学发展的理念，这种理念从 1978 年开始树立，三十年过去了，它在我的头脑中植根越来越深。

由于有了这种理念，三十年来，无论我在何种岗位担任何种职务，都会遵循解放思想、实事求是的思想路线，干一行，爱一行，钻一行。锐意进取，不因循守旧；开拓创新，不墨守陈规。

由于有了这种理念，三十年来，我都比较注重学习，不断提高自己的学习能力，放开眼界，拓展思维，学会站在较高的层次、较宽的视野去认识问题、分析问题、解决问题，不断提高政治敏锐性和鉴别力，提高应对复杂事务的能力。

由于有了这种理念，三十年来，我在工作中比较注意开动脑筋，创新方法；在与人交往中，比较注意团结和谐，倾听不同意见。在遭遇挫折时，能够尽快调整情绪，冲出困境；在取得成绩时，能够尽快找出差距，再向前进。

总之，三十年来，我们伟大的党、我们伟大的社会主义祖国在解放思想、改革开放、科学发展的旗帜下，取得了令人瞩目的巨大成就。同样，我个人也在这面旗帜下走过了我的半生。我想，我将在这面光辉旗帜的指引下继续走下去，生命不息，奋斗不止。

原载 2008 年 10 月 25 日《中国纪检监察报》

我和祖国一起成长
——献给祖国 60 年华诞

1949 年 10 月 1 日，毛主席在天安门城楼上庄严宣告："中华人民共和国成立了，中国人民从此站起来了！"

1952 年 4 月，正当中华人民共和国枯木逢春、百废待兴之时，我出生了。从此，我和我们伟大的祖国同呼吸、共命运，一起成长。

我和祖国一起成长。我曾经有一个金色的童年。记得在上幼儿园时，我学习的第一首歌是《我们的祖国是花园》；记得上小学一年级时，我学习的第一篇课文中写道："我爱祖国，我爱五星红旗。"儿时，我最喜欢朗诵的一首诗是："未来的大厦谁来盖？我们！我们！我们是建设祖国的栋梁材，我们是建设祖国的新一代！"小学升初中时的作文题目是《做毛主席的好孩子》，因为毛主席是中华人民共和国的缔造者，他是中国人民的大救星。童年是梦幻的，我们不断地向书本索取知识，向老师学习知识，尽情地编织七彩斑斓的理想丝带。有的同学想做一名科学家，20 年后跻身世界先进科学研究领域；有的想做一名宇宙航空员，20 年后驾驶宇宙飞船遨游太空；有的想做一名人类灵魂的工程师，20 年后赢得桃李满天下。

我和祖国一起成长。我们这一代人经历了太多太多，我们经历了三年自然灾害，经历了"文化大革命"的种种磨难。

1969 年，我同全国 1600 万知识青年一起，响应毛主席的伟大号召，到农村去，到边疆去，到祖国最需要的地方去，用我们尚未成年的稚嫩的双肩挑起生活的重担，为党分忧，为国解难。在黑龙江生产建设兵团，每天十三四个小时的繁重劳动使当时只有十七八岁的我十分疲惫，但我仍然坚持读书、学习、写作，坚信党不会忘记我们，国家不会忘记我们，只要自己不放弃拼搏，不放弃奋斗，就一定能够重新获得读书的机会，获得报效国家的机会。

我和祖国一起成长。1978 年，党的十一届三中全会的召开驱散迷雾、拨乱反正，实事求是思想路线的重新确立使我国的经济要发展，国家要振兴，祖国需要大批又红又专的人才。1977 年恢复高考后，多少知识青年在中断了近 10 年的学业后，迈进大学的课堂。1978 年，我以"文化大革命"前老初一的文化底子考取了北京大学第一分校中国语言文学系，接到录取通知书的一刹那那欢喜若狂的感觉我至今记忆犹新。在大学 4 年中，我孜孜不倦、勤奋忘我、刻苦攻读、争分夺秒。因为我深深懂得这个学习机会的来之不易，我要用优异的成绩报答祖国，实现自己儿时成为国家栋梁的梦想。

我和祖国一起成长。我上大学的 4 年和毕业之后经历的地方党的机关、中央党的机关再到部门党的机关的工作锻炼，正值我们伟大的祖国改革开放 30 年发生翻天覆地变革的时期。作为我个人来讲，是人生事业的奋斗和兴旺时期。作为我们的国家来讲，她的发展、变化和腾飞，正如一轮喷薄欲出的红日跃出在地平线，令世界瞩目；也如一个东方巨人，巍然屹立于世界民族之林，令世人惊叹。

我们正在做着前人从来没有做过的极其伟大的事业，我们的目的一定要达到，我们的目的一定能够达到。愿我们伟大的祖国更加繁荣、富强。

原载 2009 年 8 月 10 日《中国气象报》

美好的回忆

2006 年年初，我接受中央纪委监察部领导的重托，率领十名男同志进驻某宾馆，开始起草有关中央文件。这是我从未有过的格局，从未见过的阵势，从未经历的挑战，从未接受过的考验。

一下子直面十名男同志，他们均比我年轻，从高到矮，呼啦啦站成一排，阳刚之气扑面而来；他们有的来自地方，有的来自机关内部，正处长就有三人，职务仅次于我；他们均有较高学历，有的学识渊博，有的工作经验丰富，均有较强文字功底；他们当中年轻的还不足 30 岁，稍长一点的也就三十七八，个个英俊潇洒、锐气逼人。这十名男同志"铺天盖地"而来，承担的起草文件工作"铺天盖地"而来，我虽然年长于他们，但我毕竟是个女同志，我一下子不知道如何是好。

我不知如何领导这十名男同志，我不知这项全机关瞩目的工作千头万绪从何抓起，我感到了从未有过的压力，茶饭不思，夜不能寐，体重一下子减了好几斤。所幸的是，十名男同志均信赖我，从一开始他们就用期待和敬慕的眼光注视着我，他们

第二篇 追逐和奋斗

93

觉得，既然领导把这千斤重担压在我肩上，我就一定能挑起这副重担，带领他们前进。

只用了几天的时间，我便镇静了下来。

首先，我理清了工作思路，建立了工作格局，明确了任务分工。我在起草组内设立了三个小组，充分发挥每一位组长工作的主动性和创造性，给他们权力，让他们去组织和管理。

其次，我大胆地提出了民主化、人性化的管理模式。在起草组开会和讨论问题时，我积极启发，耐心听取每一位同志的发言，使他们各抒己见，畅所欲言，思维活跃的程度呈现出最佳状态。我注重从人性的角度去理解、关心、爱护每一位男同志，十名男同志同样对我也十分关照和体贴。在我工作压力最大、思想最苦闷、情绪最低落的时候，有的男同志给我支持和鼓励，与我共同承担责任；在文件起草工作遭受挫折的反复过程中，有的男同志帮我出主意、想办法，给我智慧和力量。我们之间建立了十分真诚、默契、和谐的关系，一段时间，大家每天奋斗十几个小时竟毫无怨言，工作热情之高涨呈现出最佳状态。

再次，我旗帜鲜明地提出四种精神，即务实精神、团队精神、民主精神和拼搏精神，正是靠着这四种精神，我们战胜了一个个困难，爬过了一个个陡坡，我们同舟共济、并肩战斗，终于熬过了黎明前的黑暗，迎来了霞光万道的曙光。

我和十名男同志的友谊与日俱增，我突然感觉到自己身上青春的活力依存，女性的魅力仍在，久违的才思和激情一下子迸发出来，起草工作以势如破竹之势向前推进。

当文件初稿起草出来的时候，当有关中央领导对这项工作给予高度肯定的时候，我百感交集，激动的心情不能言表。就在这同一天，我在宾馆里度过了自己54岁的生日，我的这些男同胞们执意要向我表示衷心的祝愿。他们频频举杯，一句句祝福发自肺腑，一首首献歌体现真情；我感动得热泪盈眶，一股股幸福之感从心头油然升起。我以自己的真诚换取了他们的真心，我以自己的无私付出和努力，换取了他们的奋力拼搏和奉献，我以个人的凝聚力换取了集体能量的最大释放。

我和十名男同志一起战斗的日子，是我人生工作压力最大的一段时光，也是我人生永远值得回忆和留恋的一段美好时光。

原载 2010 年 7 月 14 日《中国气象报》

在中国气象局春节联欢会上演唱被授予
"最具青春活力奖"

2009 年春节前，驻局纪检组在准备春节局机关联欢会节目时，我提议演唱《让我们荡起双桨》这首歌。纪检组当时在的八个人都参加了排练。我们专门请了刚刚退休的局机关服务中心原工会主席吴慧老师来帮助我们设计、排练。吴慧原来在院内小学担任过大队辅导员，热情、活泼、大方，她个子不高，长得十分秀气，爱说爱笑。她一面挖空心思给我们出主意、编排动作；一面做示范，一个个手把手地教我们做动作。因为我们这些人大多没上过舞台，根本不会表演，在她的不厌其烦的精心指导下，我们总算把这个小节目排练好了。

我们这支演唱队伍，年龄最大的是我，已 57 岁，40 多岁的有三人，30多岁的有两人，20多岁的有两人，真是老、中、青三结合啊。演出那天，我们全穿着白衬衫，戴着红领巾。我佩戴着大队长臂章，先上场，说上几句台词，就招呼着："同学们，来呀！"这时只见由刘柏林打头，其他同志排成一行，蹦蹦跳跳地跑上舞台。然后我就开始领唱，我一边唱，他们一边在后面做着动作，那"小船儿轻轻飘荡在水中"，我们是一边做着划船的动作，一边合唱的。

整个节目只有两分钟，《中国气象报》社当时的摄影师刘晓林拿着摄像机赶紧抢拍。

那次演出，我们获得了"最具青春活力奖"。

刘晓林通过电脑，专门给我发来一篇感想小文，写道："节目设计得真好啊！一个仅仅两分钟的表演唱，却几次感动了我。如果不是担任摄影师，我会静静地聆听着、享受着，同你们一起再次回味那久远的童年生活。只因突然看到你们的表演，只因有工作在身，再加上拍摄条件受限，所摄影像只能留下遗憾了。一首久唱不衰的老歌如此打动人心，只因为它歌词真实且贴近生活，旋律优美且动听所致。即便四五十岁的人了，还能饱含深情让久违的歌声那样悦耳动听。谢谢你们给大家带来了美好回忆。"这段文字写得太感人了，我被他的感动所深深感动。

这次演出成功，要特别感谢驻局纪检组全体同志的通力合作，感谢吴慧老师精心设计和排练，感谢刘晓林同志发自肺腑的高度评价，感谢时任局长郑国光亲自为我们颁了奖。

演出后，局里同志们见到我都说这个节目太好了，不少人还称呼我为"大队长"。是啊，一个普普通通的小小的节目之所以如此打动人心，就在于它唱出了我们几代人对童年的美好回忆，它是一支传唱了半个多世纪的经久不衰的歌。

刘晓林为我们这个节目共抓拍了七张照片，这些照片是对极其珍贵的历史瞬间的记载，那永恒的青春的画面，那金色童年的再现。

2013 年 1 月

纪检监察审计干部赞

你从企业乡镇走来，
你从院校部队走来，
坚守在这光荣的岗位，
一腔热血，豪情满怀。
从旭日东升到繁星满天，
日复一日为国分忧；
从初春艳阳到严冬飞雪，
年复一年为民解难。
你用赤胆忠心，
实践"科学发展观"的宏伟誓言；
你用诚挚情怀，
梳理党同群众联系的纽带。
一身正气，
刚正不阿，
奋发有为，
无私奉献。

你用反腐倡廉确保小康建成，
你用为民务实换取国泰民安。
你脚踏着改革创新的步伐走来，
你肩负着时代赋予的重托走来。
普通而高尚，
伟大而平凡，
迎着十八大绚丽的朝阳，
又把党的光辉洒满人间。

原载 2012 年 12 月 13 日《中国气象报》

在北京大兴兵团战友聚会时的发言

在赴黑龙江生产建设兵团军垦 45 周年之际，我们聚集一堂，我想讲三句话。

第一句，感谢刘连长及其家人出席了这次聚会，感谢上海兵团战友千里迢迢参加了这次聚会，感谢北京兵团战友筹备组织了这次聚会。刘连长及其他连首长是我进入社会大学的第一任教师，他们给我留下了终生难忘的印象。

第二句话，如何对知青经历进行评价。我在兵团时间虽然不长，但记忆却是刻骨铭心的。难忘的兵团生活，仿佛是那大书特书的"青春"二字，在我的人生道路上永远占据着特殊的位置。这是我思考了几十年的问题。是的，我们抛洒了热血，我们献出了青春，我们一生遭遇了种种磨难和不幸，但同时我们必须承认，是知青经历奠定了我们世界观、人生观、价值观的坚实基础，它是我们人生最可宝贵的财富。这就是我对自己知青经历的自我评价，我想历史也会对我们这一代人的牺牲作出公正的评价！

第三句话，让我们举起杯来，为我们四十多年前的青春、热血和奉献干杯！为我们今天的健康、友谊和快乐干杯！谢谢大家！

2014 年 6 月

写给"龙江行"战友们的一封信

谨以此文献给兴凯湖这片神奇的土地以及曾经在这片土地上共同战斗的十八连战友！

亲爱的战友们，这次未能参加"东北行"，甚是遗憾，我现在虽然远在加拿大，但我的心却一直与战友同行同在，共同为这次活动而激动万分。

46 年前，我们这些少男少女曾被无情地抛向了这片无边的大草甸子，我们曾遭受了一生难忘的艰辛痛苦和磨难。但是我们仍深深地眷恋着这片神奇的黑土地，这是为什么？这是因为这里有我们火红的青春、灿烂的青春、激情燃烧的青春、岁月如歌的青春！它早已成为我们生命的重要组成部分，它是我们人生最可宝贵的财富。

最后，祝福兴凯湖的明天会更加美好！祝福我们的兵团战友都有一个幸福安康的晚年！祝福我们的兵团情天长地久，地久天长！

2015 年 8 月 12 日

感谢国志华兄

拜读了国志华兄的《"龙江行"总结》，我获益匪浅。文章简约清晰，高度凝练，文字优美动人，情意真挚深厚，使我再次耳闻目睹了国兄的神韵和风采。

国兄是这次"龙江行"的主要组织者，同时又是这次行动的最终总结者。"龙江行"由此画上了圆满的句号。

"龙江行"牵动了上百名十八连战友及其在那里生活、学习、战斗过的人们的心。从海内到海外，从天涯到海角，从北京、上海、哈尔滨、齐齐哈尔到其他各地正在"行进"中的战友。大家一起畅谈，一同回忆，一块激动，一道祝福。

这是一次盛况空前、史无前例的四省十八连战友大聚会。它不仅将铭刻在每一位战友心中，更重要的是，它将对我们共同回忆、整理、书写当年的兵团生活，真实地记录、再现知青经历，产生深远的影响，起到推动的作用。衷心祝愿十八连《集体青春记忆》一书早日问世！

2015 年 8 月

读国志华在《经典珍藏》扉页上的文章有感

昨晚细细拜读了国志华战友写在《经典珍藏》扉页上的《忆青春岁月，话战友情谊》一文。今晨4时辗转反侧，不能再次入眠，思绪万千，感慨万分。美文字字推敲，句句押韵，倾国兄之大智大慧，抒国兄之一片深情。仿佛那惊天动地的兴凯湖波涛，撞击人的心扉；仿佛那蜿蜒不平的兴凯湖湖岗大道，直通人的心底，直通我们今生今世永生永世眷恋着的这片神奇的黑土地；仿佛是那醇厚的老酒，喝之欲醉；仿佛是那青春的赞歌，听之欲泣；仿佛是那动人的诗词，沁人心脾。谢谢国兄，谢谢亲密的战友！愿我们的兵团情与天地同在、与日月同辉！

2016年1月7日

《岁月如歌——青春记忆》视频
是我送给战友的新年礼物

2015年8月，我在加拿大居住期间，萌发了制作《岁月如歌——青春记忆》视频的想法。其原因是2014年我的《岁月如歌》一书完成后，得到了兵团战友的一致好评，纷纷写出感人

第二篇 追逐和奋斗

101

肺腑的读后感，还有不少战友向我索要。由于考虑到再印书的成本问题，我想制作一个视频，只截取兵团生活和战友们对青春记忆的片断，既图文并茂，又生动活泼，可能会更加感人，更能引起大家的共鸣，也能为战友们打开记忆的闸门，为《我们共同走过从前》一书的早日问世贡献绵薄之力。于是，我便草拟了《岁月如歌——青春记忆》视频制作初步方案。在战友徐寿虎的大力支持下，开始了视频解说词的创作工作。

在我们俩的共同努力下，完成了 4000 多字解说词的创作及反复修改工作。期间又与刘嘉双取得联系，嘉双热情答应将制作此视频。解说词完成后，我又联系了战友于长香，请她担任解说词的朗诵工作。在加拿大期间，我俩就反复切磋朗诵中的各种问题，她反复录音，我反复听她的录音，不断改进。2015年 10 月下旬，我回国后，汤林根、于长玲等战友积极参与视频制作，我们共同完成了视频、相片等资料的整理工作。期间，又多次打电话或亲去大兴与嘉双商量视频制作具体事宜。最后，在嘉双等制作人的共同努力之下，视频的制作工作终得完成。

视频是我送给十八连全体战友的新年礼物。在此，我再次感谢徐寿虎、于长香、汤林根、于长玲、向兆义等战友，感谢嘉双老弟。同时也感谢十八连战友们对视频如此厚爱与珍藏。愿我们的青春永远火红、永远灿烂！

2015 年 12 月 17 日

《岁月如歌——青春记忆》视频解说词

片头语：谨以此片献给曾在兴凯湖这片神奇的土地上共同生活过的十八连战友。46 年前，我们这些少男少女曾被命运无情地抛向了这片无边无际大草甸子，我们曾遭受了艰辛痛苦和磨难，但是我们仍深深地眷恋着这片神奇的黑土地，这是为什么？这是因为这里有我们火红青春的回忆，它早已成为我们生命的重要组成部分，它是我们人生最可宝贵的财富。

第一部分：刻骨铭心的记忆——不能忘怀的人和事

1. 我们的刘连长——刘贤禄

刘贤禄 1948 年参加了革命，曾任中央警卫团战士。他是十八连连长，和其他连首长一样，是我步入社会大学的第一任教师。那年也就三十七八岁，在我的记忆当中，他身材魁梧高大，性格耿直爽快。当年，我在连队担任宣传报道员。我写的《我们的好连长》报道稿，曾在团部广播站广播。2014 年，我带着我的《岁月如歌》和几位战友一起去北京团河看望刘连长。不久，北京战友、上海战友又一起聚会在刘连长身旁，共同庆祝我们军垦 45 周年。那时刘连长已 83 岁高龄，我们衷心祝福他健康长寿！

2. 副连长——白秀荣

白秀荣是我们十八连的青年连长，哈尔滨知青，当年也就二十来岁。她沉稳大方，关心体贴每一个战士，特别是女战士，她是我可亲可敬的大姐。20世纪90年代以来，我们曾多次相聚在北京、哈尔滨。遗憾的是，她2011年得了绝症，2013年9月就离开了我们。但是，她的音容笑貌永远刻在了我的记忆当中。

3. 一排长——吕国兴

吕国兴是哈尔滨知青，当年也就20岁。方方的脸膛黑里透红，两只眼睛炯炯有神。排长对战士要求十分严格，我印象最深的就是他紧急集合时狠命吹哨的模样。他教我打背包那件事，我也记忆犹新。

4. 司务长——徐寿虎

徐寿虎是我印象很深的上海知青，特别能吃苦，待人很热情，很早就入了党，当上了司务长，管理全连职工、家属1300多号人的吃喝琐事。炊事班在他的带领下，一直是全团的先进典型。后来，我听说他担任了连队指导员。至今，战友们聚会时，说起当年的集体伙食，仍赞不绝口。

5. 三班长——王兰

王兰是我们三班班长，哈尔滨知青，那年她刚满18岁。她干起活来风风火火，十分泼辣，总是干在全班战友的最前面。

6. 十四班长——于长香

于长香是哈尔滨女知青，我在十八连时最好的战友。从17岁相识至今，我们一直亲密交往着。从她在连队时的个人小照、我们的合影，到若干年后我们在北京、在哈尔滨聚会的照片，我都珍藏着，珍藏着这人生难得的友谊。

7. 三班战友——关慕兰

关慕兰是北京知青，我们是一个班的好战友。她喜好文艺，但身体不好。回北京的几十年间我一直在打听她的消息。终于在2014年我们又见面了，她得了重病，但她顽强地与疾病抗争，生活得十分自信、乐观。

（背景音乐：《革命青年志在四方》《天上有没有北大荒》）

第二部分：永远的眷恋——三次回兴凯湖纪实

1. 1992 年第一次回兴凯湖——回到阔别 20 年的连队

第一次回兴凯湖感慨颇多。20 年了，我在十八连生活战斗的日子却历历在目，记忆犹新。是因为年纪太轻？是因为从一个一切顺利的城市名校女生一下子被抛到了这一切皆无的大草甸子上，反差太大了的缘故？还是因为这里的人生经历在自己一生的道路上铸造了一种牢不可破的东西？也许，这些因素都有吧。总之，这里给我留下了刻骨铭心的记忆。

2. 2000 年第二次回兴凯湖——31 年过去，弹指一挥间

2000 年的暑假里，我和爱人带着 14 岁的儿子一起回到兴凯湖。我们想让孩子记住，他是知青的后代。回北京后，儿子写了《这是一片神奇的土地》系列六篇小文章，刊登在《北大荒文学》上，在北京市海淀区中学生的作文比赛中还获了奖。

3. 2012 年第三次回兴凯湖——这片魂牵梦绕的黑土地

2012 年 5 月，我又有机会回到了兴凯湖，那片魂牵梦绕的我们仍深深眷恋着的黑土地。这次我看到，除了大礼堂外，连队已被夷为平地，我站在最后的废墟前面有幸为连队送行，为青春送行。十七八岁，一个女孩子如花似玉的花季年华，一个男孩子风华正茂的青春年华，而我们却不曾盛开。时代给予了我们不公正的待遇，社会把我们抛向了生活的最底层。我们曾困惑，我们曾无助，我们曾无望，甚至绝望。岁月流逝，尽管我们许多人一生不幸，但我们仍深深地眷恋着这片曾让我们抛洒热血、献出青春的黑土地。因为知青的经历铸造了我们忍耐、坚韧、顽强奋斗的人生品格，奠定了我们不怕一切艰难困苦，敢于担当，勇

于牺牲，甘于奉献，勇往直前的世界观、人生观和价值观！

（背景音乐：《那时候》（《北风那个吹》电视剧片尾曲）、《让我们荡起双桨》）

第三部分：浓浓的兵团情——共同书写十八连青春岁月

上海战友：

徐寿虎、张立华：《岁月如歌》是一部使人边阅读边能联想自己、联想友人、联想国是的好书。从兴凯湖走出，到中纪委工作，都是你一生经历的骄傲。老战友敬佩你、祝贺你。

谢秀凤、祖印友：每当翻开《岁月如歌》，就会闻到一股淡淡的清醇而又淡雅的花香，直沁心田。我俩喜欢你朴实无华的坦诚相叙，喜欢你积极向上的人生态度，喜欢你孜孜不倦的学习精神。愿彭抗战友继续以青春为伴，岁月作琴，永远成为一个充满梦想和勇于追逐梦想的快乐歌者。

北京战友：

冯玉勤：恭读你的书，唤起了我对青春的回忆，对朋友的思念，对北大荒黑土地的敬意。书中充满了阳光与正能量，溢出的是满满的爱。赋诗一首，赠彭抗《岁月如歌》：

抗腐驱霾气象新，姐友妹恭情谊深。

书忆岁月叙春夏，好歌深植诸君心。

范业强：《岁月如歌》，不论是低吟浅唱，抑或是慷慨高歌，都是你我的歌、我们的歌！

汤林根、向兆义：《岁月如歌》凝聚着兵团战友的情义，述说着我们这一代人特定历史下的特殊人生。同样的社会环境，不同的人有着不同的选择、不同的结果。彭抗是其中的佼佼者，是我们学习的榜样。我们为有彭抗这样的兵团战友感到自豪。感谢《岁月如歌》给我们带来的心灵赞歌！感谢彭抗唱响人生之路，让我们心中充满阳光！

关慕兰：彭抗从一名优秀的学生、知青到正司级领导干部的奋斗历程，那是怎样的一种进取精神？她以坚强的毅力和百折不挠的精神，用艰苦的劳动和脚踏实地的努力拼搏、奋斗，不断地进取，在自己的工作岗位上贡献出自己的全部。彭抗的奋斗经历是我们这一代人奋斗经历的缩影，《岁月如歌》将使我们的后人了解和记住我们曾经的那些如歌的岁月。

马健：读彭抗《岁月如歌》，感觉到一股纯与真的清风，把我带回到那遥远而亲切的兴凯湖。那个年代的家书让我也想起了自己的家书，彭抗是个有心人，留下了当年我们最真实的记录。

马夏：在彭抗的书里，我读到了她在艰苦环境里自强不息、顽强拼搏的精神。我看到了她和战友们在共同的劳动生活中互相搀扶、互相帮助、互相鼓舞而建立的感情。字字句句细细读来，我已经满眼是泪。我感觉到了彭抗在用朴素无华的语言，用真挚深厚的情感谱写着在蹉跎岁月里一曲青春奋斗的歌！我喜欢这样的歌，我为身边有这样的战友而骄傲！

沈小迎：《岁月如歌》把我带回到上山下乡的年代，我们虽然不留恋，但却深刻记忆；我们虽然不埋怨，但却刻骨铭心；我们虽然失去了读书的机会，但却不乏国家栋梁之材。四十多年之后，我们仍然留恋彼此，期盼相聚。因为我们有那个特殊年代的共同命运；有为国家兴盛而奋斗的青春热血；有那个特殊年代造就的无私奉献精神！历史不会重演，但历史会记住那如歌的岁月！

梅丽丽：从你的自传中感受到你的正直、善良、勤奋和一颗永远感恩的心。无论是你的学习还是工作，你都在奋斗和拼搏，不断攀登人生道路上一个又一个的高峰。你是我们知青一代人的楷模，我以你为荣，愿我们的友谊天长地久。

哈尔滨战友：

吕国兴：读《岁月如歌》，感觉这本书的最大特点是真实。它真实地记录了当年我们在十八连时共同的战斗生活，引起了战友们的强烈共鸣。《岁月如歌》开创了集体记忆十八连青春岁月的先河。

国志华：读《岁月如歌》，看到了彭抗大智若愚的胸怀，真诚善良的精神世界。细微处犹如一股潺潺清泉流进人们心田，豪爽新鲜；激昂处又恰似突然喷发的火山，火光冲天，炽热暖心。作者精于构思、细腻抒写，作品达到了情景交融的境界，多角度、宽领域、广视野、全方位诠释了世间万象与社会巨变、人生真谛与生命的价值。作者重情有义，感恩反哺，奉献社会，折射出了全书的深刻内涵：岁月贵如金，机遇难觅寻；人生在征途，进退皆艰辛。

于长香：好久没读到像你《岁月如歌》这样的好书了。贯穿于全书的，完全是你一生中真实的经历，朴实无华，原汁原味。每一时期的描述都代表着你人生中的每一个阶段，让人读后倍感亲切，倍受感动。在你退休不到一年的时间里，你就将这本书呈现给大家，这是送给战友的最好礼物。因为那一段历史、那一段经历对我们来说，是那样的刻骨铭心，那样的难以忘怀。这是用我们的青春谱写的歌！难忘的岁月，如歌的情怀，我喜欢你的《岁月如歌》！

栾恩连：读彭抗这本书让我感受到了一个人的自强不息，一种生命的顽强成长。"踏踏实实做事，简简单单做人"，大道至简。我从书中感觉到彭抗正在将她的简单进行到底。以前与彭抗交往不多，文如其人，读了这本书增加了不少对她的了解，并借此增强了对于那个时期已经有些淡忘的记忆。为此，为书中所写彭抗经历中蕴含的人生道理，向彭抗致敬。

于洪波、于长玲：《岁月如歌》好似一杯淡淡的春茶。她不浓烈，但却散发着芳香；她朴实无华，但却浸人心肺。人们常说"春华秋实"，我们更渴望作者下部著作的早日问世，给读者带来丰硕的"秋实"，让美丽的乐章更加悠扬动人。

李国植：彭抗的《岁月如歌》，文字如同彭抗本人一样，朴实无华，厚重自然，忠于史实，以平实的话语，描述了自己的半世人生，从天真的幼少年代、兵团岁月的青年时代，到返城后的职业生涯，让我们这些老战友们又似乎回到了当年，人也变得年轻了！这本《岁月如歌》真好。

彭抗：《岁月如歌》完成后，我一次次阅读自己书写的"兵团部分"，一次次被自己曾经的经历和感人的描写所感动，一次次被泪水模糊了视线。然而，当战友们发来一篇篇、一段段感人肺腑的读后感时，我更被他们的真挚情感而深深地打动，热泪止不住又夺眶而出。当年的战友不论是男是女，在兴凯湖的时间是长是短，一生的经历是有幸还是不幸。但有一点是共同的，那就是我们的青春像雄鹰一般，确实在十八连的蓝天下共同飞过。这就是我们应当大书特书的青春，这就是我们应当热情讴歌和赞美的青春！

（背景音乐：《革命人永远是年轻》《年轻的朋友来相会》）

片尾语：历史将记载，在国家和民族最危难的时候，是我们用稚嫩的双肩挑起为国家为民族排忧解难的重担，我们愿一生做铺路的碎石，我们愿一生做支撑桥面的桥桩，一生奉献，从不索取。今天，祖国犹如一轮红日喷薄欲出于东方地平线上，而我们知青这一代人已经为祖国的繁荣富强付出了一生。虽然我们中的

大多数已年过花甲，但只要祖国需要，我们还将负重前行。

火红的青春，灿烂的青春，激情燃烧的青春，岁月如歌的青春！

2015 年 12 月 23 日

写在视频发布一天半

《岁月如歌——青春记忆》视频发布到互联网上仅仅一天半的时间，点击率就达 1000 多次，也在十八连战友心中引起了强烈共鸣。16 日那天夜晚，多少战友辗转反侧，彻夜未眠。青春记忆，永恒的记忆，刻骨铭心的记忆！视频能够获得这样好的效果，战友们应当特别感谢两个人，这就是刘嘉双和贾慧香。他们都是从兴凯湖走出来的，刘嘉双是刘连长的大公子，网名景观，贾慧香也是兴凯湖老干部子女，网名西贝。

两人通力合作，缜密构思，艺术设计，制作精细。把录像、照片与解说词巧妙结合，在激动人心的背景音乐中展现了战友们的英姿和当年在十八连战斗、生活的场景，图文并茂，情景交融，生动活泼，历历在目，使人浮想联翩，感人肺腑，动人心弦，催人泪下。

在 2016 年新年即将来临之际，我们衷心祝愿他们并转致刘连长新春快乐！万事如意！

2015 年 12 月 25 日

参加战友聚会有感

今天中午，我参加 18 连北京战友聚会，喜获战友们"龙江行"《经典珍藏》画册。去年 8 月初，我因在加拿大，未能参加"龙江行"活动，十分遗憾，但我的心一直与战友们同行同在。感谢国兄和哈尔滨战友如此厚爱，赠予我《经典珍藏》相册。这使我不由得想起自 1992 年至 2013 年的 20 年间，我曾多次出差到黑龙江，虽然每次都公务繁忙，但我必定要抽出时间与战友们欢聚。记得有一次因参加省纪委会议，直到晚上快 9 点了，才匆匆赶去酒店。战友们正团团围坐在桌旁等待着我的到来，一桌子丰盛的菜肴已凉。那天，我不记得吃了什么，眼泪一直在我的眼眶里打转。这么多年来，一直铭刻在我心中的是那浓浓的战友深情。

新年伊始，衷心祝福哈尔滨的战友们：男战友更加英俊潇洒，女战友更加漂亮年轻！

附：四字诗一首。

手捧经典，爱不释手。国兄策划，（长）玲（长）香辛劳；

战友鼎力，划策出谋。立意精深，编辑精通。

摄像精美，印刷精工。图文并茂，诗意浓浓。

永远铭记，青春岁月。载入史册，珍藏心中。

2016 年 1 月 5 日

那遥远甜涩的"黑甜甜"

近几日，战友们正在网上热议连队即将完成的那本书的书名，群策群力，好不热闹。我也跃跃欲试，梳理记忆的思绪，往事如烟袅袅，如雨蒙蒙。蓦地，从心灵深处突然闪现出兴凯湖那漫沟遍野的"黑甜甜"来，挥之不去，思之心切。

四十七八年前，我们这些来自北京、上海、天津、哈尔滨等大城市的少男少女到了北大荒那广阔无垠的黑土地，正在求学上进的祖国花朵瞬间像小草一样与田间沟谷中的野花野果为伍。

秋收季节，在劳作间歇时，我们会去采摘"黑甜甜"，毫不犹豫地把它塞入口中，搞得满手紫色，满嘴紫色。它的味道虽然酸涩，但也略带甘甜。那种美味，那种享受，那种愉悦，令人回味无穷，"黑甜甜"便成为我们在田间劳作时的解渴解馋之佳果。每想起当年痛快淋漓地撸果填腹的情景，有太多的情感沁入心脾，它至今仍是我们心之所系。兴凯湖的大人小孩、男女老少都爱吃"黑甜甜"，没有兴凯湖知青经历的人是绝对无法体会的。

"黑甜甜"是一种野生草本茄科植物，常生长在野地、田间、渠边，有顽强的生命力。据现在研究发现，它具有很强的抗氧化和抗癌效用。知青们在兴凯湖生活的十年间，还真没有听到谁得过癌症呢！不过，"黑甜甜"具有清热解毒、活血化瘀的功效，古医书早有记载。在那艰苦环境下生活和劳作，知青们身体却强壮很多，不知是否是受到"黑甜甜"的恩泽。现在，"黑甜甜"已实现人工栽培，商品名为"黑加伦""黑猩猩"，是比较高档的水果了。

命运曾将我们抛向社会的底层，历史曾将我们遗忘。但我们知青却如同那"黑甜甜"一样，具有顽强的生命力。我们在兴凯湖这片神奇的黑土地上执著地生存着、成长着。许多战友在这里恋爱、结婚，甚至养育儿女，生根、开花、结果。

近半个世纪的风风雨雨，对一个人的一生来讲是多么地漫长。我们经历了太多的世事沧桑，我们迈过了太多的坎坷沟壑，然而那象征我们命运艰辛苦难却又顽强抗争的遥远甜涩的"黑甜甜"却永远让我们难以忘怀。

2016 年 5 月 2 日

《我们共同走过从前——
兴凯湖十八连知青回忆录》前言

金秋时节，硕果累累。已步入人生金子般璀璨秋天的兴凯湖原十八连来自北京、上海、哈尔滨、齐齐哈尔的部分战友将在上海欢聚一堂，庆祝《我们共同走过从前》一书隆重发布，意义非凡。

《我们共同走过从前》全书分四个篇章，包括屯垦戍边篇 38

篇、写人状物篇 40 篇、逸闻轶事篇 28 篇、诗词书信篇 16 篇，共计 122 篇，出自 55 名战友的辛勤笔耕。字字句句都诉说着战友们对那片黑土地的眷恋和思念，饱含着战友们辛酸的泪水和苦涩的汗水，传递着战友们同吃一灶、同睡一炕的兄弟情、姐妹意。那对青春的回忆、留恋、讴歌和赞美，从心底流出，在字里行间跳动着、闪烁着。

《我们共同走过从前》把我们带回到那 48 年前，我们这些大城市少男少女曾被命运无情地抛向了那片黑土地，抛向了社会的最底层。我们曾困惑，我们曾无助，我们曾无望，我们曾挣扎，甚至绝望。岁月流逝，我们当中的不少人遭遇了一生难忘的艰辛、磨难和坎坷。但我们仍深深地眷恋着兴凯湖这片我们为之抛洒过热血、献出过青春的沃土。因为，是知青的经历铸造了我们忍耐、坚韧、顽强的品格，培养了我们不怕一切艰难困苦、敢于担当、勇于牺牲、甘于奉献、勇往直前的精神。

我们几个编委有幸先睹为快，战友们的文章虽称不上文采飞扬，但情感真挚深厚，文字平实顺畅。无论自述经历，抑或写人状物；无论悲曲低吟，抑或高歌呐喊，都发自肺腑，源于心声，令人动容，催人泪下。

我们已共同走到现在，我们还将共同走向未来。我们将在人生的秋天和冬天里，相互搀扶，安享晚年；共酿浓浓的兵团情结、深深的战友情谊这坛老酒，让它越发醇香四溢，越发甘甜无比。让我们的友谊地久天长！

2016 年 6 月 18 日

笔耕黑土忆春华——
答栖聚影像记者问

问：您什么时候去黑龙江兵团的？请您讲讲在那里给您留下印象最深的人和事。

答：我是 1969 年 8 月 25 日从北京到黑龙江生产建设兵团四师四十三团（今兴凯湖农场）军垦。

在那里虽然只有几年的时间，但却有着刻骨铭心的记忆，有着许多难以忘怀的人和事。副连长白秀荣就是我终生难忘的一位知青大姐。她是哈尔滨人，当年也就 20 岁出头，但却十分稳重大方。她经常来我们女生班排，教我们打背包、补衣服、烧炕、挑水。她在政治思想上也十分关心我们的成长与进步，多次找我谈心，鼓励我争取入团入党。我 18 岁那年，在连队加入了团组织，12 年后，我在读大学时加入了党组织，这其中经历了多少曲折坎坷和考验，但我始终没有忘记白连长对我入党的启蒙教育。

于长香是我在十八连时最好的战友，我俩同年生，17 岁相识。40 多年过去了，我们一直亲密交往着。当年我和小香熟悉起来是因为我们都搞连队的宣传报道工作。她能写善画，我们在一起写稿子，出板报，办墙报。出黑板报时，她画报头，我抄写内容，我俩配合十分默契。她的钢笔字写得挺秀气，像她本人一样。

第二篇　追逐和奋斗

115

解畅也是我在十八连时的好战友。她刚去那年还不到 16 岁，圆圆的脸，热情活泼，十分可爱。她是连里宣传队的活跃分子，从编节目到演出，样样都行。她和我、小香都是宣传报道组的，我们经常在一起工作。她和小香还是连里的广播员，每天晚上 6 点收工后，广播里就会响起她那圆润甜美的声音："十八连广播站现在开始广播。"回北京后，我们有一段时间还联系，后来就无音讯了。没想到的是，1991 年，我们在中央纪委又相逢了，那时她已在中央纪委工作了十几年，而我则刚刚调去，很快我们的友谊又续上了，我们又成了好朋友。

问：回北京后，您主要从事了哪些工作？

答：回北京后，我先在一家街道幼儿园当老师。1977 年恢复高考后，我连续两年考大学，终于在 1978 年考上了北京大学第一分校中国语言文学系。毕业后，我先后在中共北京市委、中央纪委和中国气象局纪检组等党政机关工作了 30 年，直到 2013 年 11 月退休。

问：退休后您都在做什么，还有什么打算？

答：退休后，我感觉要做的事情很多，每天都安排得满满的，生活也十分丰富多彩。

第一，我先是写了两本书，分别是《我和我的父亲母亲》和第一部自传《岁月如歌》，都没有正式出版。因为两本书的基础资料都是源于我几十年间的日记和在报刊上发表过的一些小诗小文，水平很一般。我退休后很快就将自己融入四十多年前所在的连队中间去了，和战友们建立了密切联系。战友们特别喜欢《岁月如歌》这本书，纷纷发来感人肺腑的读后感。在此激励下，我和几位战友商量后，提出了由十八连战友共同写一本记忆青春岁月的书的倡议，得到了战友们的热烈响应。刘嘉双、贾惠香等老师，徐寿虎、汤林根、于长香等战友，还有一些朋友参与，帮我搞了一个《岁月如歌——青春记忆》的小视频，发布到网上后，效果还不错。现在，我们连记忆青春岁月的书也完稿了，定名《我们共同走过从前——兴凯湖十八连知青回忆录》，9月份将在上海举行发行仪式。

第二，我参加了中国气象局离退休干部合唱团的活动。局里请了解放军艺术学院的声乐教授和国家大剧院的歌唱演员来给我们授课。唱歌使我锻炼了身体，陶冶了情操，愉悦了心情，还交了新朋友。

第三，就是写作了。我正在完成我的第三本书。从我的童年写起，一直写到现在，都是些工作生活中的点滴小事，即兴感悟，写景抒情。文章都很短，少则二三百字，多则两千余字。其中有对黑土地的描写和眷恋，有对战友聚会的描写并表达对他们的思念，有对知青经历的感悟和评判。

第四，锻炼身体。我从 2006 年起每年购买公园年票，每周都要去颐和园绕昆明湖快走。据十年来的初步统计，已去颐和园近 600 次，加上到其他公园行走，行程已达 15000 公里，相当于从北京到多伦多，又从多伦多返回，还差 5000 公里又回到北京的距离。

退休后，我喜欢做如下几件事：喜欢唱歌，喜欢一个人到颐和园去散步，喜欢一个人静静地思考点什么，喜欢写点东西，只要是内心的真实感受，就一定要写出来。同时，我也喜欢和好朋友一起，在公园里边散步，边摄影，边聊天，喜欢与知心朋友敞开心扉地语音聊天，喜欢与战友们相聚，共叙友情。

下一步退休生活，我有几点想法。明年中国气象局将开办老年大学，我准备除唱歌外，增加书法、绘画和太极拳等课程的学习。今年 9 月，我将去北京大学中文系旁听研究生的课程。我感觉自己迫切需要学习、需要充电、需要提高。我需要更多地读一些一流的书，读经典，读对人生有启发的书。

问：您对知青经历有何感悟？

答：退休后，我经常反思自己的人生，知青的经历在我的职业生涯中，在我的生命当中的地位和作用。我认为，因为有了这段经历，我一生充满自信，在我十七八岁的时候就遭受了那么多的苦难和磨难，我这一生还有什么可怕的，还有什么困难不能克服的呢？知青的经历，使我在职场上敢于负责，敢于担当。知青的经历给了我勇敢、坚韧、顽强，不怕一切艰难困苦，勇往直前，不达目的决不罢休的品格。知青的经历使我受益终生。

2016 年 6 月 28 日

写在《我们共同走过从前》
完成一周之际

8 月 29 日，部分战友历时近两年完成的《我们共同走过从前——兴凯湖十八连知青回忆录》一书问世了。8 月 30 日，这本书因真实记录和原汁原味地再现了四十多年前上山下乡的历史和知青的思想、情感生活，而被中国国家图书馆收藏，载入史册。9 月 3 日，上海部分战友因书而聚会；9 月 4 日，北京、哈尔滨部分战友因书而聚会；9月5日，齐齐哈尔部分战友因书而聚会。战友们手捧自己的书，手持国图的收藏证书，欢呼雀跃，互相诉说，相互拥抱，合影留念，那场面令人激动万分，欣喜若狂。

上海战友在收到书的第二天就举行了聚会，大家畅所欲言，兴奋之情溢于言表，在沪居住的齐齐哈尔战友也参加了聚会，会议还商定他们将以饱满的热情迎接9月19日此书正式发布会的到来。

哈尔滨战友聚会别具一格，很有创意，每一位战友都用一句肺腑之言来表达他们的喜悦之情。国志华激情澎湃："手捧宝书，感慨万千，心情激荡，我又找到了从前的感觉。"张志奎感叹而言："这本书凝聚了大家的智慧，凝聚了编委的辛劳，勾起了我往日的情思。"于长香自豪坦言："这是我们晚年做的一件最有意义的事情。"栾恩连语重心长："这本书对于在十八连生活过的人们是一件珍贵的礼物。"于洪波深切感受："好书、宝书。爱看！因为这是我们自己的书。"王兰现场作诗："再忆四十多年前，日月伴我在田间，沉淀思想炼意志，才有诗书在指间。"李国植颇有感触："这本书记录了我们知识青年的人生道路。"于长玲如获至宝："青春的记忆，弥足珍贵，值得用一生来珍惜。"

北京战友荣幸地请到了原十八连统计员、兴凯湖农场原副场长邱洪声莅临会议指导，他满怀深情地说，大家晚年做了一件十分有意义的事情。参加聚会的共有35名战友，其中一些人并未撰稿，但他们对这本书的厚爱丝毫不逊于撰稿人。只一两天、两三天的时间，就有战友迫不及待地打来电话或发来微信，告之她们已读了几篇甚至十几篇，如饥似渴，爱不释手，一拿

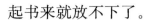

起书来就放不下了。

这是一本我们自己的书。这不仅仅指书的策划、组织、撰稿、审稿全部由我连战友承担；还包括封面设计、插图构思、前言、后记、简介、书名，直至最后的终审文字，以及排版印刷、取书邮递、直送国图，也都是出自我连战友的辛勤劳作。

本书是十八连战友集体记忆和智慧才华的结晶，是全体撰稿人竭尽洪荒之力的珍贵成果，她将为后人研究和评判"上山下乡运动"和知青这段历史留下最真实最可靠最珍贵的第一手资料。

2016 年 9 月 5 日

第三篇
加拿大见闻

2013 年第一次飞往加拿大

今天是我乘飞机飞往加拿大多伦多的第一天。

飞机晚点了。本应 16：05 起飞，一直延误到 18 点多才起飞。

在候机楼等候时，见到不少中国人，有留学的、有探亲的、有做买卖的，一对老夫妇恐怕有七十多岁了，也风尘仆仆地前往加拿大，一定也是去看望儿女的，当然也有不少外国人在这里候机。

等待上机时，排成了两队，座位 50 排以前的排一队，50 排以后的排一队，小孩子先上，然后是后排的上，人虽然很多，但秩序还算井然。

上飞机前，我没有托运行李。但到机舱口时，一位工作人员又让我托运那个小红箱子。到座位后，坐我旁边的是一位中年妇女，我请她帮忙把书包放进行李架内，她帮了。坐下来聊天时，她说她是前往渥太华看望妹妹的，妹妹已拿了绿卡，有了小孩，她将在那里住 3 个月。一路上聊了许多，当她了解到我是纪检干部时，又兴致勃勃地聊起了反腐败。她说她父亲是离休干部，14 岁就参加了革命，已 79 岁，母亲 78 岁。填写过海关表时，她帮我填了，又说她父母也要来探亲，所以又多要了一张海关表。

没有想到的是，过海关时，她的表突然找不到了，幸亏有这张备用表，赶紧重新进行填写。我没有急于过关，而是帮她把表填完，她过关了。我突然感觉有些紧张，因为出国前就听不少人说过，不会说英语，或英语说得不好，要被人带到一间小屋去，实际上就是机场移民局。移民官要问你问题，当然那里会有中国人。上飞机前排队时我前面的那位妇女说："你第一次来，移民官肯定要单独问你。"这时，我排的一队是一位男审查过关人，我突然想起儿子说过女人好说话一些，我立即换到另外一队。这位女审查官只仔细地看了我的邀请函和护照1分钟，什么也没问，就放我过去了。我只是开始时说了一声："你好！"办完后她还向我微笑了一下，我也报之以微笑，然后又说了声："谢谢！"就大大方方地过关了。

顺利拿了行李，在出站口碰到一位留学生，一湖北小姑娘，她帮我拿东西，告诉我跟着她走。出来后，儿子从后面拍了我一下，儿子很热情，让这小姑娘一起乘车（儿子借了他朋友的车），先送她回滑铁卢大学。在那里我们去了24小时超市，买了速冻饺子、馄饨、西红柿、鸡蛋、饮料等。

儿子一路开车，上高速，直奔安大略省伦敦市。我们先去看了西安大略大学夜景，回到宿舍已近午夜。儿子的宿舍一片狼藉，基本上可以说是无法下脚，他在客厅养了一只猫，几双臭袜子扔在地上，猫的气味加脚臭气，臭气熏天。真没有办法，几年了，一直是一个人生活，也真够不容易的。

2013 年 6 月 21 日

加拿大伦敦印象

到加拿大的第二天清晨，像昨天早上一样，又被窗外清脆的小鸟的叫声唤醒。昨晚刚刚下了雨，空气格外清新。窗户整夜开着，没有喧闹，没有嘈杂，除了大自然的声音，一切都是那么安静。就像昨天在超市、在大街上见到的人们一样，是那样安静、安详和安宁。

这里人烟稀少，想找个中国人打听路都找不到，但地理环境却是太好了。我的血压也正常了，高压才 120，还是没吃药的状态下。这里的空气新鲜，氧气充足，人的血压平稳，心脏感觉也很舒服，比在国内感觉好多了。

清脆悦耳的小鸟的叽叽喳喳的叫声仿佛是童音把我从睡梦中唤醒，同时也唤起了我对童年的回忆，赵登禹路 55 号四合院内小鸟的叫声，久违的鸟语，久违的童年，在这里又重现了。

我起来后吃早饭，收拾房间，然后去散步。我把出家门和回家路上的重要标记物都记清楚了，回来时十分容易，还看了周围的街道、停车场和建筑物。房子除了学生公寓与国内的单元楼房相仿外，其他房子都是一幢一幢的，像小别墅，外表看来很漂亮，形态也各异。儿子说过马路时要按箭头，出现白灯再过，我嫌麻烦没过，就在马路里边的小柏油马路上走了两趟。

这里的秩序确实很好，所有我路过的住宅，包括学生公寓一楼都没有安装铁栅栏的，阳台一律向公众展开，一目了然。

不像国内楼房四层五层还要安装铁栅栏，实在给人以不安全、不安定的感觉。在这里散步时遇到的人很少，基本上是视而不见，偶尔也有冲你微笑一下的，这一般是年龄稍长一点的妇女，当然，我也要报之以微笑。

我的生活起居还是按照国内的生活规律，刷牙、洗脸、吃早饭、上厕所，7点半出去遛弯，8点钟回来，等待儿子起床。

早上的空气十分清新，马路上除了秩序井然的车流外，几乎看不到什么人，有人时也是步履匆匆，或去上班，或去上学。沿路都是绿油油的草地，割草工们开着拖拉机般的割草机把草剪得低矮平整，绿茵茵、毛茸茸的，看着就令人喜爱。树木葱绿，野花盛开。在不少住宅的门庭外，摆放着鲜花的盆景，一切都是自然的、令人赏心悦目的。青青的石板路十分干净，没有纸屑，更没有垃圾。到处都弥漫着浓浓的青草的香味，沁人心脾，这在北京，即使在颐和园也是很少能闻到的。

早晨外出散步时，经常会遇上当地的妇女，我们都微笑着用英语问早。一切使人感到清新、轻松、轻快、清爽。

伦敦，真是一座宜居的小城市！

2013 年 6 月 26 日

观赏尼亚加拉大瀑布

今天，我和儿子第一次驱车旅游。

我们的第一站是尼亚加拉大瀑布（英文名 Niagara Fails）。这个大瀑布对美国和加拿大来说都是著名景点，没有想到还真是一处奇景。

把车停在停车场后，一眼望去，水边白雾弥漫。儿子告诉我那就是大瀑布，因为 6 年前他来过，他说瀑布在下面。走近时，水点纷纷落下，十分清爽。果然瀑布出现了，宽大而一泻千里，人们纷纷驻足拍照，有拿手机的，有拿相机的，有亲朋好友合影的，也有素不相识，一声问好互相照的。水流湍急，水色清澈。前面又一面大瀑布，气势磅礴，宽厚而庞大，瀑布与蓝天、白云、鲜花、绿草浑然一体，简直是一幅绝妙的风景画。儿子坚持要坐游艇过一下瘾，我当然同意。候船时，一对外国情侣走过来用英语请我儿子帮他们照一张合影，还说，他们再给我们母子照一张。儿子欣然同意，一对情侣依偎着、微笑着留下了倩影。儿子搂着我也十分亲热地合了影。照完相，我们穿着蓝色的雨衣登上了游艇。游艇驶向瀑布时，漫天的水点打落下来，人们欢呼着、雀跃着、惊叫着。前面一处是两岸瀑布，过时无处躲藏，头发、裤子全被水点打湿，但那种过瘾的感觉却是前所未有的。刹那间，李白笔下"飞流直下三千尺"的庐山瀑布和素有盛名的黄果树瀑布都成了小巫见大巫，变得十分逊色了，这奇景真可谓叹为观止。

据儿子说，迎面一座横跨水面的桥中间，有加拿大和美国的国界碑。水面对岸就是美国，那里正有一队穿黄色雨衣的人在瀑布边攀登、嬉戏，他们更多地是在观赏加拿大这边的瀑布，而我们主要是在观赏美国的瀑布。

下午5点钟，我们驱车前往多伦多，本来想登上多伦多电视塔，观赏多伦多整个城市夜景，因为要等1个小时，所以放弃了。多伦多是一座完全现代化的城市，过去听人说，它像北京，而我感觉它有点像香港，也有点像上海。造型各异的建筑物拔地而起，雄伟壮丽、典雅而富丽堂皇，不仅展示出现代化大都市的风貌，同时还体现着独具匠心的欧洲风格。

之后我们又参观了多伦多大学和约克大学，然后驱车回到伦敦。

2013 年 6 月 29 日

虎口逃生

今天是周日，儿子开车，邀请他的同学耿达的妈妈——王老师，一起去温莎旅游。

只听儿子说，温莎挨着美国的底特律，没有想到的是，我们刚到温莎，在寻找中国自助餐馆时，一头撞进了美国。

我把这次没有想到的美国之旅称为"误入歧途"或是"虎

口逃生"。

儿子开着车去找中国餐馆，随着 GPS，很快上了一座桥，儿子说："桥上为什么有加拿大国旗呀，别是到美国去的路呀?"说话间就出现了美国星条旗，桥面很窄，是单行线，后面又堵着车，转是转不回去了，儿子硬着头皮开过了桥。一个外国老头（后来想可能是美国人）在指挥车辆，儿子下车向他说明："我们不是去美国，我们是在寻找中国餐馆，是 GPS 把我们领到这里来了，我们如何回去呢?"老头忙着指挥车辆，显然这是出入美国的关卡，他给我们指了一队，让我们排在一辆车的后面。一辆辆车过得很慢，我们开始想到，可能遇到麻烦了。随即把护照、驾照都准备好了。果然，车开到岗哨亭前，美国人问了不少问题，看了我们的护照，儿子如前陈述了我们误入美国的原因，我们是来温莎旅游，是在温莎寻找中国餐馆，而不是去美国。美国人让我们把车开进去，儿子以为转个弯就可以回加拿大了，还一个劲儿地询问如何转弯。进去后，又一高大美国人看了我们的证件，搜了我们的包，让儿子和王老师把手机放在车上，还问我们带了多少钱，就让我们进到一间屋子里去了。那就是美国移民局，屋里人很多都是各种肤色的外国人，后来我们分析这些人恐怕都遇到了麻烦，移民官正在挨个询问。儿子又如前向一黑色皮肤美国人陈述了我们误入美国的原因，他只是让我们等待。后来才知道，他实际上是一个前台，管分号的，都得排队。这里可不是中国，找不到人说情或是让他们快一点。看来真是遇到了麻烦，我和王老师只会说最简单的英语，一切全凭儿子招架了。等了半个多小时，才叫到我们，儿子说找一个女移民官，好说话。没想到这位女移民官面无表情，听了儿子的陈述，说要找一份文件，进到屋里就再也没有出来。约摸又过了半小时，一位很精神的年轻男移民官叫了儿子的名子，儿子又如前陈述了一遍。这位移民官说需要挨个检查，需要照相，还需要按手印。儿子跟我们说："这下快了。"这期间，我上了三趟厕所，厕所除有人上时，均被移民官锁着，钥匙由他们拿着。

又等了好一会儿，那位男移民官出来了，把儿子叫了进去，关上门，搜了身。过了一会儿，两位女移民官一前一后押送着我到一空房间，让我两手扶在墙上，脱去外套，摘下眼镜，浑身上下逐个部位搜了身。检查完什么都没有，两位铁面无私的女移民官，居然还龇牙咧嘴对我笑了笑。后来又到一间房里搜了我的书包，又到一间房里拿着我的手指逐个按了手印，然后照了相。王老师也是如此这般。

在移民局被检查期间，一位警察还牵着一条警犬对部分被询问者嗅了嗅，没有发现什么，又牵出去了。

等这一切搞定，几乎过去了 3 个小时，已经是下午 4 点多了，饥肠响如鼓。美国人示意"好了"，儿子带领我们马上逃离移民局小屋。到院子里，他找不到车了，我说车号是 717，因为美国人不仅搜查了车，还挪了地方，当然任何可疑的东西都没有。儿子问移民官，这将有什么影响？回答是：不作任何记录，但今后到美国办签证，要如实说曾被拒签过一次，原因就是这个。儿子又回去问还过不过加拿大移民局？回答是肯定的。

儿子驱车逃离美国，来到加拿大入境，加拿大移民局各个移民官都十分温和可亲，他们看了我们的护照，问了我们去美国的原因，儿子一一作答。他们没有在签证上写什么，就放我们入境了，前后不到 10 分钟。

这是一次突如其来的美国之旅。在来温莎的路上，王老师还和我谈论想借这次到加拿大探亲的机会去趟美国，听说办手续不是很难。没有想到的是，我们以这种方式去了一趟美国（底特律），成了不速之客，深感美国人不欢迎我们，尤其是不欢迎中国人。对这样一件明明是误入美国的小事，他们居然用了3个多小时审查，工作效率之低下，各种手段之没有必要，实在令人吃惊。同时感到美国人的世界老大思想依然严重，瞧不起别国人，特别是瞧不起中国人的傲慢情绪，个个都是荷枪实弹，面无表情的冷面孔，像对待恐怖分子一样对待我们。这些都使得我们对美国产生了不好的印象。

诚然，他们作为美国移民局官员出于职业要求，从国家安全的角度严格检查，严格排除隐患，我们理解，但对他们处理这样一件明明是误入美国的小事的傲慢态度和低能的工作效率却十分不屑。

回到加拿大后，仿佛有回家的感觉。我们先去了温莎大学，然后找了一家中餐馆去吃饭。老板娘是广东人，十分热情。向我们推荐了地道的中国菜，有鱼香茄子煲、炸排骨、豆腐鱼柳、牛肉菜心，还免费送了两碗汤，沏了一壶茶，上了一盆米饭。儿子说："好好吃一顿，压压惊。"我们三人饱饱地吃了一顿，把两顿饭一起吃了，因为此时已是晚上近6点了。

饭后，我们去了 Easotr 赌场，据儿子说这是加拿大有名的赌场，里面富丽堂皇，一楼二楼几乎满座，我们参观了一圈。之后又去底特律河边遛了一趟，在河边，背对着美国的底特律狠狠地照了一张相。因为我们已去过美国，虽然留下深刻的不好的印象，但毕竟是去过美国了。

回来时，儿子车开得很快，快到伦敦市时，儿子说："还有10分钟，中国超市就要关门了，赶紧去买东西。"没想到这时警笛响起来了，一辆警车追赶上来，让儿子把车停在路边，儿子以为是车开得太快了。警察说："是你车的一个灯没亮，车是不是借的？"儿子说："是借的。"警察没说什么，没有看驾照，也没有开罚单，就放我们走了。

儿子说，还是加拿大好。

这一天过得真累呀！

2013 年 6 月 30 日

到刘寅家做客

今天到儿子的好朋友刘寅家做客。

刘寅家坐落在离伦敦市不远的另外一座小城市。刘寅开车，我和儿子一同前往。刘寅的父母在 2011 年回北京时我们见过面，他们夫妇二人于 1998 年就技术移民加拿大，已经 15 年。40 多分钟后，我们到了，刘寅的父母热情地出来迎接。

刘寅家是一个 House，地上两层，地下一层。一层为两个客厅，一进门便是一大客厅，有电视机、沙发、餐桌，还有厨房的一切设备，实际上是厨房、餐厅、客厅一体，开放式的，很大。里面一间客厅，实际上是又一餐厅和书房的结合体，也是开放式的。二层为卧室，主卧是刘寅父母居住，小间是刘寅的，另外两间为客房，有两个卫生间。特别合理的是，每间房子里都有壁柜和内大衣柜，可挂放衣服和东西，外表看来十分整洁。地下室是洗衣房和摆放杂物的地方，当年我儿子的几个大箱子就存放在他家，因为没有装修，我就没有去参观。

我们在刘寅家吃了两顿饭。中午，他们夫妇二人做了 8 个菜，十分丰盛；晚上，包了饺子，说是当天早上宰的猪、绞的馅，加上虾和自家院子种的韭菜，十分鲜美。

两顿饭之间，刘寅父亲和刘寅分别驾驶一辆小轿车，我们去市中心的一座公园遛了遛。公园里有草地、有小河，小河的水面上居然还游着雁，不知是公雁还是母雁游在最前面，其他的雁排成一队，很整齐。水边的草地上也有正玩耍的大雁，一群一群的似乎是以一家为单位的，走起来也都是排成一队。在那里，我和刘寅的母亲、刘寅的父母，我和儿子、刘寅一家，刘寅和儿子分别合了影。

回到刘寅家后，我们看了凤凰卫视、北京卫视等中国电视台的节目。

晚上 8 点多钟，在刘寅家院子里又参观了一圈。房子后面是一块绿地，种有花草和韭菜、西红柿等。刘寅父亲搭了一个木质结构的亭子，还搭了一个小木屋，真是想象当中的别墅式花园建筑，地方虽然不大，但听刘寅父母说这在当地是中等以上收入水平的人才买得起、住得起的，已经算比较富裕了。如果和国内比，则属于富裕的小康生活了。在这里居住的都是本地人或其他国家的人，只有他们一户是中国人。刘寅父母 1998 年来加拿大，目前的生活已经很不错了。他们二人也都是 78 届的，和我们同届，但年龄比我们小得多，是 1959 年出生的。刘寅的母亲还有一年插队的经历，听说她父亲是个老干部。我问他们两家父辈来过没有，他们说来过的，但都没有长住。他们已把北京的房子卖掉了，准备在这里养老、终老。

2013 年 7 月 6 日

加拿大的食品卫生

过去在国内总听说国外的垃圾食品都传到中国来了，国外的饮食结构很不合理，不如中国的美食，色香味俱全，还讲究营养。来到加拿大生活了不到一个月，感觉这种说法有些偏颇。

首先，这里空气新鲜，环境清洁。食品从种植、收获到流通、上市没有污染渠道，食品来源是安全的，这是最优于国内的地方。

第二，这里的饮食习惯是生熟搭配、冷热兼有、荤素合理、以炖、烤为主，炒、炸很少。

第三，这里的肉类非常新鲜。上次去刘寅家做客，听刘波说我们吃的饺子是用当天宰的猪绞的肉馅做成的，能不鲜美吗？这在国内是根本做不到的。这里的蔬菜也非常新鲜，绿叶菜都很鲜嫩，如果在国内看到这种菜，一定会认为是加了绿色添加剂使然。

第四，这里的饮食结构比较合理。有高脂肪，也有多种维生素，有高热量，也有低热能。这里的人吃鱼大多吃深海的，无污染，如金枪鱼、三文鱼等，应有尽有，欧米伽3脂肪酸含量极高，是绝佳长寿食品。

我出国前尿微量白蛋白为44，回国后为12（正常值为3.2），就充分说明了这个结论的正确性。

2013年7月19日

散　步

在加拿大伦敦市西安大略大学研究生宿舍附近散步是一件十分愉快的事。

从 2013 年 6 月 22 日起，我坚持每天散步至少一次 40 分钟左右，有时两次，共计一个多小时。我开辟了两条路线。一条是出宿舍后，沿石阶攀登到小马路后，沿大马路与别墅之间的石板路一路走去。这里虽然靠马路，但车辆不多，每天能看到车来车往，也有行人走过，能够接触到人气。这里的别墅建筑是欧式的，造型美观大方，一般是上面两层，下面一层地下室，我只见过几个人从别墅里走进或走出，不知这里住的是什么人。有半个月的时间，一幢别墅外墙在进行维修，马路上竖立着牌子，画着惊叹号，还有几句英语，估计是提醒人们绕道而行，注意安全。别墅前绿草茵茵，盛开着黄灿灿的小菊花，一条林荫道蜿蜒着，使你走在这条路上感到格外惬意。这条路的尽头是一个停车场，我每次走到这里就往回走，做着各种伸展运动和腹式呼吸。

另一条路是出宿舍后门，过一小桥，有小河流水，能看到鱼。过桥后有条小马路，这里的小马路不设红绿灯，车到路口，都会自动停一下，见有人行走，一定是先让人过的。一次，我见一辆车已经开过来了，我有意想让汽车先过去，但这时几个女孩若无其事地从车前走过，车一直在那里停着，看来在加拿大，是真正做到了以人为本。清早起来，一般都是蓝天白云，微风徐徐，空气清爽极了。这条路上见到的人很少，所以，人人脸上都带着微笑，偶尔也有打招呼"Hello""Morning"，我便报之以微笑和问候。这条路类似北京的郊外，绿草茵茵，绿树油油，在绿草中点缀着白色的、紫色的小花。一切是那么自然、天然，大地和天空连为一体。有时我在这里散步，竟不见一人。四周静静的，只有小鸟的叫声伴随着我的脚步声。我一路唱着："小鸟在前面带路，风儿吹着我们，我们像春天一样。来到花园里，来到草地上……"我到加拿大后特别喜欢在没人的地方，一边走路一边哼唱这支儿时的歌曲。唱歌是需要心情的，在我的记忆当中，只有小时候才看到过这样蓝的天，这样绿的草。到处是草地，草叶上挂着晶莹的露珠，在初升的阳光照耀下熠熠闪光。小紫花、小黄花争相开放，蓝天、绿地、两三层灰白相间的别墅，构成一幅天然美丽的画卷。

我喜欢沿着这两条老路散步，每天都是鸟语花香，景色宜人，依然是见不到几个行人，所见到的人也是赶着去上班，步履匆匆，不多的车辆来回穿行。来这里已一月有余，感觉这里的人们有规律、讲规则、懂规矩。无论什么车辆，开到任何道路上，只要见到"STOP"的指示牌，都会自觉地停一下，遇到行人，都会自觉地减慢速度，让行人先过。这里到处都是停车场，大多停车场都没人收费、没人管理。但大家都自觉地把车规规矩矩地停进线内，井然有序。

这里的人感觉很安静、很安详、很安宁。在公共场所，没有人争吵，没有人大声喧哗，甚至没有人高声说话。这里的节假日很多，节假日里，单位放假，学校放假，商店也放假，人们或去旅游或在家里自得其乐地享受这一份恬静。

我还喜欢在下小雨的时候，撑一把伞外出散步。那时空气会格外地好，看到天像水洗过的一样，湛蓝湛蓝的；地像水洗过的一样，干干净净的；绿树像水洗过的一样，绿油油的；绿草像水洗过的一样，绿茵茵的。就连小鸟的叫声都此起彼伏，格外清脆悦耳。气温宜人，气候宜人。蓝天、绿树、绿草、别墅，车少、人少，一切都令人心旷神怡。

有一天下了雨，晚上又打了雷。我清早起来去散步，天还下着蒙蒙细雨，地上湿漉漉的，空气很湿润。我一手打着伞，一手伸展手臂，做着深呼吸，感觉每吸入一口空气都那么清新，那么通畅，那么干净。往回走时，一边天空已经打开，露出了蓝天白云，阳光穿过云层，洒向大地，金子般璀璨，照在人的脸上、身上，感觉十分舒适。

2013 年 7 月 30 日

新型的家庭关系

今天早上去散步，蔚蓝的天空没有一丝白云，仿佛又回到了我小时候的北京，想起我写作文时经常用的词汇。沿着每天走过的两边是绿茸茸草地的石板路，环境清新，空气清新，自然清新。不时有车辆过去，但感觉不到尾气，更没有难闻的气味，几乎可以说是一尘不染。不断地做着伸展运动，做着腹式呼吸，快走一段路再倒着走。有人在停车场停好车后再去上班，看来这里是 9

点上班。走到我散步常去的小旅馆时，一位年长的男人主动向我打招呼，我也赶紧向他打招呼，看来是来旅游度假的。这里的老年人也都驾车，很少看到老年人有儿女陪同。老年人就是老年人，年轻人就是年轻人，各自有各自的生活。就是儿子的朋友刘寅——12 岁就来加拿大的加籍华人，也是几个月才回家一次，平时打电话也不是很勤，他完全是独立生活，父母也不依靠他。其实，他的父母只是住在离伦敦仅 40 分钟车程的附近的小城市。他们周末有时来伦敦的中国超市买东西，也不和刘寅打招呼，就驱车回去了。看来，国外的家庭组织比较松散，亲情也不那么紧密。到这里来就要习惯这里的思维方式和这里的生活方式。

2013 年 7 月 30 日

加拿大像大花园

到加拿大后，发现割草工的工作十分繁忙，除了节假日，每天到处都可以听到割草机在工作，看到割草工在忙碌，所以这里的草地总被修饰得平平整整、漂漂亮亮。到处给人以美的感觉。每天早上去散步，总能看见割草工们又在辛勤地工作了，他们认真地剪草，那种神情专注、一丝不苟的样子仿佛是在做着一项十分伟大的事业。路过一位割草工跟前时，我主动向他打了招呼，他也微笑着回答了我。空气中弥漫着青草的气息，这种味道我十分喜欢。这里到处都是绿油油的草地，割草工们开着拖拉机般的割草机把草修剪得低矮平整，绿茵茵、毛茸茸的，看着就令人喜爱。树木葱绿，野花盛开。在不少住宅的门庭外，摆放着鲜花的盆景，一切都是自然的、令人赏心悦目的。青青的石板路十分干净，没有纸屑，更没有垃圾。到处都弥漫着浓浓的青草的香味，沁人心脾。沿路树木茂盛，绿草成茵，偶尔可见小松鼠跳出草丛，只一闪就不见了。小鸟依然在愉快地歌唱，这里的小鸟不怕人，即使你走得很近了，它们也不飞，依然是蹦蹦跳跳的，十分自由自在。加拿大就是一个天然的大花园，环境太优美了！

2013 年 8 月 8 日

我最常去的小旅馆

　　到加拿大伦敦市居住的这些日子，我散步走的最多的一条路是通向小旅馆的路。这条路是儿子帮我开辟的，他说那个小旅馆是西安大略大学的第三产业。

　　从宿舍后门出去，到处可见蓝天白云、绿树绿草、白色的别墅、繁茂的植被，自然大方，浑然一体。小旅馆像一座小花园，院子中间是一个圆形的花坛，花团锦簇。五幢二层楼在左半边排开，楼前小草绿绿、鲜花盛开。小楼均为浅红色房顶、白色砖墙、灰色石柱，在蓝天白云的衬托下十分美观。每座楼房前墙都爬满了青藤。这里时常有人来居住，但不是很多，整座院子静悄悄的。

来这里旅游居住的基本上是上了年纪的人，很多是老俩口，从未见过有儿女们陪同的。这里没有中国旅馆、饭店前那种车水马龙、热闹喧嚣的景象，有的只是安静、宁静和恬静。院子的右侧有一排桌椅，有时可看到老人们在这里闲坐。院子的左角有一条小路通向树林，真可谓"曲径通幽处"。如果想来这里居住，就要学会这里的生活方式，自己生活，生活自理。

2013 年 8 月 10 日

到休伦湖去

今天下午，与儿子、儿子的两位朋友一起开车到休伦湖游玩。休伦湖是闻名遐迩的五大湖之一。加拿大、美国交界有四个湖，苏必利尔湖、休伦湖、伊利湖和安大略湖，密歇根湖则属美国所有。儿子边开车边嘀咕怎么还看不到湖呀？突然，一片碧绿碧绿的湖水展现出来。我们把车停好，走下车来看到湖边是一片白色的沙滩，来这里休闲的人们大多着泳装。一般以家庭为单位，有带遮阳大伞的，有带毯子的，席地而坐或席地而躺，他们在说笑着，表情十分愉悦。

靠近湖岸边，许多人在游泳，不论男女老少，不论胖瘦高矮。我们脱了鞋袜，挽起裤腿，在湖边水浅的地方漫步。浪不大，一排排小浪打过来，十分舒服。傍晚时分，游人逐渐减少，我们却兴致尚浓，流连忘返。我们看到，刚才还热热闹闹的一家家人，有的已离去、有的正在收拾东西，地上没有留下任何垃圾和杂物，留下的只是刚才孩子们用沙土堆成的各种造型的"建筑"或物体。赤脚踩在这白花花的沙子里感觉十分舒适。快8点了，落日与晚霞辉映成天边一幅美丽的画面，海鸥在岸边自由地飞翔。我们尽情地摄影留念，这湖天一色的景致，这纯净自然的景色，又为加拿大之旅平添一份美好的记忆。

再见，休伦湖，让这美好的印象永存。

2013 年 8 月 26 日

给"小钻钻"放生

今天是我今年在加拿大的最后一天。明晨 3 点我们就要从伦敦出发去多伦多机场回北京了。一整天都在收拾东西，晚上10 点，儿子和齐天宇一起去给"小钻钻"放生。

"小钻钻"，一只挺漂亮、挺可爱、挺温顺的小猫，同时也是一只生命力极其顽强的小猫。在养"小钻钻"之后，儿子又养了两只小猫，但都让他养死了。唯有"小钻钻"，不管主人怎样"虐待"它，它都逆来顺受。我在国内时和儿子经常视频，"小钻钻"也是我的视频对象，它性格胆小、温和，无论主人是爱抚还是欺负，它都能承受。因为儿子长期把它放在客厅里，整个屋子都是猫毛和猫味，我来后把它请到了阳台上。开始儿子还喂它，后来就都是我喂了，每天一次定时定量。如果我没按时喂，它就会跳到窗口跟前，一边用前爪抓着铁纱窗，一边喵喵叫着，样子还挺可爱的。你喂它食、喂它水的时候，它都要退后一步，挺害怕的样子。最后离回国还有七八天的光景，没有猫粮了，我让儿子再去买点或早点把它放生或送人了，但问了几家都不要。儿子也不买猫粮，"小钻钻"不再叫了，也不上窗台了，它在保存实力，又活了三四天。后来，儿子也觉得这样做不合适，就让人帮忙买了一小袋猫粮，还买了一小盒罐头猫粮。"小钻钻"把罐头猫粮吃了，第二天开始吃普通猫粮。

在我们要离开伦敦的最后一天晚上 10 点，儿子和齐天宇用一只布口袋装上"小钻钻"，再放上一小盒猫粮，把它放生在我经常散步的小旅馆附近。儿子刚把它放生，它立即钻进草丛不见了，连头也不回，儿子还没有来得及给它猫粮。我想，这只小猫大概太怕儿子了，它宁愿立即逃生，也不愿再和这个主人在一起了。儿子说，这样，它可能会死，但它选择了自己逃生后再死，也不愿再向主人表示什么了。这只小猫太可怜了，我十分感激它，它陪伴儿子近两年，度过了一段艰难苦闷寂寞的时光。

2013 年 8 月 29 日

这里的老年人仍在忘我地工作着

今天上英语课时，加拿大女老师在用英文和我对话时无意中问到了我的年龄，我回答道，我今年 63 岁。她立即满脸笑容，说她也 63 岁，并且马上问我出生月份，我用英语作答。她说自己 1952 年 1 月份出生，我马上说了一句 "You are my sister"。她非常高兴，站起来和我握手。她说她有一双儿女，孙子辈都有了。她虽已 60 多岁，但仍在工作，而且是义工，没有任何报酬。

这次来加拿大，我看到很多六七十岁的老年人仍在工作。如移民妇女中心给我们上英语课的好几位女老师都六十开外了，帮我儿子修改简历的那位女老师今年已 66 岁，但她还是那样极其热忱不厌其烦地帮助指导着年轻人。我们去买车的车行里的两兄弟，哥哥和我同龄，弟弟也已六十开外，但他们每天都在精神抖擞地工作着。买车那天在车行附近加油站加油时，两位约摸快 70 岁的男士为我们免费冲洗车前面的玻璃，他们工作起来那种一丝不苟和专心致志的神情，给我留下了深刻印象。

加拿大老年人退休年龄是多少，我不大清楚，我看到的是，到处都有老年人在工作，而且他们工作起来的忘我程度和认真负责精神也令年轻人钦佩，更令我们感动。

2015 年 7 月 14 日

里贾那

里贾那是加拿大萨省省会，2015 年 6 月 5 日，我到这里来看望儿子，至今已整整 42 天了。

这是一座比 2013 年我居住过的安大略省伦敦市还安静的城

市。没有国内各省会城市一些的高楼林立和喧闹繁华。居住在这里的人们也没有国内省会城市一些人的高傲和自视了不起。这是一座规模不大、十分安静的城市。市中心有省政府大楼、市政府大楼。虽然威严但不豪华，虽然令人敬仰但不令人生畏。7月1日，加拿大国庆节那天，全市有近一半的人在省政府前的广场上整整狂欢了一天。除了有几个警察和两辆警车外，秩序井然。

城市的东边，两层的 House 较多，我们租的房子就在这里。每天早上，我都要在我家门前的石板路上散步。蓝天与白云相间，绿草与鲜花相间，树木与小鸟、松鼠相间。这里的 House 一般是浅灰色、橘黄色，或灰顶白墙，或橘红顶白墙。两层居多，地下一层，地上一层，有车库，车也可停放在自家门口。这里十分幽静，每天最大的声音就是约隔十来分钟飞机的轰鸣声了，因为这里离机场很近。其次就是过往的车辆了。没有人喧哗，甚至没有人大声说话，别说是在大街上，就是在家里讲话也要轻声细语。这已成为人们的一种道德修养。

城市的西边，新盖的 House 较多，一般为三层，造型也比较美观，那里是富人区，房价是比较贵的。

里贾那各种超市、便利店到处皆是，物价和北京差不多。房价尤其便宜，30 多万加元就可以买到一套不错的小别墅。但这里经济不太发达，属于西部落后地区，因此很多中国移民待了没几年就去了大城市，也许儿子也将走这条路吧。

2015 年 7 月 17 日

到卡尔加里去办美签

昨天和今天，与儿子一起到卡尔加里给他办美国签证，儿子开车用了整整 8 个小时。小车沿里贾那—卡尔加里的高速公路一直西行。加拿大的高速公路建造得远不如我国高速美观漂亮，但也算平坦通畅，因为车少，司机们又都遵守交通规则，路上行车秩序井然，时速一般不超过 110 公里。没有人超速，超车时都从左边道超过，右边的应急道没有人占用。沿路风景如画，蓝天、白云、绿草、小花、湖泊。欣赏着美景，呼吸着清新空气，一路前行。到卡尔加里时已是下午 5 点了。

这是一座比较现代化的城市，市中心的建筑造型各异，有一种向往大都市，或者是追赶大都市的感觉。美国大使馆就在离市政府不远的一座楼内。我们住的汽车旅店离市中心有半小时的车程。这里的气候明显地温暖于里贾那，已是下午 5 点多钟，还有骄阳似火的感觉。听说这里的气候温暖程度仅次于温哥华，主要是冬天不冷，况且它的现代化程度在加拿大城市中已位居第五或第六。应当说，这是一座颇具潜力的正在建设正在崛起的新兴城市。

儿子今天顺利办完了美签。我们在驱车回里贾那的路上，又一次饱览了蓝天白云的美景，还不时停下车来拍照。天高，云美，水绿，草低，成群的牛羊悠闲自得地啃着肥美的青草，景色令人目不暇接，美不胜收。下午，西边天边忽然乌云密布，

第三篇　加拿大见闻

145

霎时间，雨下了起来。下雨并没有使我们降低车速，在雨中行车更使人浮想联翩。但只二十来分钟，雨就停了，没多大会儿，天空就像变戏法一般，大朵大朵的蘑菇云腾空而起，镶嵌在天边。那种美丽和壮观是任何画家的神来之笔也无法描绘的。

这就是加拿大，雨过就是天晴，不是蓝天白云，就是万里无云，而且天会更蓝，云会更白，草会更绿，空气会格外清新，人们的心情会格外舒畅。

我爱加拿大的蓝天白云！

2015 年 7 月 21 日

爱助人的加拿大老人

吃完晚饭，儿子说，我家汽车被人刮了两个小道子，有一种喷剂能把它覆盖上。于是，儿子开车，我们到附近的一家轮胎商店去买。到商店后，售货员说，汽车里就有这种喷剂，叫caller。儿子在车里找了一会儿，没有找到。这时，一位 70 多岁的老人停车后走了过来，儿子迎上去问："sir，您知道有这种caller 吗?"老人马上走过来，帮儿子在车内寻找，也未找到。后来他告诉儿子说，有一个商店能将车子全部喷一遍，所有的道子、痕迹都能覆盖，只需花二十几元。这时，老人的老伴，一位七十开外的老妇人也走了过来。当她得知儿子询问的事情后，怕老头说不清楚，又耐心地详细地告诉儿子，确实有这么一个地方能全部搞定。因为他们去过，但地址得回家查一下。两位老人将他们的手机号码留给了儿子，我们就开车回家了。只几分钟，我们就到家了，没有进屋，在门前的林荫道上散步。这时儿子的手机响了，是那位老人打来的，他告诉了儿子那家喷车商店的具体地址。不一会儿又打来一个电话，告之他们查了收据，只要 21 元多一点。

两位老人均已 70 多岁，看来他们是回到家里就立即帮儿子查地址查发票的。打电话时那种严肃认真的态度仿佛是在做一件十分重要的事情，实在令我们感动。在加拿大，上岁数人的真诚热情和认真负责是有目共睹的，也一而再、再而三地给我们留下深刻的印象。

2015 年 7 月 29 日

在加拿大学习英语

我在里贾那移民妇女中心学习英语已经 40 天了，儿子在这里做助教也一个月了。

这个中心属于里贾那移民局，到这里来授课的全都是义工。上岁数的居多，女老师居多，只有儿子一人是男士。老师多为加拿大人，也有印第安人、印度人和中国人。老师们虽为义工，却是极端热忱极端负责的。每一位老师都有教案，都认真备课，认真授课。

　　她们面对的学生年龄参差不齐，英语基础参差不齐。我算是岁数最大的，四五十岁的居多，多为旅游签证，因孩子在这里学习或工作。也有一少部分是技术移民或投资移民正在办理过程中的。这里的老师因人施教，因材施教，教学方法丰富多彩，生动活泼。一般都印有课文，有板书，有卡片，有实物。讲课时，老师面带笑容，做着各种手势和动作，指点着各种实物。总是问听懂了没有，还有什么问题，只要有一人不懂，就重新讲一遍，不厌其烦。

　　同学们来自世界各地，有墨西哥人、土耳其人、波兰人、老挝人、印度人、韩国人、坦桑尼亚人，当然最多的还是中国人，肤色有白种人、黄种人、黑人。周一的加拿大女老师已六十开外，她因去过中国，对我们几个中国学生格外亲切，总会说几句不地道的中国话，如"谢谢""不客气"。记得有一次上课，她要求我们对她的课作出评价，我最后写了一句："欢迎你再次来北京！"她非常高兴，说一定再去。周四的加拿大女老师和我同岁，但比我大两个月，我用英语说"那你是我姐姐了"，她高兴极了。在离开里贾那前夕，我们几个学生邀请老师照了相。那段学习的时光，我终生难忘。

2015 年 8 月 15 日

故地重游

西安大略大学坐落在安大略省的伦敦市。这是一所历史逾百年的老校，在加拿大国立大学中排名前十位。它的商学院被称为加拿大的"哈佛"，在北美享有盛名。该校在世界大学中排名前二百位。儿子毕业于统计与精算学院，也算是毕业于北美名校了。

这已是第二次来西安大略大学，校园很大，仍不很熟悉，只能是儿子带我转哪儿，我就转哪儿。学校的建筑很有特点，既古朴典雅，又具有现代建筑的品质和风格，浑然一体。我们参观了图书馆、健身房，又专门来到儿子曾经学习过的学院，在那里拍照留影。

从学校出来，我们径直回到 2013 年曾经住过的研究生公寓 275 号。沿着当年散步的幽静小路直奔小旅馆。一切依然如故，仿佛就在昨天，既熟悉又亲切，连同青草的芳香都那样沁人心脾。

院子中间仍是那圆形的花坛，绿草茵茵，鲜花盛开。几位老人正在热烈地交谈着。这里通常住的是来此旅游的上岁数的人，几乎看不到儿女陪伴。我和儿子绕了一圈，离开时，儿子向正在座椅上靠着椅背养神的一位老人招招手。那位老人估计已八十开外了，他也微笑着向我们摆摆手。

夕阳正在西下，晚霞的余晖映在他慈祥的脸上，使他显得格外安静，格外安详。此时，大自然的恬静与老人家的安静构成了一幅绝美的夕阳西下的图画。是啊，加拿大的老人们大多选择了这样一种养老终老的方式，或自己，或与老伴一起悠闲自得，自由自在，全身心放松地旅游、休闲，享受人生最后一段时光的快乐。

2015 年 8 月 16 日

跨三省的长途跋涉

8 月 11 日、12 日，至 13 日凌晨 4 点，儿子开车 32 个小时，历经三省，行程近 3000 公里，带着我从里贾那到伦敦。

8 月 11 日上午，我们沿加道，从萨省开往曼尼托巴省，这两个省连同阿尔伯塔省一起被称为"草原三省"，即农业省份、不发达省份。沿路因没有进入该省两座较大的城市，一路看到的基本上是草原风光，绿草茵茵，有时能看到成群的牛悠闲自得地在草地上吃草。8 小时后，我们看到了进入安大略省的路牌。进入安省后，环境明显地不同了。道路两旁树木成荫，像是人工栽种的松树。与萨省和曼省主要是绿草和野生植物有所不同。路两旁不时有小水泊、小湖出现，一洼洼一池池，像是镶嵌在地面上一块块碧玉。

12 日上午 10 点 20 分，我们又出发了。今天的路程比较复杂，先上加道，再上盘山路，然后再上几条国道。沿路景色宜人，很快就在北美五大湖区的盘山路上行进了。开始我们看到的只是一个个小湖，不过比前一天看到的要大多了，有的比昆明湖还要大。下午，五大湖之一的苏必利尔湖展现在我们面前，碧波荡漾，水光粼粼，蓝天白云，湖光山色，交相辉映，浑然一色。奇怪的是，这么美丽的景色，却看不到几个游人，偶尔也能看到几辆小轿车停在路边的草丛里，但却寻觅不到人迹。这湖光山色，太天然、太自然、太纯净、太优美了！在国内是根本看不到这种不被人打扰、破坏的原始自然风光了。

儿子在开车，我不停地眺望着窗外，饱览这一望无垠的湖景，真是令人心旷神怡呀！只可惜因为赶路，也因是高速路无法停车，我们没有拍照留影，留下了遗憾。

傍晚时分，晚霞映红了天边，落日与晚霞辉映出西边天边一幅美丽的画面。这湖天一色的景致，这纯净自然的风光，怎不让人流连忘返呢。偌大的天空渐渐被夜幕笼罩，天色由天蓝色变成了深蓝色，又变成了黑蓝色，最后完全黑了下来。好在我们离多伦多越来越近了，沿路不时有路灯出现了，小镇也多了起来。到距离多伦多还有 1 小时车程时，道路明显加宽了，这个小城市灯火通明，仿佛白天一样，我们看到车水马龙的运输大卡车。我们在经 69 国道上 400 国道再上 401 国道后，儿子松了一口气，这时已凌晨两点多了。我们终于看到了曙光。在距离伦敦 70 多公里处，我们再次加了油，小车加速向目的地驶去。终于于凌晨 4 点到达了伦敦我们新的住所。这样的距离，不少人开过，一般需要开 3 至 4 天，两人轮流开最快也要两天一夜。儿子一人开了 32 个小时，也算是创下了一个纪录。

2015 年 8 月 17 日

2015 年游加拿大巧遇梅花鹿

　　今天早上，我像往常一样出去散步，出了小区上了林荫道，刚走不远，迎面有两只动物一蹦一跳在过马路。我定睛一看，原来是两只梅花鹿。它们的脖颈不长，身上带有斑点，两只鹿身材中等，一前一后，快速跑过马路。此时正好有一辆小轿车开来，司机立即减速。我目送着这两只可爱的梅花鹿钻进了茂密的树林，一下子就不见了。真是太有意思了，在加拿大，居然能看到会过马路的梅花鹿。这说明在这个国家，人与自然是何等和谐共处。这是在中国只有动物园里才能见到的动物呀。太好玩了！

2015 年 8 月 26 日

在麦当劳里

　　到伦敦后因为没有找到学习英语的地方，每天上午我去散步，麦当劳成了我经常去的地方。

　　儿子的临时住处没有网络，而麦当劳里有。国内的朋友每天要给我发大量的信息，我需要阅读、回复、转发。

今早到麦当劳时已经 8 点多钟，中间相对而坐的 6 个座位已被 6 位老人占据。我看了一下是 3 男 3 女，他们那许久未见的亲热的样子，使我猜想他们是 3 对老夫妇朋友。

我像往常一样坐进一个小角落，专心致志地摆弄我的手机。1 个小时之后，当我再次抬起头来，发现麦当劳的座位已几乎坐满。老年人是大多数，他们一边吃着喝着，一边热火朝天地聊着。这其中不乏一对对老年夫妇，但也有单独来的。有的老人在看报纸或电脑。

上午 11 点了，我准备回家做饭了。老人们聊天的兴致依然浓厚，他们的声音很大，脸上都笑容可掬，有时还笑出声来。我基本上听不懂他们在说些什么，但从表情上看，他们谈的肯定是自己有兴趣的话题、令他们心情愉悦的话题。

这使我不由得想起了我们中国广东的早茶馆，人们在那里一边吃一边聊天一边谈生意，一待也是几个小时。所不同的是，麦当劳上午来的大多是老人，他们在这里谈天说地，这或许是他们消磨时光、安度晚年的一种生活方式。祝愿这里的老人们都开开心心、快快乐乐地过好每一天！

2015 年 8 月 27 日

这里的人们永远面带微笑

到加拿大已经生活了两个多月的时间了。无论是在里贾那还是在伦敦，每天最常见的就是这里的人们永远面带的微笑。

从清晨，无论是在电梯里还是在道路上，碰到每一位素不相识的人，都会用微笑问早，或是以"Good morning"问早。去移民妇女中心学习英语，一进门迎接你的一定是一张灿烂的笑脸。老师和同学之间，同学之间微笑着互致早安。这就是美好的一天的开始，微笑给我们带来了好心情。

白天，你去超市买东西，售货员微笑着为你服务，收银员微笑着为你结账。去银行办事，工作人员微笑着接待你。去车行修车，去加油站加油，去学校办事，去教堂参加活动，去饭馆吃饭，去理发馆剪头发，不管你去哪里，只要遇到人，特别是当地加拿大人，给你的第一个表情一定是微笑。

这是一个到处充满微笑的国家。微笑体现了一个人的素质和教养，微笑体现了一个国家的文化水平和文明程度。微笑代表这个国家的国民和这个国家到处充满阳光。

2015 年 8 月 28 日

祝福留学加拿大的孩子们

今天早上出去散步，天空蓝蓝，一碧如洗，草地绿绿，清香阵阵。到新的住处已 11 天了，我在别墅外的石板路上散步，心情格外舒畅。

到新住处后，我每天的生活就是早晚各散步一次，回来后写日记，整理文稿，看看电脑，看看微信。每天，我还要打扫房间，这是一座三层的 House。房主是大二学生，二十来岁，他住二楼大房间，内带卫生间。3个女孩住楼上，一楼住一男孩，地下室住一男孩和我们。餐厅和厨房连为一体，很大，有大餐桌和7把椅子。孩子们最大的22岁，最小的18岁，他们有的在读大学，有的在上大专，有的在读语言。好几个孩子都是一边上学一边打工。前两天已经开学，早上七八点他们就走了，下午五六点才回来，晚上还要自己做饭并准备第二天的饭菜。所以，我主动承担了打扫客厅、餐厅、厨房和整理垃圾的工作。我为孩子们专门做了炸酱面、红烧肉、糖醋排骨等，我看他们吃得好开心呀。大家就像是一个大家庭，其乐也融融。

加拿大植被茂密，环境优美，空气清新，景致宜人，人们友好，国家祥和。这里是老年人安度晚年、享受晚年的最佳地点，这里远离了大都市的喧哗。

我心静似水。在这里，经常回首往事，感叹人生，内心充满感恩和祝福。我感恩我的父母，他们不仅养育了我，而且是我最尊敬最热爱、一生学习和效仿的楷模；我感恩我的老师和领导，在我人生的各个十字路口为我指点迷津，使我不失前进的方向；我感恩我的亲人和朋友，他们的关心关怀和关爱，使我一生生活在幸福之中。我祝福我们这一代人每个人都有一个健康快乐的晚年；我祝福身边的孩子们，无论他们今后留在这里还是回到祖国，都能实现自己人生最美好的理想。

今年的中秋节，我和儿子及留学生们一起度过。儿子出国留学已是第8个年头，除了去年他因回国工作了一年，中秋节是在家里过的外，其他6个中秋都是他一个人在加拿大度过的。

早上7点，我就起床了，孩子们还在熟睡，楼上楼下鸦雀无声。我蹑手蹑脚来到一楼客厅，一面打扫餐厅，一面做着午饭前的各种准备。早几天，我就约了房东小伙子和其他小留学生们，今天一起午餐，欢度中秋。

今天，我精心地为大家做了一个红烧排骨，并在里面炖了16个鸡蛋，满满的一大锅。我想让孩子们每人吃两个，两个鸡蛋代表着团团圆圆、圆圆满满，同时也"预示"着成双成对，好事成双。我还做了炝炒圆白菜和麻婆豆腐。由于儿子和另外两个小留学生下午要去中餐馆打工，我们上午11点就开饭了。看着孩子们稚嫩可爱的模样，个个红扑扑的脸蛋，吃得香喷喷的样子，我十分高兴。饭后我们又一起吃了月饼。我希望他们记住这个中秋，我更希望他们早日学业有成，事业有成。

晚上10点，由于发生了月全食，月亮已无影无踪了。我和7名留学生一起开两辆车直奔西安大略大学观象台。没想到的是，那里已人山人海，各国留学生都在排队等待上观象台观看月全食。没有办法，我们只好在校园里散步，等待月亮的复出。因为我们是来过中国的中秋节，是来赏月的。

晚上11点左右，一轮浅红色的月亮像一位含羞的少女，披着红纱若隐若现。云层在移动，少女般的月亮也在移动。"千呼万唤始出来，犹抱琵琶半遮面"。终于，云层淡去，一轮红月当空，满天的星斗也闪烁出来，真乃奇观啊。

"海上升明月，天涯共此时"。"明月几时有？把酒问青天"。每逢佳节倍思亲。我一边吟诵着这些千古绝唱，一边欣赏着这绝美的月景，在远在万里之遥的加拿大，祝福我的亲人和留学生们，"但愿人长久，千里共婵娟"！

2015 年 9 月 27 日

难忘住在里贾那 2313—grantwad 的日子

里贾那 2313—grantwad，这是我 2015 年到加拿大后的第一处住所，从 6 月 5 日一直住到 8 月 10 日。

住所的主人是我儿子的大学同学陈明扬，北京人，25 岁，一个挺帅气的小伙，已婚，爱人姓李，是一个漂亮活泼的湖南姑娘。这是一座地上一层地下一层的 House，是他们小两口贷款买下来的。有车库，小李的车停在里面。门前可停两辆车，小陈和我儿子的车并排停在那里。

陈明扬小两口住在一层，地下一层租给 3 个年轻人，其中我和儿子住那间大一点的。地下室有厨房有客厅有洗衣房，这里就成为我每天生活、学习、活动的主要场所。

我每周一至四上午去移民妇女中心学习英语，其余时间，就在家学习英语、做饭和洗衣服。

这是一座十分安静、令人身心全方位放松的住处。我每天早上都是自然醒来，睡眠一般在 8 小时左右。早上，我吃完早饭休息一会儿，便到门前的石板路上去散步。正是盛夏季节，这里早晚的气候却非常凉爽，十分宜人。每天早上都是晴空万里，有时有一片片的白云飘过，绿树成荫，鸟语花香。每天清晨的心情都像这蓝天一样，格外舒畅，真是心旷神怡。沿路绿草茸茸，花团锦簇，蝴蝶飞舞，小鸟带路，不时有小松鼠蹦蹦跳跳，有时它们还蹦到树上，歪着头调皮地和你打招呼。我一

第三篇　加拿大见闻

157

路唱着"小鸟在前面带路，风儿吹着我们，我们像春天一样，来到花园里，来到草地上……"的儿时歌曲，一路走去。一路上看到的人们互相微笑致早，一个个美好的早晨就这样开始了。

傍晚时分，我还要在这平坦的石板路上再走上几趟。有时迎面碰到骑自行车的孩子们，他们看见我便马上把车子骑到了草地上，有时我老远就给他们让路，他们便边骑车边回头向我致谢。

House 的后面是一处小小的庭院，由于主人无暇打扫和整理，小院杂草丛生，倒也干净。院子里也能使用通信网络，这里便成为我每天必来休闲的地方，与国内的亲朋好友互传信息，互相问候，也成为我每日生活的重要内容。由于这里离里贾那机场很近，每天有十多架飞机从房顶上空飞过。银白色的飞机，银白色的弧线，与蔚蓝色的天空一起构成了一幅幅美丽的图画，只可惜没有拍下来。一架架飞机掠过，使我十分思念自己的祖国，这里距离中国有一万多公里的路程啊，我希望儿子能够早一点安顿下来，国内还有许多事等着我去做呢。

2015 年 10 月 13 日

1110—575Proudfootlane 的记忆

1110—575Proudfootlane，这是 2015 年我在加拿大的第二处住所，也是我和儿子离开里贾那迁往伦敦后的临时住所。儿子西安大略大学的同学杨新华因为要到里贾那大学读研究生，

158

寻觅书香——彭抗随笔

我儿子要到伦敦市找工作，这样，新华就将她在伦敦租住的到 8 月底才到期的房子让给儿子居住。

我们 8 月 13 日到达伦敦，住在 575 栋 11 层 110 一套两居室里，直到 8 月 30 日搬走，虽然只有短短的 17 天时间，我的记忆却是深刻的。

这套两居室很大，客厅和两个卧室分别都有 20 多平方米，还有连成一体的厨房和餐厅。最重要的是，这里是独立的单元房，只有我和儿子，使我有了"家"的感觉。

这里是一个很正规的小区，有四栋 14 层的高楼，对面而建，形成一个方形。楼四周绿树环抱，一条清爽干净的柏油小马路可供人们休闲散步。四座楼的中心有一大片绿油油的草地，一座清澈见底、瓦蓝瓦蓝的游泳池镶嵌在旁边。每天下午和傍晚都有孩子们在这里游泳、嬉闹和玩耍，欢笑声不时地传到楼上来。每天早晨，我站在阳台上，迎来晨曦，看着冉冉升起的朝阳。晚上，在漫天彤红的晚霞里送走夕阳。我每天都要坐在窗前的桌子旁，在满眼的蓝天白云下，写着日记，学着英语，感受着人生最快乐的时光。

这是一座宜居的城市，小区环境既幽静又优雅，既舒适又方便。二楼有停车场，凡住在这里的人们都可以在停车场免费停车。这里离中国超市（丰盛）很近，超市是福建人开的，售货员全是中国人，到这里买菜和各种生活必需品十分方便。

由于这里不能上网，我每天需要散步十几分钟到麦当劳去上网，与国内的亲朋好友互通信息，聊天成为我每天的重要活动。有时，一天要去两次，上午一次，晚上一次。沿路都是石板路，右边是马路，左边是茂密的植被。一天早上我竟巧遇两只正在过马路的梅花鹿，使我兴奋了整整一天。当我把这一奇闻告之国内好友时，她们也都很兴奋，觉得太有趣了。每天光顾麦当劳，还使我了解了加拿大老年人养老的一种方式——在麦当劳聊天、休闲。虽然住在这里仅仅 17 天，但却留下了深刻的记忆。

2015 年 10 月 14 日

住在 1675beaverbrookaveLondon 的幸福快乐时光

1675beaverbrookaveLondon，这是 2015 年我在加拿大的第三处住所。8 月 30 日我们搬来，直到 10 月 19 日我回国，在这里居住了整整 50 天。

这是一座造型十分美观的 House。一层外墙是红色的，二层外墙是白色的。进门是乳白色的栏杆、乳白色的门。室内三层，一层是客厅、餐厅和厨房、洗衣房，有一间房租给一个男孩子。车库在一楼，能并排停放两辆车。二层四间房，大间房东居住，房东是西安大略大学营养与健康专业大二学生，另外 3 间小房分别由 3 个女孩租住。地下室两间，一间由一男孩子租住，另一间是我和儿子住，一月租金 420 加元。地下室还有一大间储藏间，厅里摆放着健身器材，孩子们晚饭后经常来健身，我也时常在跑步机上走上 20 分钟。

这里是一片新建不久的很大的住宅区。每天早上和傍晚，我都要沐浴着朝阳或披着晚霞，沿着小区的青石板散步。这里的 House 全部是三层的，地下一层地上两层，有红砖黑顶的，有灰砖黑顶的，还有灰砖灰顶的，约有一二百栋。听说房子很便宜，只要 30 多万加元，每一套别墅都带有一个小庭院，不少中国人在这里买了房子。每天，白云和蓝天陪伴着我，鲜花和青草陪伴着我，绿树和小鸟陪伴着我。我迈着轻快的脚步，一边哼唱着《让我们荡起双桨》《革命人永远是年轻》等我最喜爱的歌曲，一边做着伸展运动和腹式呼吸。我要把这沁人心脾的清新空气装满我的胸肺，我要把这赏心悦目的如画景致印在我的心中。

50 天日日夜夜的朝夕相处，使我和小留学生们建立了深厚的感情。我们一起逛超市，一起观红月，一起吃大餐，一起赏红叶。孩子们为我拍照，精心选择最佳角度。孩子们簇拥在我身边照相，个个绽放出灿烂的笑脸。我加入了孩子们的群聊，当我把我写的中秋赏月的文章发到群里时，孩子们由衷地赞叹："阿姨，你好棒！""阿姨写得真好！"在这里居住的日子是一段幸福快乐的时光。

2015 年 10 月 15 日

金秋时节

今年的秋天有幸在加拿大度过。10 月 6 日，我和儿子邀留学生小张一起，开车去长点森林公园看红叶。湛蓝的天空，大朵的白云飘过；美丽的田园，大片的农田闪过。不时有小镇出现，一座座农舍（或小别墅）点缀其间。这使我不禁想起杜牧的著名诗句来："远上寒山石径斜，白云生处有人家。停车坐爱枫林晚，霜叶红于二月花。"

沿路已有一些树木的枝叶变红或变黄，有红彤彤的，有黄灿灿的，也有红绿相间、黄绿各半的。恐怕还没到季节，尚没有万山红遍、层林尽染的景致。到伊利湖畔时，我们直奔沙滩，细细的、黄黄的、软软的金沙铺满沙滩，竟无一人。我们三人踏着细沙，漫步在沙滩上。远处是湖天一线，脚下是细沙软软。今天是阴天，天空灰蒙蒙，空气湿润，心情也由于这温存的气候而变得格外柔和。森林公园植被茂密，各种叫不上名字的树木应有尽有，有高大挺拔的，也有灌木丛生的。沿一条幽幽小径，在满眼深深浅浅的绿色中散步，欣赏着正浓的秋景和秋色，内心深处不由得平添了一份恬静。

秋是我国古代文人墨客眼中笔下最美景致。今年的秋天没有在北京观赏香山红叶之美，却在这享有"红叶之国"美誉的加拿大度过，虽然还未见到红叶的盛景，但由于自己已步入人生的秋天，发自内心地对秋的理解和感受、对秋的赞美和热爱都第一次超过了对春的企盼、向往和歌颂。

2015 年 10 月 7 日

这是一个讲秩序讲礼貌讲助人的文明国度

  2015 年 6 月 5 日至 10 月 19 日，为探望在加拿大工作的儿子，我先后在萨省的里贾那和安省的伦敦两座城市居住了 4 个半月的时间。与 2013 年我未退休时在加居住的那两个多月相比，自己有更多的时间和精力去了解和认识这个国家以及这个国家的人民。

  这是一个到处充满和平、友善、慈爱的国家，这是一个讲秩序讲文明讲礼貌的国家，这是一个让人全身心放松可以尽情享受生活的国家。我的所见所闻，我所亲身经历的虽然都是一些小事，在加拿大人看来，这些都是司空见惯的琐事，或者说这些行为早已成为他们的自觉行动。然而在我看来，那都是一个国家、一个民族文化教养的体现，是国民素质的体现。接下来，我就说说这些小事吧。

  6 月的一天，我上完英语课后，儿子去接我，回家的路上因为停电，有一段路的红绿灯不亮了。我问儿子："那还不得乱了，想怎么开就怎么开？"儿子说："那不会的，这都是有规定的，到红绿灯路口时，都是这条路先过一辆，然后那条路再过一辆。"我十分好奇，还有这种事？果然到了下一个红绿灯路口

第三篇　加拿大见闻

163

时，车都停住了，然后是南北向的先走一辆（一排车），东西向的再走一辆（一排车）。没有红绿灯指挥，没有探头监视，更没有一个警察，一切有条不紊，井然有序。

在里贾那居住时，有一次，我们去超市买洗面奶，儿子找了半天也未找到合适的。这时走过来一位五六十岁的女售货员，她向儿子介绍了多种洗面奶的性能，最后专门介绍了一种牙膏式的有防衰老去皱纹功能的价格也比较便宜的洗面奶给我们。她介绍时一直面带笑容，滔滔不绝，我想，这种服务在国内是享受不到的。

一次，我们去超市买东西，因为买的东西较多，儿子付款时，一位四十多岁的女收银员笑容可掬地告诉儿子，可以找一个人帮忙送到车上去。马上就过来一位小伙子，用推车把我们所有的东西装好并送到我们车的后备箱里去。

在这个国家，不论做什么工作，都没有高低贵贱之分，都是神圣的、崇高的。我在这两个城市居住时经常看见割草工、垃圾清运工，他们看见我都会面带微笑向我问好，这时我也一定会微笑着高声向他们致好。在里贾那居住时，一次我和儿子散步回来，正碰见一位上了年纪的割草工在聚精会神地割草。他看见我们走过来立刻停止了手中的活计，儿子说他是怕割草扬起的灰尘和草沫溅到我们身上。在伦敦居住时，我们住房门口的马路有一段时间在修路。我散步回家只要走过这里，工人都要立即让开路，示意让我先过去。

一次去车行修车，正好是午饭时间，修车师傅不在，接待儿子的是一位六十开外的老先生，他说中午要关门40分钟，他也要去吃饭。儿子说："没关系。"我俩就到车里去休息了。仅仅20分钟后，那位老先生就快步走了回来，把我们请进屋。一面开电视让我们看，一面给修车师傅打电话，车很快就修好了。

总之，作为一名平凡普通的中国人，我在加拿大一点一滴的见闻，都触动我内心，都是真实的，都是让我深受感动并难以忘怀的。

2015 年 10 月 17 日

我与老天爷有奇缘

我仿佛与老天爷有着奇缘。前天，儿子开车，我们去西安大略大学观赏红叶。在蓝天白云下，我们照了一张又一张风景如画的照片。不一会儿，天空就乌云密布，几分钟之后就下起雨来。恰好我们照完最后一张，赶紧回到停车的地方，就这样，衣服还是淋湿了一些，但总算是了了与红叶合影的心愿。

昨天早上，我正在餐厅吃早饭，往窗外一看，下雪了，大片大片的雪花纷纷扬扬，潇潇洒洒飘向大地。只一会儿工夫，大地就一片银白，好漂亮的雪呀！瑞雪预示着好运气，我在回北京的前一天第一次领略到了加拿大千里冰封、万里雪飘的初冬景致。

今天，我将离开加拿大回国，一早起来我就看到外面天空完全放晴了。儿子开车，我们前往多伦多机场。一路上，天空蔚蓝，一碧如洗，一扫昨日瑞雪初冬的寒意，把人们又带回到金风送爽的惬意环境。沿路枫叶经昨天风雪的洗礼更加红彤彤了，被风雪打下的叶子满地堆积，黄灿灿的。一片片茂密的植被红色、黄色、绿色相间，依然是层林尽染，美不胜收。一抹抹淡淡的长长的云带仿佛是那洁白的哈达，在天空中舒展飘逸。

在加拿大的这4个半月中，我时常感叹大自然的巧夺天工。是大自然用鬼斧神工将加拿大雕琢成一个自然天成、美丽无比的大花园，竟无半点斧凿痕迹。再见了，加拿大，明年我还会再来！

2015 年 10 月 19 日

第四篇

做书香女人

读书、奋斗与人生

"何须浅碧轻红色，自是花中第一流"，这优美的诗句出自宋代女词人李清照之手笔，她曾用这诗句来自诩。我虽然不能称自己为"花中第一流"，但也可以无愧地说，在我人生的每一个阶段都不曾放弃过奋斗，奋斗伴随读书，读书促进奋斗，读书和奋斗贯穿了我的人生。

读书奠定了我人生的基础

我曾经拥有一个金色的童年，我从小就喜爱读书。6岁时，我在京城一所著名师范大学的附属幼儿园上大班，教我们的女老师姓田，20多岁，梳两条又黑又长的大辫子。她经常拿着小书给我们讲故事，像《白雪公主》《灰姑娘》《孔融让梨》《龟兔赛跑》《车胤囊萤》，经过她绘声绘色的讲述，一个个精彩的故事就把我们带入了神话般的世界，教给我们要诚实、善良、勤奋、上进这些做人做事的道理，在我们幼小的心灵里深深地埋下了读书就能学到知识、学到本领的种子。后来，全班的小朋友选我做班长，慢慢地我也认得了一些字，就学着老师的样子，给小朋友讲故事、背诵小诗……

上小学了，我像一只快乐的小鸟在书的林子里飞翔，我像一条快乐的小鱼在书的海洋里遨游。那时的我们真是无忧无虑、无牵无挂，想的只是好好学习、天天向上，读好书，长大了成

第四篇　做书香女人

为国家的栋梁。童年是梦幻的，我们不断地向书本索取知识，向老师索取知识，尽情地编织七彩斑斓的理想丝带。有的同学想做一名科学家，20年后跻身世界先进科学研究领域；有的想当一名宇宙航空员，20年后驾驶宇宙飞船遨游太空；有的想做一名人类灵魂的工程师，20年后赢得桃李满天下……

在小学时，我喜欢数学，更喜欢语文，我读了许许多多的课外书，写作文时，总感觉有那么多词一个一个地往外冒，老师几乎每次都要把我的作文作为范文在全班朗读。由于学习成绩好，我一直担任班干部、队干部。我在自己读好书的同时，开始注意帮助其他同学读好书。在课外学习小组里，我耐心地给同学们讲习题、默写生字词，每周我还要到学习落后的同学家去给他们补课。五年级时，我们开始学习雷锋，一本《雷锋日记》深深地打动了我，我学着雷锋的样子做好事。我在同学当中组织了"学雷锋小组"，偷偷地把各教室老师用过的粉笔头收集起来，自制成粉笔模子，做出新粉笔；我们在校园里开辟了种植园地，种植向日葵、蓖麻，秋天时把果实献给国家；我们在马路边扶老携幼，照顾他们过马路……我决心像雷锋同志那样，把有限的生命投入到无限的为人民服务之中去。

读书矫正了我人生的轨迹

"文化大革命"使我失去了读书的机会，打碎了我长大后当科学家的梦。但很快我又被《钢铁是怎样炼成的》《军队的女儿》等书籍所吸引，我至今牢记保尔的名言：人的一生应当这样度过，当他回首往事的时候，他不会因为虚度年华而悔恨，也不因碌碌无为而羞愧……

我受到《军队的女儿》中主人公刘海英"为了人民的利益，

要让生命放射出光彩"的革命精神的强烈震撼，1969 年我响应毛主席的号召，打起背包，跋山涉水到边疆，来到黑龙江生产建设兵团军垦。兵团每天十三四个小时的繁重劳动使当时只有十七八岁的我十分疲惫，但我仍然坚持读书、学习、写作，我担任了连队的通讯报道员，我写的稿件经常在团部的广播站广播。尽管当时的学习、生活条件十分艰苦，但我始终坚信，只要自己不放弃拼搏，不放弃奋斗，就一定能够重新获得读书的机会。

回到北京后，我被分配到一所街道幼儿园工作，一直坚持业余时间勤奋学习，几年之间自学了初中和高中语文、历史、地理和英语。终于，迎来了我们知识青年学习知识的春天。1977 年恢复高考了，1978 年我以"文化大革命"前老初一的文化底子考取了北京大学第一分校中国语言文学系，接到录取通知书的一刹那，那欣喜若狂的感觉，我至今记忆犹新。在大学四年中，我孜孜不倦、勤奋忘我、刻苦攻读、争分夺秒。因为我不仅要学好大学的课程，还要补习初中和高中的课程。"书山有路勤为径，学海无涯苦作舟""读书破万卷，下笔如有神"，这些格言激励着我阅读了中外大量名著，努力学好每一门课程，以优秀的成绩获得文学学士学位。由于品学兼优，积极要求进步，在大学期间，我光荣地加入了中国共产党。

读书将伴随我的一生一世

回忆我的前半生，书是我最好的朋友。以书为伴、以书为友、以书为师，几乎每天都要读书。工作中有问题时到书中去寻找答案，生活中有烦恼时到书中去寻求解脱；回忆往事时，书帮助我总结经验教训，展望未来时，书帮助我认清前进方向；在取得阶段性成功之时，书帮助我如何不骄不躁；在遇到艰难险

第四篇 做书香女人

阻时，书帮助我如何排除万难。当我在职场上遇到不顺时，当生活中的种种现实与我追求、向往的理想多次发生碰撞时，我都是到书中去答疑解惑，到书中去寻求真谛，特别是到古籍中优秀的志士仁人身上去寻找自己与他们的差距。屈原"路漫漫其修远兮，吾将上下而求索"的精神，陶渊明"不为五斗米折腰"的傲骨，范仲淹"先天下之忧而忧，后天下之乐而乐"的情怀，杜甫"安得广厦千万间，大庇天下寒士俱欢颜"的胸襟，柳宗元、欧阳修被贬官后，与民同乐、为民造福的情操，无数次深深地打动了我，激励着我、鞭策着我，不断地战胜重重困难，勇往直前。

总之，书教给我如何自重、自立、自省、自强，如何为人、如何做事，书是我一生取之不尽、用之不竭的力量源泉。我一生遵循的原则是：说老实话、办老实事、做老实人。我在工作中给自己定下的准则是：想干事、能干事、干得成事。每年都实实在在地做几件对党、对人民、对国家有益的事，不求官位，不慕功名，不索报酬，不图安逸，只争朝夕，峥嵘岁月。我反反复复地告诫自己：我的一生是读书的一生，是奋斗的一生，生命不息，读书不止；生命不息，奋斗不止。

原载 2006 年中国方正出版社《读书与人生》

我眼中的女性角色

女性的角色有哪些？对当今职业女性来说，无疑是社会角色和家庭角色两种。

在社会角色中，我给自己的定位是：在同志们面前，努力做个好同事；在领导面前，努力做个善解领导意图，积极主动完成领导交办的各项任务的好部下；在年轻人面前，努力做个可以与他们交心的可亲可敬的老大姐；在基层同志面前，努力做个善于体察他们的辛苦，能给他们的工作以具体指导的好上级。

在家庭角色中，我给自己的定位是：丈夫的好妻子、儿子的好母亲、母亲的好女儿、婆婆的好儿媳……

我每天在这些角色中游走，乐此不疲。女性拥有善良、温柔、宽容和忍耐的天性，这种天性决定了我们在社会中协作、认真、坚韧和忠诚，决定了我们在家庭中吃苦耐劳、体贴入微、无私忘我。女性的两种角色相辅相成、互相促进，哪种角色扮演不好都不能称为完美。

关于能力，我认为主要是职业女性承担社会工作的能力。除了党要求我们提高执政能力所应当具备的能力外，在实际工作中更要注重锻炼和提高自己的多种能力，同时要发挥女性特有的优势，进一步提高辅佐能力、协调能力，与男同志一起优势互补，形成合力。

关于发展，我们这一代人现在已经50多岁了，经历了上山下乡，在恢复高考后，才开始了职业女性的生涯。崭露头角、施展才华的机会虽然不是很多，但我们会在默默无闻的实干中做出奉献，在不断自我完善中得到发展，同时尽到对年轻同志"传帮带"的责任。

随着社会的进步与发展，现代女性更加独立、自强。作为女性，我们要生命不息，学习不止；生命不息，奋斗不止。

原载 2012 年 3 月 8 日《中国气象报》

第四篇 做书香女人

读《独处是女人最好的奢侈品》有感

　　《独处是女人最好的奢侈品》是一篇触动灵魂的好文，我一口气读了三遍，因为我感同身受。

　　此文说："成长是一个士兵到将军的过程，背负越来越多责任，无论愿意不愿意，你都要把一个人过成一支队伍。"这就是我们的人生，我们之前大半生已经为父母、爱人、孩子、家庭付出了许多许多，当然这中间也有我们个人经历苦难和学习奋斗的时间。但人生只有一次，生命将越来越有限，如果不抓住转瞬即逝的时光，认真地为自己活一活，做一些自己想做的事，活成自己，活出自我，那么，我们就枉活了此生。

　　正像此文中引用的一段话："我爱家人，但当我一个人细细品味鳗鱼酱汁的咸甜，才觉得生活是自己的，终于不需要考虑任何人的感受。"

　　此文还说："很多时候，我们的孤单与不快乐，是因为活得太满，太有目的。"是的，一个人活在世上，特别是一个有家庭的女人活在世上，她要满足工作、家庭、社交等一个战场接着一个战场的需要和挑战。我们经常感到身心疲惫，我们经常感到力不从心，甚至是心力交瘁。尽管在我们身边围绕着许多亲人和朋友，但我们依然感觉孤单无助和不快乐。而"独处，是漫无目的的一段时光，却也是放下一切、放空自己的最好时光"。

独处，表面上看似孤单一人，但却唯有在独处的时候，自己才能与自己的心灵有毫无顾忌的对话和沟通，就像："只有一个人走路，才是你和风景之间的单独私会。"我的这种感觉、感受，或称感悟，在我退休后随着年龄增长，竟如此强烈。近些年来，我每周环绕昆明湖快步行走的活动都是独立进行的。我喜欢一个人饱览颐和园春夏秋冬的景色，让自己与那绝妙景致单独约会；我喜欢一个人理清头脑中错综复杂的思绪，让自己放下烦恼，心情愉悦；我喜欢一个人任知识在脑海中遨游，任人生感悟在心中凝练，任感情的波涛撞击心扉，因为我一生追求的是知识的富有、情感的富有和内心世界的富有。

这就是"独处"，它确实是女人最好的奢侈品。

2017 年 8 月 27 日

写给书香女友姚莫诩的一封信

姚莫诩同学、战友：

你好！

时光荏苒，45 年我们不曾谋面，却一见如初。尽管岁月在你的面庞上已留下痕迹，但你相貌依旧，声音依旧，气质依旧。

你眉宇间、言谈中透着成熟、自信、风度和教养，你头脑清晰，思路敏捷，学识渊博，好学谦逊，在文学评论领域很有造诣，成绩斐然。

从女附中同窗恰同学少年，风华正茂，到上山下乡同赴北大荒，屯垦戍边；从兵团的战天斗地，患难与共，到实现上大学的梦想；从读大学、研究生时的争分夺秒，刻苦攻读，到在工作岗位上的脚踏实地，努力耕耘；从在各自的工作领域小有成就，到子女的学业、事业有成；从退休后的安度晚年，到抓紧人生第二春的黄金时光，将自己的经历这样宝贵的精神财富写下来，留给后人留给社会留给历史的构想。

整整 4 个小时，我们畅所欲言，我们侃侃而谈，我们滔滔不绝，我们思绪如泉涌。

相似的家庭环境，相似的奋斗经历，相似的人生成功体会，使我们穿越了时间隧道，把我们的想法升华。

我们的交流只能暂告一段落，我们只能在依依不舍中小别。3 个月后，我们将再次相聚在北京，共商抒写人生经历一事。

祝你好运！

彭抗

2015 年 2 月 5 日

书香女友——时建华

3 月 30 日中午，我和时建华共进午餐。

时建华也是 1952 年生人，比我小 1 个月。说起我们的相识，也是很有缘分的。去年退休处组织老干部秋游，在大巴车上，我们恰巧坐到了一起。健谈的我俩很快就聊得火热了。后来在合唱团里我们经常见面，她唱低声部，我唱高声部，每次见面都要热情地聊上几句。要说关系的进一步发展，是今年三八妇女节时组织大家去参观义利食品厂。在大巴车上，我俩又坐到了一起，谈笑风生，聊了整整一路。话题很多，而且都是开门见山，单刀直入。

她是江苏常州人，1969 年 3 月赴江苏生产建设兵团军垦，1971 年入党。担任过班长、排长、副指导员，后任营副教导员，她是一名十分优秀的女性。1975 年被选送南京气象学院，1978 年 8 月毕业后到中国气象局综合观测司工作，担任处长，一干就是 30 年，2007 年退休。她性格直率，作风泼辣，敢作敢为，敢于担当。我俩的性格十分相似。我们很快建立了微信热线联系，我们谈古论今，我们谈天说地。谈经历，谈往昔；谈感情，谈感悟；谈人生，谈体会。我将自己写的一些文章传与她看，她每每发来感慨，认识之独到之精辟之深刻，直撞我的心扉。我仿佛有了一种"众里寻她千百度，蓦然回首，那人却在灯火阑珊处"相见恨晚的感觉。

我向她发出了参加楹联活动的邀请，她欣然同意。下周，我们将一起去海洋局听课。

我想我们还会有更多的共同的兴趣爱好，我们将成为好朋友。

2016 年 3 月 31 日

第四篇　做书香女人

书香女友——张宝玲

　　小雨沥沥间或大雨滂沱，下了整整一天，也没能阻挡住两位丽人的相聚。

　　时间隧道转瞬间已滑过整整45年，40多年未曾谋面，她依然两眼炯炯，她依然神采奕奕。张宝玲，我在黑龙江生产建设兵团四十三团十八连时的亲密战友，当年十七八岁的我们曾在一个排里，每天扛着铁锹锄头，迈着军人的步伐，呼喊着革命的口号，高唱着毛主席语录歌行走在十八连营区的农道上。

　　3个半小时的亲切交谈，我俩从头道来，又从今说起，侃侃而谈，滔滔不绝，畅所欲言，没完没了。她1971年底就因在连队表现优秀被调入团部放映队，1972年4月接替了被选送工农兵大学的团部广播员路疆的工作。她的声音清脆悦耳，至今依然使人感觉动听。她在团部宣传股年纪最轻，但她积极要求进步，工作努力，1974年就入了党。1975年被北京大学俄语系录取，3年半后大学毕业分配到首都经贸大学工作，一干就是30多年。她说她的奋斗精神不是很强，一生主要是在平淡中度过的。但她的眉宇间透着自信与自强，眼睛里闪烁着奋进与奋斗精神。我不能苟同她的说法，我认为平淡是真，特别对女性而言，像她这样踏踏实实做事、老老实实做学问，这就是我一生向往的生活和精神追求。今年她已63岁，但仍返聘在岗，一面教课，一面作督导。

她 1979 年与团宣传股哈尔滨老高三知青何锋结婚，1981 年生下她们可爱的儿子。1989 年，何锋才历尽坎坷从黑龙江调入北京，结束了她们长达 10 年的分居生活。何锋多才多艺，毕生从事美术设计研究，今年虽已 70 岁，但仍在纺织协会工作，发挥着余热。

我不禁感慨万分，夕阳无限好，人间重晚晴。人生的成功，在于自己的努力、付出和奉献，只要一生默默耕耘，人生的晚年必定收获累累硕果。祝愿宝玲夫妇晚年幸福安康！

2016 年 7 月 20 日

知书之友
——与战友栾恩连的微信聊天记录

（一）关于《岁月如歌》的读后感

栾恩连：读彭抗这本书让我感受到了一个人的自强不息，一种生命的顽强成长。"踏踏实实做事，简简单单做人"，大道至简。我从书中感觉到彭抗正在将她的简单进行到底。

彭抗：栾兄对《岁月如歌》的体会之深刻，已经高出了我写作这本书的原意。我只是想真实地记录我的人生，让我自己对我的人生有一个总结，让我的后人对我的人生有一个了解。我喜欢白描的手法，我喜欢直抒胸臆。这也许就是你老兄过誉的"文如

第四篇　做书香女人

其人"吧。我在十八连只待过几年的时间，但却留下了刻骨铭心的印象。我后来曾三次回过兴凯湖，我一生都在思考、反思这段经历在我生命中的作用，得出的结论是：终身受益无穷。

栾恩连：凡事皆有利弊，即所谓的一分为二，区别在于利大还是弊大和取其利还是取其弊。如果人阳光，下乡给你留下的是受益；如果沉溺于下乡带给我们的伤害不能自拔，恐怕结果是郁郁而终。

彭抗：曾经拥有的知青上山下乡的经历是我们人生最可宝贵的财富。这段历史无疑应当载入共和国的历史。而真实地描述、讴歌这段历史和全国近两千万知青艰苦奋斗精神的，正是我们自己！我们现在正处在人生的收获季节，让我们勇敢地承担起大书特书一代知青奋斗经历的历史使命吧！

栾恩连：我从书中感到，你在人生中无论是顺境还是逆境，都是踏踏实实地往前走。

彭抗：谢谢！其实我这一生中遇到了许多挫折，成就远远不如我们连的一些战友辉煌。

栾恩连：我感到你的书就是真实地记录，你写的时候并没有刻意地要表达什么，这让我有机会读出你的人生特点。如果有许多的雕琢，我可能反倒看不清楚了。

彭抗：是的，我不喜欢雕琢，就像我做人不喜欢作假一样。做人喜欢真实，写文章也喜欢真实。

2015 年 9 月 15 日

（二）关于读书的几点体会

前几日，我将自己读毕淑敏作品后所写的《淑女书女》《寻觅优秀的女人》《素面朝天》三篇读后感传与战友栾恩连。昨晚他在微信上和我聊了半个多小时，对我很有启发，现将聊天记录整理如下：

栾恩连：彭抗，你好！请以后千万不要说"指导"了，我真的够不上那样的水平，我也只能是对于你发来的东西，如果有感受，把它谈出来而已，如果说指导，那我即使有什么感受，也就不敢说了。你写的这几篇读书笔记，我反复看了好几遍，感觉这些内容真的很好，我在想，如果在年轻的时候，就有机会读到这些东西，该有多好！

彭抗：好的，栾兄，再也不敢说"指导"了，我们是切磋，这总行了吧。

栾恩连：我这一生的一个遗憾就是书读得太少以至于你笔记中的道理，到了晚年才有所领悟。

彭抗：我也是书读得太少，我指的是好书。现在是逼得没办法了，不读点好书，不能提高自己，写作水平也只能原地踏步了。

栾恩连：从你写书到制作视频到你现在读书，使我感到你是一个知行合一的人，认可一个道理，马上付诸行动。这笔记中有些话说得多好：吸收就是成长。

彭抗：栾兄夸奖。我确实是个一旦明白了一个道理，就马上付诸实践的人。这也是我在加拿大时栾兄给我提出的重要建议。现在特别想读好书，但眼睛不行了，要借助于放大镜。你也要好好保护眼睛。

栾恩连：智慧不单单是天赋的独生女，她还是阅历、经验、胆魄三位共同的学生。在读懂了读书的女人的各种意义之后，再明白上述道理，我们的读书就不会走偏。

彭抗：是的，栾兄，看来你是真读进去了。

栾恩连：由于没有在年轻时读到好书，许多人生的道理，就只有靠在实践中探索，或遇挫折或走弯路之后才有所领悟。现在读这类好书也是很有意义的，它会让我们的心灵感到充实。你继续读吧，我跟你后面沾沾光。

彭抗：是的，在经历了人生的种种挫折后再去品味好书中这些人生的哲理，效果是事半功倍的。每次与栾兄聊天都获益匪浅。

栾恩连：实际上，从年轻开始，边读边实践是最理想的。那样我们在以往的人生历程中，呈现的应该是更高层次的状态。

彭抗：现在也来得及，我们还不算老，我们有丰富的阅历，我们还可以互相借鉴、启发。

栾恩连：现在领悟也会增加智慧，获得心灵的宁静及和谐。

彭抗：说得太好了！有我们这些挚友在一起共同感受人生的真谛，也是十分愉悦的。

2015 年 12 月 29 日

知书之友——罗一明

2015 年 12 月下旬《岁月如歌——青春记忆》在四十三团微信群发布后，四十三团原值班二连指导员、上海知青罗一明发表一段感言："此片的策划、制作都很精致。更可贵的是，作者是位有思想的知青，在娓娓的叙述中蕴含着对'上山下乡运动'的思考。很佩服作者三次回兴凯湖，可见对这片青春热土的感情很深。"

我回微信："看到你发自肺腑的对视频的赞誉和对我们曾经共有的青春岁月的赞颂，我很感动。谢谢你，我未曾谋面的神奇黑土地的战友！"

罗一明："寿虎向我简单介绍了你，很佩服你一路的奋斗。仔细观看了你的视频，很感动。这方面的视频很多，但如此精心策划和制作的佳作不多，所以我特别欣赏。曾经存放在心底某一个角落的兵团记忆，退休后再次被激活。"

后经战友徐寿虎介绍，我和罗一明互加微信好友，开始了微信上的交往。

我回道："你对视频评价的水平之高令人钦佩。"

罗一明："片子里不少人我都很熟悉的。如徐寿虎、谢秀凤、吕国兴、王兰等，所以，虽然不是一个连队的，看着还是很亲切的。"

我回道："寿虎是这部视频的最可靠的支持者和参与者，可以说除了开始的设想是我自己的外，我们是共同完成此片的。"

罗一明："将我的博文《我在冬天等你》发给你。"

我读《我在冬天等你》感想："从枯枝败叶中的点点嫩黄，到几天后的暗香浮动，一片金黄；从还在满世界碧绿的时候，你就与蜡梅有个约定，到今冬我等你；从万物与人的相知、相应，到你的感动引发读者的感动。最后落笔，蜡梅都盛开了，春天还会远吗？你用优美的语言勾勒出优美的意境，好美的散文，让我耳目一新。"

我将《金色的秋景》一文发给罗一明。

罗一明："传统的文人喜欢悲秋，而你的文字中洋溢着对秋的喜爱之情。这是作者情感与心态的写照。"

我将《2015年游加拿大轶闻三则》发给罗一明。

罗一明回道："满溢深情实感的文字就是最美的。强烈建议在网易上搞个博客。不会很麻烦的，注册一个邮箱就成功了。随后，慢慢地把你的短文美拍发上来，让更多的朋友欣赏，时间长了，还会有一批志趣相投的博友。写博会给退休生活带来很多乐趣。"

我将《我想做一个快乐的"真情"写作者》一文发给罗一明。

罗一明回道："我很认同'真情写作'，直抒胸臆的文字才能引起共鸣。"

罗一明将《我为什么写博——老罗日志》发给我。

我回微信："你的写博是为了收藏快乐，写博能不断地给生活注入热情，而热情是人生最珍贵的东西之一。你用优美动人的文字将我们晚年生活如何去追求充实和快乐娓娓道来。你与博友们的交流互动，那种真挚情感的溢出和充盈，也使人深受感动，深受启发。"

罗一明回道："彭抗过奖了！我写博文主要是为了快乐，所以比较随性。能与志趣相投的博友交流也是很愉快的。你的生活经历丰富，感情真挚，文笔也好。我们会成为好博友的。"

我回道："是的，我也相信我们会成为好博友、好朋友的。"

2016年1月23日

184

知书之友——郭海远

郭海远是我在中国气象局工作期间最好的朋友。实际上，我和海远早就认识了，我们同住一院，他爱人杨晓京也在中央纪委工作。只不过到气象局后，我们交往更加频繁，互相更加了解了。他最初是局机关服务中心副主任，后来又当了纪委书记，我们工作上来往密切，他在各方面对我帮助都很大。

海远出身于干部家庭，他父亲曾任海淀法院院长。他小时候在北航大院里长大，18 岁参军，转业回北京后一直在气象局工作，一干就是 30 多年。海远为人正派朴实。他任服务中心副主任时曾主管十家企业，工作有思路，经营有头脑，企业效益很好。但他在官场上却不会趋炎附势、溜须拍马那一套，因此得不到某些领导的赏识，有时不免有些郁闷。好在我们是能说心里话的好朋友，我们可以经常在一起互相倾诉、互相安慰。

昨天中午，我和海远老弟在老地方——蜀香苑小聚。我见他满面春风，神采奕奕。他告诉我，他已于 7 月 5 日正式退休，我知道实际上他已赋闲快两年了。接着，他兴高采烈地告诉我，近两年来他做了两件事情，我赶紧洗耳恭听。第一件事是他自学了近一年半的英语，已经熟练掌握了四五千个单词。今年，他请了位一对一的英语老师，每隔一天用英文对话两个小时，口语突飞猛进，现在已达到能够较自如地在普通生活中用英语会话的程度了。他准备再学一个半月，8 月中旬将赴英国探望儿子、孙子。儿子一家已在英国定居，儿子先在美国银行工作，后又到德国银行工作，薪水增加了不少。孙子是英国公民，一个两岁的小帅哥。儿子在伦敦郊区买了房子，环境优美。每年，海远和晓京都要去那里住上一段时间。海远说，几年间去了几次，最难受的就是语言的不通，现在他自己解决了，有志者事竟成。我看到他的兴奋溢于言表，我也好为他高兴呀！

第二件事就是他已完成了他的自传的写作，从五六岁开始写起直至退休，50多年的人生经历，约10万字。我说，我将成为你的第一读者，他说他目前正在修改，还在电脑上。他说他还准备与跟他年龄相仿但经历不同的几个好朋友共同写一本书。

我也向他简单地介绍了我近期做的几件事情。海远积极向上的生活态度和良好的精神风貌，真使我感动。是啊，能够在退休之后做一些自己喜欢做的事情，实现自己的人生价值，实在是太好了。

2016年7月9日

看望恩师——曹先擢

今天下午去看望了我的恩师——北大曹先擢教授。曹先生已83岁高龄，我给他带去了我在加拿大时写的一些文章和《岁月如歌——青春记忆》的光盘。曹先生十分高兴，马上就看了我写的几篇文章。我向他汇报了我打算出散文集的想法，他说，散文是比较难写的。当年在北大中文系工作时，不少老师都试图写散文，但只有王力老先生称得上是散文家。曹先生说，他前些年在美国旅居过一段时间，写过一些文章，如能找出来就给我看看，但那也称不上是散文。他认为散文的典范就是朱自清的《背影》《荷塘月色》、冰心的《小桔灯》等文。

他建议我可把《岁月如歌》中一些好文章再好好修改一下，再加上在加拿大写的这些文章，正式出版一本书，可取名《彭抗随笔》。

曹先生对视频很感兴趣，他听我说了视频在战友们中间引起强烈反响，当夜，不少战友彻夜未眠，有的流着眼泪看了两三遍。他说，这就是作品的艺术感染力和艺术效果，现在已经很少有这种打动人心的作品了。他认为这件事做得很有意义。

我想，我最近还是以读书为主，遵循曹先生的教诲，多读一些大家散文名著，武装一下自己的头脑，丰富一下自己的思想感情，力争 2016 年在写作方面有较大的进步。

2015 年 12 月 30 日

读毕淑敏《经典散文》有感

日子要一天天地过，书要一页一页地读。清风朗月，水滴石穿，一年几年一辈子地读下去。书就像微波，从内向外震荡着我们的心，徐徐地加热，精神分子的结构就改变了、成熟了，书的效力就凸显出来了。

读书的女人更善于倾听，因为书训练了她们的耳朵，教会了她们谦逊。知道这世上多聪慧明达的贤人，吸收就是成长。

读书的女人更乐于思考。因为书开阔了她们的眼界，拓展了她们原本纤细的胸怀。明白世态如币，有正面也有反面。一厢情愿只是幻想。

读书的女人更勇于决断。因为书铺排了历史的进程，荟萃了英雄的业绩。懂得万事有得必有失，不再优柔寡断而贻误战机。

读书的女人更充满自信。因为书让她们明辨自己的长短，既不自大，也不自卑。既然伟人们也曾失意彷徨，我们尽可以跌倒了再爬起来，抖落灰尘向前。

读书的女人较少持续地沉沦悲苦，因为晓得天外有天，乾坤很大。

读书的女人，较少无望地孤独惆怅，因为书是她们招之即来永远不倦的朋友。

读书的女人，较少怨天尤人孤芳自赏，因为书让她们牢记，个体只是恒河沙粒、沧海一粟。

"淑"字，温和、善良、美好之意。好书对于女人，是家乡的一方绿色水土。离了它，你自然也能活。但与书隔绝的日子，心无家园。

淑女必书女。

太美的文字，太美的淑女书女。我深知自己离淑女书女还有一定的距离，但我会脚踏实地地朝着这个目标前进。

2016 年 1 月 1 日

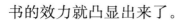
寻觅书香——彭抗随笔

我想做一个快乐的真情写作者

这些天来，我一直在思考一个问题，自 2014 年《岁月如歌》一书完成、2015 年《岁月如歌——青春记忆》视频在网上发布后，得到了一些读者观者的赞誉和好评。这本书一直有人在真心索要，视频发布到网上 20 天点击率就达 2555 人次，远远高于网上一般视频的点击率，现在仍在一定范围内传播。我想，两部作品是采取了现实主义的艺术手法？浪漫主义的艺术手法？还是现实主义与浪漫主义相结合的艺术手法？肯定的回答，均不是。因为我深知自己的写作手法离这些艺术手法还相距甚远，甚至可以说是几乎不着边。但有一点是必须承认的，那就是两部作品确实获得了感人肺腑、震撼人心的效果，原因何在呢？

得出的结论只有一个，那就是真情。我用自己的真情打动了读者。我是一个喜欢真实的人。在生活中，我不喜欢化妆，不喜欢粉饰，我喜欢素面朝天。在与好友至交知己交往中，我喜欢全方位全身心地展示真实的我，因而我获得了最珍贵的友谊和可以经得住一生一世考验的宝贵情感。在写作上，我喜欢行云流水般直抒胸臆自然天成的写作手法，因而我已经或者正在获得读者。

真实，是我做人的准则，因为那样，我感觉不累，我活得坦荡潇洒痛快。写作真实能够表达出我丰富的内心世界和真挚情感，收获的是读者观者真情厚意的回报，在彼此互动中，我兴奋，我快乐，我激情澎湃，这进一步激发了我写作的热情。

因此，我想做一个快乐的真情写作者。

2016 年 1 月 7 日

明媚的春光

——春游颐和园

2006 年孟春时节，我捷足踏春，迫不及待地来到颐和园。春的气息已扑面而来，沉睡了一冬的昆明湖冰面开始解冻。那刚刚注入的充满活力的新水很快便将大块的冰分解成小块的，那涌动的春潮又以势如破竹之势将翻滚的冰块消融。一池碧绿的昆明湖水就像变戏法一样，只几天工夫就以崭新的姿态呈现于游客面前。

春姑娘踏着她那轻盈的脚步款款走来，是那样娇柔含羞。三月里的一天，昆明湖畔的柳树开始冒出新芽，从文昌阁向南一眼望去，一条宛如长龙般的朦胧绿带如画如卷，如梦如幻。信手拈下柳条上一颗新芽，是那样娇嫩，是那样可爱，就像一个新诞生的生命生机盎然、朝气蓬勃，令人欣喜若狂。

昆明湖畔踏青的人渐渐多了起来，人人脸上挂着春的微笑、春的喜悦。铜牛边，舞扇的中年妇女们伴着春的乐曲翩翩起舞；谐趣园里，迎春的歌声使春回大地、万物复苏；盛开的桃花下又平添一群抖空竹的男女，那呜呜的空竹声和不断翻新的花样招惹得游人不停地驻足拍手叫绝。

春和景明，微波荡漾，暖暖的春风吹在脸上，宛若幼儿柔嫩的小手轻抚般的感觉，充满浓浓的爱意。

仲春时节，我再游颐和园。四月的颐和园，已是花的世界、花的海洋。

顺湖而行，四月的柳枝已不再朦胧，那翠绿般的纱帘使人不禁想起唐人的诗句"万条垂下绿丝绦"，令人目不暇接的是各种鲜花的争相开放。最早开放的是桃花，那粉红色的小花在翠柳的衬托下显得格外醒目；接踵而来是迎春花，黄澄澄的，金子般璀璨；紫丁香、白丁香香气扑鼻，沁人心脾；梨树花小巧玲珑、雪白迷人；夹竹桃，一串串的，鲜艳无比。最令人倾倒的是乐寿堂前两棵硕大的白玉兰，含苞时像初恋的少女，羞答答令人格外动心；怒放时，风韵秀美，洁白如玉，像纯洁的爱情结出的硕果。玉兰堂前两棵新栽的紫玉兰待晚些时候方能绽放，那白色的花蕊、紫色的花瓣吸引得多少游客流连忘返。

轻风徐来，水光潋滟。漫步在素有"杭州苏堤"美称的两湖之间的西堤上，由南向北，柳桥、练桥、镜桥、玉带桥、豳风桥、界湖桥，六桥形态各异，沿堤桃红柳绿。柳桥与练桥之间是以范仲淹《岳阳楼记》中著名诗句命名的"景明楼"，楼两檐的"水天一色""静影沉壁"八个镀金大字在朝阳的辉映下竞相生辉。

回到乐寿堂、仁寿殿，眼前的十株海棠花树怒放的花瓣白里透粉，那含苞的花朵粉里透红，晶莹剔透、惹人喜爱。

颐和园里，不管男女老少，不论中外游客，人人脸上荡漾着春意，个个心中涌动着春潮。让我们张开双臂，拥抱这花团锦簇的满园春色吧！

2016 年 1 月 31 日

灿烂的夏日
——夏游颐和园

五月的颐和园，已是牡丹花的绽放时节，大朵大朵红的、粉的、紫的、黄的、绿的、白的牡丹花，争芳斗艳，姹紫嫣红。娇美如同少女，高雅有如贵妇。游人如织，真是"惟有牡丹真国色，花开时节动京城"。

6 月的颐和园，已是荷花的世界、荷花的海洋。绿绿的荷叶绽开着，晶莹的露珠在叶片上顽皮地嬉耍着、滚动着。粉红色的荷花有的绽放，有的含苞，有的娇羞待放，有的袅袅婷婷，千姿百态，婀娜多姿，宛若少女般纯情，楚楚动人，犹如少妇般美丽，脉脉含情。若待到八九月再来，那一定是个丰收的季节，一个个莲蓬想必已熟透，那香甜可口的味道一定好极了。

进入 7 月，尤其是数伏之后，颐和园的气温虽比城里低了两三度，但也是酷暑难耐。这个季节，我一般 5 点起床，6 点多钟就悠闲散步在昆明湖畔了。微风徐来，水波不兴，昆明湖宛如一面碧绿的明镜。

在这骄阳似火的季节，我常常会把漫步在举世闻名的颐和园长廊里当作是一件最惬意的事情，一边观赏着花草鱼虫、山水风景、人物故事等精美壁画，一面感受着湖面送来的微风拂面。但如果这时我若再像儿时一样奋不顾身地去攀登那佛香阁，那带来的结果一定会是汗流浃背、气喘吁吁了。

我端坐在湖边的长凳上休息，不由地吟诵起苏轼的七言绝句："水光潋滟晴方好，山色空蒙雨亦奇。欲把西湖比西子，淡妆浓抹总相宜。"昆明湖素有"北方西湖"美誉，这首诗用来赞美当日的昆明湖，我看也是十分恰当的。

人生的夏天，正值事业奋力拼搏蓬勃向上之时，只要目标明确，人生的夏天将如日中天，灿烂无比！

2016 年 1 月 31 日

金色的秋景
——秋游颐和园

2014 年 9 月 27 日是周六，我做完白内障手术后第一次到颐和园去散步，恰逢是个秋高气爽、万里无云的好天气。

不知是眼睛好了许多的缘故，还是这天能见度极好的缘故，颐和园简直是焕然一新。一进东门，一阵阵桂花香味扑鼻而来，香气袭人。沿老路南行，过知春亭，出文昌阁，空气清新，景色宜人，天空湛蓝，湖水碧绿，水天相连，浑为一色。笔直的青石板路，右边的柳树摇曳多姿，左边的松树挺拔高大。健走的快步如飞，旅游的流连忘返。昆明湖上轻舟荡漾，湖闪金波。从北向南放眼望去，各处景点亭台楼阁轮廓分明，清晰了许多亦鲜艳了许多。北边的排云殿和佛香阁雄伟壮观，金灿灿的琉璃瓦在朝阳的照射下熠熠闪光，西边玉泉山上的宝塔亭亭玉立，南边的十七孔桥宛如一条长龙，西堤上六桥一楼依次排列，井然有序。

秋草茵茵，秋水清清，秋风徐徐，秋意浓浓，秋天犹如金子般璀璨。我们已年过花甲，我们已步入人生的秋天。我爱这秋景，我爱这金色的秋天！

2016 年 1 月 31 日

如诗的冬韵
——冬游颐和园

2015 年冬至那天，我又来到颐和园散步，突发奇想，应当再写一篇《冬游颐和园》了。

数九第一天，北京最低气温已降至零下七八度，颐和园早已披上了冬装。萧瑟的秋风早早地就将园中杨树柳树的叶子扫荡一空，只剩下树干和枝条在凛冽的寒风中摇曳。这天天气晴好，湛蓝的天空中飘浮着一抹抹的白云。冬季的谐趣园依然秀美，这里素有颐和园"园中园"之美誉，小巧玲珑，堪与江南园林媲美。冬天来这里十分僻静幽雅，建筑群中，景福阁彰显着北方的明亮宽敞，霁清轩透出南方的幽趣。中间是一个荷花池子，因为是从后山引来的一股活水，即使在冬季有时也能听到潺潺的流水声，使人心动。

几次的降温已将昆明湖水冻实，偶尔有人在湖面上穿行。来散步的人已比春、夏、秋三季少了许多，只有我们这些不畏严寒的，或者说是曾经经受过严冬考验的人，才仍在这笔直平坦的健康大道上快步疾走。

傍晚时分，夕阳与晚霞相映成晖，映红了半个天边。十七孔桥在夕阳和晚霞的映射下，孔孔被照得通红通红，放射出奇异的光彩。人们都不禁驻足观赏这每年冬季特有的奇景，有用相机的，有用手机的，纷纷拍摄下这无比壮观的景致。

几天以后，北京迎来了一场瑞雪，我和早已约好的朋友一同去颐和园赏雪景，摄雪景。园内一片银装素裹，分外妖娆。金灿灿的琉璃瓦上铺了一层皑皑白雪，在阳光的照射下熠熠闪光，树枝上挂满了大朵的雪花，仿佛那"千树万树梨花开"。

我们已步入人生的秋天，人生的冬天正缓步向我们走来。只要我们热爱生活，热爱生命，人生的冬天也一样如诗如画，也一定犹如那夕阳和晚霞般火红！

2016 年 1 月 31 日

第四篇 做书香女人

我有"敢做我自己的胆量"

今天，偶然间在一篇文章中读到林语堂的一句至理名言："我要有能做我自己的自由和敢做我自己的胆量。"此语之精辟，突然使我茅塞顿开。

我就是一个崇尚自由的人，一生都在追求自由、自主和自我。儿时的我就喜欢翱翔在充满理想的色彩斑斓的梦幻之中。少年和青年的前期赶上了"文化大革命"和"上山下乡运动"，我没有了自由，只是被强迫着，被束缚着，被禁锢着。但即使在同龄人都遭受同样厄运的时候，在我内心深处仍心怀理想，仍向往自由。因此一旦有了恢复高考的机会，我立即紧紧抓住，奋力拼搏，改变命运，任自己自由自在地在浩瀚的知识海洋中畅游。大学毕业前，我被一大机关选去当了公务员。那日复一日、循规蹈矩的工作和生活令多少人羡慕，然而我却心生厌烦。在儿子刚刚3岁之时又"跳槽"到了党纪工作机关。在经历了其中两个部门，十多年跌宕起伏的摔打和历练后，我已近56岁，到了即将退休的年龄，此时我又毅然决然接受挑战，到一个全新的业务部门去做党务工作。我不喜欢太熟悉的环境，不喜欢太熟悉的工作流程和太熟悉的同事面孔，不喜欢安逸。我喜欢被人们用一种新奇的诧异的眼光注视的感觉；我喜欢一块新的领域、一项新的工作去重新涉猎的感觉，那种无比兴奋、一切从头来的感觉，她使我头脑清晰、思路敏捷、精神振奋，她一次又一次地给予了我敢做我自己的胆量。

我在这种自信和胆量当中，完成了自己曲折崎岖、丰富多彩的职业生涯，走过了60多年的人生之路。

2016年1月13日

歌声充满我的退休生活

我于2013年11月退休，随后参加了两个合唱团的活动，一个是中国气象局离退休干部合唱团，一个是局机关服务中心合唱团。因为我与服务中心合唱团的陆老师早几年就认识了，所以参加这个团的活动多一些。陆老师是解放军艺术学院的声乐教授，他小我两岁，长得浓眉大眼，一表人才，气宇轩昂。最重要的他是个全才，乐理、钢琴、指挥、演唱，样样精通，而且教学十分严谨、认真，对我们这些六七十岁的老学生要求起来，也是一板一眼，一丝不苟。前几年，我曾参加过陆老师指导的提高演唱技能的小班，他对我就很欣赏，认为我的民歌唱得很有特色，类似于原声态。他最喜欢听我唱《人说山西好风光》《山丹丹花开红艳艳》《三十里铺》等韵味十足的民歌，也愿意指导我。他说我主要是不会用气，不能光用真嗓子，要学会用气用假嗓子唱歌，还有就是我不会换气，这样别人听着不流畅，自己唱着也累。在退休后的这个班里，陆老师一边向我们传授乐理知识，一边教给我们好多动人的歌曲，如《在水一方》

《牧羊曲》《谷穗上的蝈蝈》《微山湖》等，分成高低声部，好听极了。

2015年初，陆老师离开了气象局，我只得每周二参加中国气象局合唱团的活动。后来，合唱团又请到了孙老师、王老师、吴老师等几位年轻老师，他（她）们虽然年轻，但教起我们这些老学生来，却格外认真、格外耐心。在教授我们乐理知识和如何歌唱的同时，还指导我们排练节目，参加演出。合唱团的组成人员除气象局机关离退休干部外，大院内各直属单位喜欢唱歌的老干部们都可参加，阵容庞大，分男高声部、低声部和女高声部、低声部。有时，女高又分成女一高、女二高，我唱女二高。26岁的王老师虽年轻，要求老学生们却极其严格，他带我们演唱的《远情》《思念》《一剪梅》《黄水谣》等歌曲都十分好听，有的还作为参赛歌曲，参加了外面的演出。因我去年在加拿大住了很久，一次演出都没能参加。

唱歌是一项使人身心得到全方位放松和愉悦的文体活动，也堪称能够增强人体免疫力的健身活动。特别是男女声高低音共同完成的合唱，形成的和声和旋律，不仅能促进合唱团成员的交流配合互动，增强集体凝聚力和荣誉感，同时，那种美的享受令人仿佛进入了音乐的仙境一般。

歌声充满了我的退休生活。我喜爱唱歌，我热爱生活。让歌唱为我的晚年生活带来更多的愉悦、注入更多的活力吧！

2016年12月

真想去尝试

真想去读个研，不是空穴来风，不是突发奇想，更不是异想天开，这个想法由来已久。

"文化大革命"前，我只读到初一，从严格意义上来讲，初一都没读完，因为没有期末考试就爆发了"文化大革命"，一切都陷入了混乱之中。1978 年我以"老三届"的身份考上了大学，时隔未读完的初一已达 12 年之久。在大学的 4 年，我只感觉到时间的紧迫和学习的压力，拼命地补习，拼命地追赶。知识学得既扎实又不扎实，因为我无形当中要补习初中和高中的课程。这样，满打满算，我一生接受全日制教育的时间不足 11 年。大学毕业前后，我曾两次考研，都名落孙山。那时已 30 多岁，只能结婚生子，考研的想法从此便忍痛埋藏到了心底。

在职场奋战 30 年后的退休前，我又萌发了待到退休后再读研的念头。现在，退休已近两年半，前几天看到赵慕鹤"活到老，学到死"的微信报道，十分感动。我们和 105 岁的赵老相比，只能算是小字辈，为何就没有勇气去实现自己多年来的愿望呢？

我回顾自己退休后的生活，感觉并不十分丰富和充实。我虽然完成了两部书的写作，但第三部书的创作现在就遇到了瓶颈，真有点写不下去了。我迫切地需要学习，需要充电，需要提高。我不喜欢一退休就把自己推向晚年，列入老年人的行列，成天只是散散步，养养生，与电视、微信为伍。我感觉自己的人生还有一段路程，我喜欢给自己设定一些目标。因为我觉得自己还有精力、有能力、有智力去学习、去深造、去接受新的挑战。

我出生在知识分子家庭，从小就热爱学习。我喜欢学校的优雅环境，我喜欢同学之间的真挚交往，我喜欢倾听老师的谆谆教诲，我喜欢课堂讨论学术问题时百花齐放、百家争鸣的民主氛围。作为年长的同学，年轻人可能会被我丰富的人生阅历和不减的求知欲望所吸引，而我更会被他们活跃的思维、蓬勃的朝气、接受新鲜事物的能力以及为适应现代社会发展快速掌握各种技能和本领的魅力所深深吸引。

当然，真要去考去学，问题一定不少，困难也会很多，但我真想去尝试。

2016 年 4 月 15 日

我永远的梦

如果没有"文化大革命"，如果没有"上山下乡运动"，我将不是现在这个样子，我将如何如何。这是我的同龄人在一起时经常谈论的一个话题。诚然，人生没有如果，历史只在一瞬间就无情地掠过了我们整整一代人的一生。但是，如果真的有来世，真的有如果呢，我的一生又应当如何重新安排呢？

我是一个自幼就喜欢自由民主、有追求有理想的女孩子。我的第一个梦想是做一名辛勤的园丁。我想做一名乡村女教师，向孩子们一遍遍地讲述着，若干年后我们将驾驶着宇宙飞船遨游太空的遐想；我想做一名大学里的国文教师，为我们国家的大学跻身世界一流大学，为培养东西方复合型文化文学人才而呕心沥血，鞠躬尽瘁。

　　我大学毕业后，或许还有读研读博的机会，或许还能赴海外留学。那时，无论学识如何，我都将选择从教这条道路。无论我在大学、中学，抑或是乡村小学执教，我都要让自己的头脑、心灵和身体处于真正放松和和谐的状态，因为只有那样，我的聪明才智才能得到充分的发挥。我厌恶社会的功利和浮躁，我不喜欢官场的尔虞我诈和甚嚣尘上。我愿意在"清静、淡泊和无欲"的境界中安安静静、踏踏实实地做点学问。我所崇拜的我的北大的老师们就是这么教导我们的，他们毕生也是这样追求和奋斗的。

　　我想我如果终生从教，一定会拥有许多优秀的学生，他们将成为我的朋友。因为我不仅教授他们知识，还教授他们做人，我用心与他们交往，我把爱赠予他们。他们将成为我一生的宝贵财富，让我享受着"桃李不言，下自成蹊"的快乐。

　　我的第二个梦想是做一名研究古典文学的学者。我喜欢古典文学，尤其喜欢唐诗宋词，对李清照词更是情有独钟。大学期间，我曾立志毕业后致力于唐诗宋词的研究。也许在这个学术领域我能学有专长，也许我一生无声无息，毫无造诣，但我都会坚持一生研究不止，一生笔耕不辍。

　　我将浪迹天涯，畅游祖国的山山水水。我将一次次登泰山，上黄山，游庐山，"会当凌绝顶，一览众山小"，眺望那喷薄欲出的红日，饱览那浩瀚厚重的云海；我将迷恋于"关关雎鸠，在河之洲，窈窕淑女，君子好逑"的男女之情，和"执手相看泪眼，竟无语凝噎""寻寻觅觅，冷冷清清，凄凄惨惨戚戚"等离愁别绪的情感描写；将沉醉于"日出江花红胜火，春来江水绿如蓝""不知细叶谁裁出，二月春风似剪刀""暖风熏得游人醉，直把杭州作汴州"的江南春色；将接踵李白仙足，去领略"蜀道之难，难于上青天"的险境，去饱览"两岸猿声啼不住，轻舟已过万重山"的三峡绝景；将去感受杜甫"三吏三别"，对唐代衰败的切肤之痛和"安得广厦千万间，大庇天下寒士俱欢颜"这发自肺腑的呐喊；将真切体会李煜的"雕栏玉砌应犹在，只是朱颜改。问君能有几多愁，恰似一江春水向东流"的国破之痛和柳永的"多情自古伤离别，更那堪，冷落清秋节"的家亡之恨。

也许，我将会受到这些唐宋著名诗人词人的熏陶，受到他们灵性的感染，也能创作出少许佳句来吧。

这样，我就会少了许多今生的烦恼和不安：少了"误落尘网中，一去三十年"的苦闷，少了"安能摧眉折腰事权贵，使我不得开心颜"的无奈，少了"终生履薄冰，谁知我心焦"的忧虑，坚守"质本洁来还洁去"的内心承诺。

我向往这样潇洒而淡定的人生，我向往这样丰富而简单的人生。我追求这样的人生，我无怨无悔于这样的人生。我将去努力耕耘那片永远属于自己的心田，我将去尽情收获那份永远属于自己的快乐！

这将成为我永远的梦。

2016 年 6 月 13 日

读毕淑敏《寻觅优秀的女人》有感

职场从来都是男性"甲天下"，古今中外无一例外。在更高层次的职场上，男女比例悬殊极大，如果把男性比作群星璀璨的话，那么女性只可谓是寥若晨星了。我大学毕业后，职业生涯整整 30 年，我曾努力要做一名优秀的职业女性，但直到退休，我感觉还是有相当的差距。因为在职场上聚集了太多的优秀男性，他们对优秀女性十分挑剔，标准极高。做一个优秀的职业女性真是太难、太难了。

在职场上要做一名优秀的女性，首先应当是善良的、美丽的。善良，其中包括善解人意，也包括对女性大方、大气、大度的综合要求。男性喜欢落落大方的女性，喜欢处事大气的女性，更喜欢遇事大度的女性。而美丽，则不仅仅指面容的姣好，更多的是要求女性的气质高雅——那种需要集文化教养、知识智慧、经历阅历、品质素质为一身的、千锤百炼打造的、不用化妆品也永远美丽迷人的内在气质。可以说，善良和美丽是职场男性对女性认可和青睐的首要条件。

其次呢，应当是智慧。智慧不单单是需要天赋的眷顾，更是后天集阅历、经验、胆魄历练的共同体。智慧是一块璞玉，需要雕琢，而雕琢需要机遇。女性很少大智慧，她们多是小聪明，而大智若愚的女性更是凤毛麟角。优秀的职业女性在职场上更能施展女性的魅力，使男性陡增仰慕之情。智慧的女性最容易受到男性的尊重和赞美。

再次，则是勇气。职场上女性的勇气来自她的胆识、自信与魄力。敢做、敢为、敢承担、敢为天下先的女性能够与男性一起，成就更大的事业。这样的女性为职场上的男性所钦佩和仰慕。

女性要在职场上找到自己的最佳位置，能够与男性平起平坐，同行共进，还要努力向身边的优秀男性学习。使自己像男性一样，头脑聪明，胸怀宽广，思维缜密，知识渊博，处事机敏，决策果断，并补之以女性特有的善良、温柔、顺从和忍辱负重。

总之，要做一名职场上的优秀女性要付出比男性多几倍、甚至十几倍的努力。我曾为实现这一目标顽强拼搏过，这其中的酸甜苦辣又有谁能知晓。

2016 年 1 月 24 日

丽人节的感悟

今年的三八妇女节（亦称"丽人节"）是一个不寻同往年的节日，她的不寻常不在于节日本身，也不在于如何去庆祝她，而在于我对如何做好一个女人，有了一些新的感悟。

由于网络的畅通和退休后的闲暇，在丽人节前后，我拜读了一些赞美女人的好文章，如《女人是上天给人类的礼物》《优雅如水女人如花》《女子当如兰》《做一个淡淡的书香女人》等。加之近来常与一些年轻女孩探讨婚恋问题。她们当中有的步入婚姻殿堂刚刚一年，就又忙着离婚分割财产；有的小夫妻二人共同在北京打拼十几年，老公刚刚事业有成，就因老公的外遇倾向而痛苦万分；有一些未成婚的女孩子更是寻求找一个有钱的、可以依靠终身的、又一辈子不会变心的好男人。

在我这个年纪的家庭中，虽然人生已过大半，但打得不可开交、同床异梦、貌合神离的也大有人在。听一位朋友谈起，一对老夫妇在庆祝他们金婚的宴席上谈及感慨，老爷子只一个字——"忍"，老夫人更是语惊四座——"一忍再忍"。我多么希望听到他们的回答是"夫妻恩爱，举案齐眉，白头偕老"呀，只可惜事与愿违。这就是中国婚姻和家庭的现状，它是靠容忍来维系的，它是靠责任来维系的，是靠法律来维系的，它甚至是靠一方的牺牲自我来维系的。

我们有时会看到，一些男人喜欢年轻貌美、小鸟依人的女人，而对那些学历高、有思想、工作好、有品位的女性，只会远远地欣赏，真正要娶回家又另当别论了。婚后的男人有了更大的自主权，他们在外打拼，成就事业，在经济上占有主导地位。而女人则不同了，她们相夫教子，操持家务，守着老公，守着孩子，守着家庭。这些女人希望男人在外面是她们的天、她们的山，回到家里来呢，又体贴、又温存。她们太多地依赖于男人，包括被男人欣赏、被男人宠爱、被男人心疼、被男人养活，殊不知，正是这种对男人的依赖和自身的不进取让男人看不起，让男人不经意间伤害了她们，她们太多的用情和专情最终也伤害了自己。

关于如何经营婚姻，我有着自己独到的见解。首先，在婚后，仍要保留相对的个性和自我。每个人都是一个独立的个体，我们赤条条地一个人来到这个世上，最后也是一个人赤条条而去，没有任何人能够代替你，包括你的爱人和爱你的人。如果在婚姻中保留相对的个性和自我，矛盾就会减少许多，不少问题就会迎刃而解。其次，以单身心态过好婚姻生活。一些家庭大事要共同商量，一些个人兴趣爱好则要互相尊重，不必整天厮守。第三，享受属于自己空间和时间的生活，这是最最重要的。人这一生能真正为自己活一把的时间非常有限，我们已经为国家、为社会、为他人奋斗了大半生，也为亲人、爱人、子女贡献了大半生，为什么不能抓住最后的时光享受一下孤独呢？任自己的思绪在内心世界纵横奔驰，任自己的情感在心底澎湃涌动。人生本来就苦短，随心所欲地去做自己想做的事吧。

一个女人要在事业成功和家庭幸福以及个人情感生活方面取胜，关键在于要把自己做强做大。女人要做独立自主的人，经济上的独立是最重要的。其次是精神上的独立，包括情感上的独立。用心打造自己优雅的气质和持久的魅力，这样，你将吸引的是优秀男人的目光，你也会成为一名优秀的女人。

2016 年 3 月 8 日

杨绛先生，我敬佩您！

近代以来，不少有名望的女性都被尊称为"先生"。刚刚去世的杨绛也被称为先生，原因有两个，一是她在文化界的成就与地位，二是从她的家世家学渊源来看，也是顺理成章的事情。

杨绛本人是我国著名女作家、翻译界名家，通晓英语、法语、西班牙语，由她翻译的《堂吉诃德》被公认是最优秀的翻译佳作。杨绛终年笔耕不辍，2003年《我们仨》问世，这本书写尽了她对1998年去世的丈夫和1997年去世的女儿最深切绵长的怀念，感动了无数中国人。时隔4年后，96岁的杨绛又推出一本散文集《走到人生边上》。在百岁之际写下的散文集里，杨绛说，自己一辈子"这也忍，那也忍"，无非是为了保持"内心的自由，内心的平静"。而其丈夫钱钟书则这样评价妻子："最才的女，最贤的妻。"

杨绛出身于无锡名门望族，其父杨荫杭被称为"江南才子"，其姑、其叔、其妹均在教育、音乐、文学等领域颇有造诣。其夫家钱氏宗族也是无锡名门望族，钱钟书的父亲钱基博亦被称为"江南才子"，钱家从五代起一千年来诞生了无数文化名流。单说近代的钱学森、钱三强、钱伟长等，都出身于钱氏宗族。

杨绛的去世，从文化史的角度来说，不仅仅是一名百岁老人的离世，也意味着那种家学渊源深厚的文化世家，庶几已成绝响。

我被杨绛先生的一生经历所深深打动，我将从以下四个方面向她学习。

一是学习她的知足常乐，淡泊名利。早有名气的她一直秉承着简朴低调的生活态度，却大方地做着善事。她有一段无声的心语："我和谁都不争，和谁争我都不屑，我爱大自然，其次就是艺术，我双手烤着生命之火取暖，火萎了，我也准备走了。"

二是学习她的长寿之道，贵在坚持。杨绛用她的一生践行着这样两句话：只要心态年轻，年龄不过是个数字；只要坚持科学的养生之道，长寿不会是个梦想。杨绛的书稿几乎全部手写，这对健康十分有益。她认为大脑用进废退，而写作必然经历思考，对维持提升脑力作用非常大。写作还有助于舒缓情绪，让人乐观，改进睡眠。

三是学习她生命的韧劲。杨绛的百岁人生走过了无数坎坷，但她却一直豁达、坚强、乐观。在这浮华的世界里，她的纯朴、刚毅、坚韧、奉献和真挚，使人感受到了她内心深处的一种顽强的生命活力。

四是学习她内心的强大。她有着良好的心理弹性。心理弹性可以理解为心理恢复能力，包括抗压能力、看待问题的灵活度以及抵御和应对挫折的能力。

杨绛先生，我敬佩您！

2016 年 5 月 30 日

读李银河《人间采蜜记》有感（一）

也许是 1952 年我们同年出生的缘故，也许是 1965 年我们同时考入北京师大女附中的缘故，也许是 1969 年我们都曾被抛向社会的最底层，共同拥有过上山下乡那段不堪回首但却又刻骨铭心经历的缘故。当我拿起李银河的自传《人间采蜜记》时，我如饥似渴地读了起来，我畅快淋漓地写下了自己的感言。

李银河说，心理学家认为，毫无意义的劳作对人的心理的折磨远胜过有意义的劳作，能把人彻底逼疯。而我们最美好的年华就浪费在这种毫无意义的劳作上。

　　她说，当她三年后从内蒙古回到北京的家，再见到过去的家园，就有了一种恍若隔世的感觉。

　　我与她有着相同的感受。我两年的黑龙江生产建设兵团的生活，日复一日月复一月年复一年地与朝阳同起，与落日同归，无休止的大田劳动，带给我们的只是劳其筋骨，对我们的心智没有任何的锻炼和提高。两年后当我第一次探亲回到北京时，走在北京站那光滑无比的广场上的时候，仿佛进入了仙境一般。那两年来终日迈着糊满泥浆的双腿在泥泞路上深一脚浅一脚跋涉的场面，或在雪地里艰难行走的情景一幕幕在眼前闪过。和我们当时的环境相比，北京站简直就如同天堂。

　　回北京的若干年后，每当我来到北京站，看到那再普通不过的铺满水泥砖的广场，看到那和北京其他地方相比应该说是脏、乱、差的广场卫生。我的心中都会莫名地升腾起当年我刚回北京时的那种感觉，那种我是否还活在这个世界上、我是否还是北京人的恍惚感觉——一个 19 岁的少女所不应该有也不应当承受的无比沉重让人心痛的感觉。

　　因此，在我经历这段磨难之后，没有什么样的生活我不能忍受，没有什么样的苦难我不能承受，没有什么人能使我再轻易地相信什么了。

2016 年 7 月 17 日

读李银河《人间采蜜记》有感（二）

李银河的丈夫王小波曾说：我们这代人跟前后两代人最不一样的经历就是，我们体验过绝望的感觉。当时中国没有大学可上，也没有其他地方可去，我们都曾经当真想过做一辈子农民，在农村终老。而除了劳作种地，没有其他事可做，所以连去打仗死掉也不显得那么可怕了。

李银河说，在那样一种无目标的生活中，人不得不想到宇宙和人生的意义。世界在我的眼睛里依然美好，但是我在世界的眼睛里却是不美好的。因为我只是宇宙中的一粒微尘，我的存在无足轻重，我的消失更无足轻重。

我和她的感觉惊人地相似。我不光有过绝望的感觉，甚至有过濒死的感觉，社会的一切都与我们无关，美好的希望和前途都与我们无缘。我们只能终日与日月为伍，与锄头镰刀为伍。艰苦的劳作带来身体上和心灵上的不堪重负，使我们绝望到了极点。

记得在女生班时，我们曾多次盘腿坐在炕上，谈论着若干年后我们将变成地地道道的农村老太婆，最后我们将被那无情的兴凯湖水所吞噬。

回到北京后仍是无望，摆脱这种无望，走出这种绝望的唯一机遇是打倒"四人帮"后的恢复高考。当时真有枯木逢春、绝处逢生的感觉。

2016 年 7 月 20 日

读李银河《人间采蜜记》有感（三）

李银河写道：我感到心中那些最美好的东西被毁掉了，丧失了。这种感觉像后悔一样使人痛苦，但又不完全是后悔，而是一种离开童年进入成年的感觉。虽然心中那些脆弱的真善美被现实中强横的假恶丑掩埋了、驱散了，但是我并不后悔，心里反而觉得比以前更踏实更成熟更有力量了。

她感叹道：是"文化大革命"的中断学业之后我们修炼出来的自学能力。那些一辈子还没出过校门的小青年，怎么能跟我们这些好像已经活过一辈子的几十岁的人比呢？

如果说"文化大革命"和"上山下乡运动"给我人生最大的收获就是，我未及成年即成为社会最底层的能自食其力的人。当时我面临的最大现实问题就是，我要适应这个恶劣环境，我要生存下去，我要直面社会强加于我同时也是我们整整一代人身上的厄运。当时我对自己的前途和命运不知所措，一片渺茫。

当我走过了自己的大半生，再回过头来看看那段历史，那段自己不可避免的悲天悯人的知青生涯。我应当庆幸，应当"感谢""文化大革命"和"上山下乡运动"。因为它们不仅让我过早地锻炼了自己的生存能力，而且使我具备了应付复杂局面和复杂人物的能力、在任何情况下都将一切艰难困苦踩在脚下的能力、一生一世"都不用扬鞭自奋蹄"的能力，过早地成熟起来，从天真烂漫的少女一步跨入了自主人生的青年。

同时，"文化大革命"和"上山下乡运动"还逐渐逼出或者说使我锻炼出一套自学的方法。因为从严格意义上来讲，我没有读完初中一年级，只是个小学文化水平。我奋发自学，从兵团起我就在练习写作，不论是担任连队的宣传报道员写稿件还是给父母写家信，我都是把它们作为写文章来不断提高自己的写作能力。当年的家信我珍藏至今。感谢上苍，让我较早地结束了那毫无意义的终日大田劳作。我在万般无奈和极不情愿中回到北京，虽然前途依旧渺茫，但有规律的自学却成为我生活的重要组成部分。这些学习和知识的积累都为日后考大学奠定了一定的基础。在大学期间也是如此，在完成老师授课要求的同时，我必须靠自学来弥补我初中、高中未学的课程。4 年的时间，我完成了 9 年的学业，除了靠顽强的拼搏精神外，靠的就是这种在不经意中培养的学习精神，在兵团养成的自学习惯和锻炼出来的自学能力。

2016 年 7 月 23 日

读李银河《人间采蜜记》有感（四）

李银河说：人的生活本身就应当是件艺术品。我就像一只不知疲倦的蜜蜂在花丛中飞来飞去，流连忘返。每日从各色各样精彩纷呈的花朵中采撷那一点点精华，认真品味，不知餍足。生命不息，采蜜不止。

她又说：我准备遵从自己的内心和直觉，将现状进行到底，将对美的追求进行到底。只有这样，在我离世时才不会有丝毫的遗憾。因为我曾经用自己的生命寻求快乐（活过，写过，爱过）；只有这样，我才能实现一生的夙愿——将自己的人生塑造成一件精美的艺术品。

　　我以为，将自己的人生塑造成一件精美的艺术品的提法十分大胆、新鲜。将人生比作艺术品，必须从作模、锻造、摩挲到沉淀、取舍、再锻造，如此循环不止，直至包浆浑厚、炉火纯青，这样的人生才能堪称艺术品。每一个历史时代的人生必然会打上那个时代鲜明的烙印，同时又必然会彰显出那段岁月个人的特征。每个人的人生都是酸甜苦辣，五味杂陈；每个人的人生又都是色彩纷呈，五光十色；每个人的人生也都可通过雕琢和磨炼，把自己塑造成一件艺术品。

　　我还以为：人生不可能都是完美的，要学会欣赏残缺美，就像维纳斯女神一样。就拿我自己来说吧，经过家庭、学校的培养，"上山下乡"的锻造，上大学时知识的沉淀，机关工作时能力的蓄积，不断地否定和再造自我，通过大半生的自我雕琢和打磨，还有众多品行好的同路人给予的帮助和品行差的同路人给予的打击，即被别人雕琢和打磨。但到目前为止，远没有达到人生的艺术品境界。当然在今后十几年，或许更长的晚年生涯中，我还会继续雕琢和打磨自己，直至实现将自己的人生塑造成为一件艺术品的夙愿。

2016 年 7 月 26 日

读《我看北京文化和北京人》有感

有朋友微信中转来一篇《我看北京文化和北京人》的文章，阅读后有感而发。许多年来，我无论走到哪里，只要一张嘴说话，立即会有人说"好一口地道的京腔、京味"。多数情况下，我都会说"我说的不是地道的北京话，北京话都带有儿化音，我也不是北京人"。

但我又算是哪里人呢？真正三代以上的北京人目前在北京可以说是少之又少，正宗的满八旗后裔更是很难寻觅。像我这样生在北京长在北京又在北京生活了多半辈子的人不算是北京人，又有多少人能算是北京人呢？

我出生在东城区，那里曾经是皇亲国戚、达官贵人集居的区域。我接受初中教育是在西城区，那里曾经是中等教育资源最为丰厚的区域。我接受大学教育是在海淀区，全国最优秀的高等学府云集在这个区域。我生在四合院，长在胡同里。从小就看惯了北面是前出廊子后出沿子的正房和东西厢房的四合院格局，喜欢在胡同里和小朋友们一起跳皮筋、踢毽子、捉迷藏。从小就笃爱春天颐和园里的百花盛开争芳斗艳，夏天北海湖面上的微风拂面荡起双桨，秋天的秋高气爽和蔚蓝天空中的风筝飞翔，冬天的银装素裹和孩子们堆雪人时的嬉笑。

北京人特有的骄气与大气，北京人特有的傲气与神气，北京人特有的优越感与温良恭俭让，北京人特有的将古典文化与现代文明的巧妙融合，北京人特有的将皇家文化与市井文化合为一体的文化底蕴，都或多或少地在我身上体现着。或者说我的小学、中学乃至大学，就是在这种浓郁的文化氛围中受着教育，受着沐浴，受着滋养，受着熏陶。她早已潜移默化地深入我的骨髓，融入我的血液，成为我生命的一部分了。

我就是北京人。

2016 年 10 月 3 日

我喜欢山水田园诗

2016 年 9 月，已退休 3 年、64 岁的我，在大学同班同学、北大中文系教授吴鸥的引荐下，有幸又回到母校北大，旁听中文系的研究生课程。讲授《山水田园诗派研究》课程的葛晓音是当年北大高材生，北大中文系教授、博士生导师，多年从事汉唐文学、唐宋散文、山水田园诗、古诗艺术等研究，很有造诣。我听了她的一堂课后，就深深地被她娓娓道来的讲授、严谨的治学态度、一丝不苟的研究精神和优雅从容的气质所吸引。

一学期的课程完成后，我感受很多，感慨颇多，因为此时的感受和感慨已大大不同于大学时，它明显地带有几十年职场奋战、人生坎坷、经历曲折、顿悟感悟的痕迹，但同时又有顿开茅塞、更上一层楼的觉醒。

中国诗歌史上的山水田园诗派应以陶渊明、谢灵运、谢朓、王维、孟浩然、韦应物、柳宗元为一个完整的体系。李白和杜甫则是独立于盛唐边塞、山水两大诗派之外的大家。此外，张说、张九龄、王绩、祖咏、常建、储光羲、王昌龄等也应称为专长于山水田园诗创作的诗人。

我国广阔的地域和复杂的地貌，使祖国的山水呈现出千姿百态的奇观，大自然似乎在这片土地上聚集了全部的神奇和灵秀，为历代文人提供了取之不尽、用之不竭的创作源泉。与其他题材相比，山水田园诗的表现艺术发展得最为充分，也最为丰富、复杂、曲折。在众多璀璨的群星当中，陶渊明和王维无疑应是最闪亮的星，他们已达到炉火纯青、尽善尽美的艺术境界。

山水田园诗在我国诗歌艺术史上建立了一种极高的审美标准和不可企及的典范，反映了我国古代封建文化所取得的高度成就。应当承认，大多数山水田园诗与时代的脉搏息息相通，通过文人思想感情的变化，从侧面折射出六朝到中唐社会变化的影像。尤其是盛唐的山水田园诗，视野开阔，情调健康，体现了繁荣开明的盛世气象。祖国雄伟壮丽的名山大川，开阔了诗人的眼界和胸襟，鼓舞了他们奋发进取、为国效力的热情；而乡村安逸宁静的风光又陶冶着他们的性情，净化了他们的心灵。

崇尚真挚、纯朴的审美理想，热爱祖国和热爱生活的思想感情，使盛唐山水田园诗呈现出不同于历代山水田园诗的崭新面貌。它感染着、滋润着、鼓舞着、激励着世世代代的炎黄子孙。它是我国文化宝库中永远值得珍视的一块瑰宝。

2017 年 1 月

杜甫抒情绝句的艺术特色

在群星灿烂的我国古典诗人队伍中，杜甫是一颗闪耀着夺目光辉的星。从唐至今，千百年来，人们给予杜诗以奄有众长、各体皆精的高度赞誉。然而，历代对杜甫的绝句评价不高，明人胡应麟云："盛唐长五言绝，孟浩然也；长七言绝，高达夫也；五七言各极其工者，太白；五七言俱无所解者，少陵。"（《诗薮》）固然，杜甫的绝句与他的五七古、五七律相比略逊一筹，在唐代的绝句中不占有突出的地位，同时与传统绝句格调也不甚合拍，然而是否就该因此抹杀杜甫在绝句创作中的成就，特别是不研究他自成一体、独树一帜的创新内容了呢？我以为那样不仅对杜甫不公道，对我国古典诗歌的研究恐怕也是不够全面的吧。

本文仅就杜甫的写景抒情绝句谈一点粗浅的体会。

杜甫有绝句 137 首，绝大多数是入蜀以后的作品，即公元761—767 年这六七年间写成的。从数量看，杜甫入蜀后共写诗一千余首，绝句就占去十分之一之多，相当可观；从创作道路看，入蜀后是杜甫经过艰苦卓绝的努力，艺术上达到炉火纯青的成熟时期；从绝句形式看，七绝居多，在诗歌史上，七绝晚于五绝，唐代才逐步形成并发展，七绝长于抒情，容量较大，较五绝难度更大。毫无疑问，杜甫的绝句是他后期诗歌艺术成就的重要组成部分。在这些绝句中，写景抒情的共 86 首，其中五言 23 首，七言 63 首，随手拈来，细细玩味，我们会发现他的抒情绝句在艺术上是别具特色的。

一、设阔大之景，发深广之情

在杜甫的写景抒情绝句中，我们很难寻觅到那种闺情、艳词、无病呻吟之作。他从不为写景而写景，为抒情而抒情。绝句这种诗歌形式，本身就十分精小，但在这短短的四行中杜甫却能将阔大的景物、宽广的胸怀包容进去，他的景为情而置，他的情随景而生，在他雄浑刚劲的笔下，展现于读者面前的，常常是祖国万里江山的大景，抒发的则是忧国忧民、壮志未酬的无比深情。

像他的《八阵图》道"功盖三分国，名成八阵图"，以诸葛亮佐刘备的历史业绩为背景，抒发了"江流石不转，遗恨失吞吴"的千古遗恨之情。

《江南逢李龟年》是公元 770 年，也就是杜甫死的那年在长沙与少时相识李龟年相逢时作，"岐王宅里寻常见，崔九堂前几度闻"。李龟年是玄宗时代著名歌手，当日声名极盛，恩遇极隆，诗人自己也是早露锋芒，满怀抱负。然而这过去盛大景色的描写，则是作为今日国家之残破、社会之凋零、人民之痛苦、个人之沦落的无限伤感之情的陪衬，"正是江南好风景，落花时节又逢君"，愈是在这美好的春光里再度相逢，心情也就愈痛苦，也就愈感难堪了。

所以，我们看到杜甫写景多与国事有关，又如《赠花卿》，写肃宗时四川名将花敬定家歌舞之盛。"锦城丝管日纷纷，半入江风半入云"，表现了花家每日演出的豪竹哀丝，繁弦急管，或随着江风，或进入云霄，远则播于四面，高则直冲九天的盛景，其实诗的主旨在后两句议论："此曲只应天上有，人间能得几回闻。"暗中讽刺了花将军的居功骄恣，生活奢侈。

杜甫绝句在描写景物上总给人以广阔无垠的感觉，像《夔州十歌》其一："中巴之东巴东山，江水开辟流其间。"其十："武侯祠堂不可忘，中有松柏参天长。"都以气吞山河、声势雄伟之景引起读者遐想。

二、喜用色泽艳丽的景物构成新鲜优美的意境

最著名的是他 764 年作了成都草堂的那首脍炙人口的绝句。"两个黄鹂鸣翠柳"，这句写新绿的柳枝上有成对的黄鹂在欢唱。为了更好地体味它的感情色彩，不妨与诗人几年前所作《蜀相》中的"映阶碧柳自春色，隔叶黄鹂空好音"比较一下，同样写春天的黄鹂、绿柳，给人的感觉完全不同。"碧"是深绿，"翠"却是新绿，比较"碧"色彩明快。"碧柳"是晚春景象，所以其叶可藏鸟，"翠柳"是初春物候，柳枝刚抽嫩芽，啼鸟宛然可见。"映阶"二句，黄鹂既隔时不见，而虽有春色与好音，却是"自春色""空好音"，只显得寂寞、凄凉。但"两个黄鹂鸣翠柳"给人的感觉就大不相同了，"鸣"字是平声因而响亮，而"两个"即成双成对的鸟儿，习惯上被看作喜庆的征兆，联想到写此诗不久前刚刚平定安史之乱，见到这一派生机盎然的明媚春光，诗人怎能不大生万象更新之感。"一行白鹭上青天"，这句写蓝天上白鹭自由飞翔。成都郊外是水乡，白鹭特别多，这种长腿的鸟飞起来，一只接一只，姿态优美，自然成行。"青天"言晴空万里，一碧如洗，白鸟在蔚蓝的天空映衬下，色彩对比鲜明。两句中一连用了"黄""翠""白""青"四个鲜明的颜色字，通过这些色彩的类比和对比，织成一幅绚丽的多彩图

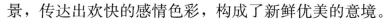

景，传达出欢快的感情色彩，构成了新鲜优美的意境。

又如他的五绝："江碧鸟逾白，山青花欲燃。"与前首七绝简直是同出机杼，碧波万顷的江面上雪白的鸟振翅翱翔，在青青的山腰间，火红的山花争芳吐艳，令读者细加体味的是一"逾"字、一"欲"字，本来色泽已十分鲜明，二字落笔浓墨重彩，仿佛碧如玉的江水尤显鸟之白，青如水的山色尤衬花之红，那花像火一样的红扑扑的要燃烧起来。多么浓郁的春景，多么艳丽的画面，读者又怎能不生亲临其境之感呢！

《江畔独步寻花》之三："江深竹静两三家，多事红花映白花。"繁花的背景是江深竹静的一片幽静的青绿色，花又是红白相间，交映生辉，此等美妙的春光，何人能不流连忘返！

三、在语言上的非凡功力

杜诗喜欢采用俗语，这也是他抒情绝句的一大特色，在他的七绝中，特别值得我们重视的是那一组《江畔独步寻花》，这是杜甫卜居成都西郊草堂时在一个春暖花开的时节独自沿江畔散步，一路观花竟连成七篇，这一组诗清新自然，优美欢快，其中有一首格外为人们所喜爱，这就是"黄四娘家花满蹊，千朵万朵压枝低。留连戏蝶时时舞，自在娇莺恰恰啼。"诗人运用的都是极其寻常的民间语言，"千朵万朵"极言花开之多，"压枝低"尤其形象，使人宛如看见那繁盛的花朵累累枝头，沉甸甸地把枝条都弄弯了。"恰恰"是刚刚、正好的意思，乃唐人口语，王绩《春日》诗有"年光恰恰来，满瓮营春酒"。又如他的语言浅显明丽，词字极情尽致。他的五绝《水槛遣心二首》之一："细雨鱼儿出，微风燕子斜。城中十万户，此地两三家。"更是将平常语融入诗中，自然为妙，清新隽永。

杜诗重视语言的音乐性，善用双声叠字。像"留连戏蝶时时舞，自在娇莺恰恰啼"中的"时时""恰恰"，像"繁枝容易纷纷落，嫩蕊商量细细开"中的"纷纷""细细"，形象、贴切、近似口语。再如一首五绝中描写草堂风光"地晴丝冉冉，江白草纤纤"，景物生动逼真、栩栩如生，音节柔和悦耳、飘飘然然。"留连戏蝶时时舞，自在娇莺恰恰啼"的"流连""自在"都是双叹词。杜甫"晚节渐于诗律细"，这些双声叠字的运用，使诗句念起来朗朗上口，增强了音乐效果。

　　杜诗用字齐横、形象，极富独创性。《江畔独步寻花》其二，首句写锦江春光之盛、花木之繁"稠花乱蕊裹江滨"，"花"曰"稠"，"蕊"曰"乱"；花发江滨，不曰"满"，不曰"放"，而曰"裹"，就将江边千红万紫、吐艳争妍的景象和成都春光之美好完全显示了出来，使读者如置身其中，这一"裹"字下的新奇，生动，富于创造性，值得细细玩味。他的著名的七绝"窗含西岭千秋雪"，用一"含"字妙处有三：形象，好像山岭的积雪不是在广漠的山野，而是衔含在窗子里；有暗示作用，它通过窗口所能看到的部分，可以启发读者想象从窗口看不到的更广大的空间；写出了人的感情，这"窗含"二字，把窗外的锦绣乾坤同草堂联系起来，变成了草堂美景的一部分，表现了诗人对草堂茅屋的无限喜爱和在这里生活的悠然自得的心情。他的"鸣"翠柳，"上"青天，看来似乎平淡，其实都是作者经过千锤百炼创造出来的，有意外的传神之妙。杜甫自己曾有"为人性僻耽佳句，语不惊人死不休"的诗句，唐人皮日休也称赞杜诗"纵为三十车，一字不可捐"，可见杜诗在遣词用字上是颇具匠心的。

　　杜诗爱用倒装句，这在绝句中也可见一斑，他的五言绝句：

"泥融飞燕子，沙暖睡鸳鸯。"先写动态，后显示出描写对象，句子活起来了。他的《归雁》："东来万里客，乱定几年归。肠断江城雁，高高向北飞。"同前首一样，也是将主谓语颠倒，以突出动作。《绝句六首》之一："江动月移石，溪虚云傍花。"月照水上，石在水中，但诗人故意把江动提至月前，仿佛因水动，月光移石而去；云在天上，因溪水虚明，投影水中，与岸上的花影相毗连，故见云之傍花。这不仅是一种拟人化的手法，而且给人以动态之感，由此我们联想到他的五律《旅夜书怀》中的"星垂平野阔，月涌大江流"，两首诗实在是有异曲同工之妙。

常用偶句，也是杜甫绝句的艺术特色之一。有的前两句散行，后两句对偶；或者反过来，先偶后散；还有的通篇用两联对偶写成。第三种最难，也最少见。因为两联都对仗，由于十分整齐，容易失之板滞，不如散句之流动婉转、跌宕多姿、能以风神取胜。前人多强调尾联散文化，一味使用对偶使诗篇减色。胡应麟就说"杜以律为绝，如'窗含西岭千秋雪，门泊东吴万里船'，本七律状语，而以为绝句，则断绵裂缯类也。"（《诗薮》）这种评论不大公道，固然在唐七言绝句中以散文化结尾的不乏好诗，但这不意味着两联对偶的绝句就没有第一流的作品。我们知道，杜甫是最杰出的律诗大师，精于对偶，讲究音律，加之技巧熟练，功力深厚，才敢于截取律词中间两联并将这种形式极其成功地运用到绝句中来。初唐绝句，也见偶句，但当时的律诗和律化的绝句这些形式还在完成过程中，在用字遣词谐声协律方面还不是很谨严工整。诗人们所写绝句也以通首散行的为多。只有到了杜甫，才有意与谐家立异，别开生面，将这种偶句绝句大大发展，他那首"两个黄鹂鸣翠柳"就是他创作的许多篇以对偶见长的绝句中的一首。这首诗为历代人们所传诵，是因为此诗从表面看来是一句一景"不相连属"，然而他们却统一于诗人自己的形象中，构成一个有机的整体。前两句写诗人的心境与景物融成一片，与物具造，后两句是诗人触景生情，自抒客怀，有如《文心雕龙·神思》篇所谓"思接千载""视通万里"。对偶公正而情调自然，语言朴素而形象鲜明，实在是一首绝好的作品。他的《漫成一绝》："江月去人只数尺，风灯照夜欲三更。沙头宿鹭联拳静，船尾跳鱼拨剌鸣。"也是全首用对偶的。

其实，对于杜甫的抒情绝句我并不想评价过高，因为在唐绝句中，他确实不能与孟浩然、王昌龄等绝句大师相比并，然而这并不等于杜甫绝句无特色。在诗歌题材、艺术技巧等方面杜甫绝句都是独辟蹊径的。正如李重华在《贞一斋诗说》中所说："杜老七绝，欲与诸家分道扬镳，故而别开异径。独开情怀，最得诗人雅趣。"我以为这样的评价恐怕是公允的。

2017 年 4 月 7 日

吟杜甫诗《登高》

杜甫《登高》这首诗历来为人传诵，明人胡应麟曾把他誉为古今七言律第一。

古人以农历九月九日为登高节。王维就有"遥知兄弟登高处，遍插茱萸少一人"的诗句。杜甫一生坎坷，屡遭不幸，他晚年更是过着一种"飘飘何所似，天地一沙鸥"的漂泊生活。这首诗就是公元767年诗人在夔州时抱病独自登高、百感交集之作。

"风急天高猿啸哀，渚清沙白鸟飞回。"在这里诗人选择了最能代表秋色的六件景物来写：风、天、猿、渚、沙、鸟，每种景物又只用一个字来形容。秋天多风，登高风大，对于一个年老病多的人来说，就更觉得风大，因此用一"急"字；秋高气爽，天显得格外的"高"；夔州一带多猿，鸣声凄切，所以说"哀"；秋景萧瑟，朝下看，小沙洲冷落孤零，一"清"字概括之；沙的特点是"白"，鸟飞的特点是"回"，回旋地飞。

"无边落木萧萧下，不尽长江滚滚来。"这两句，诗人泼墨淋漓，将阔大的景物全盘端出，可谓悲凉壮观。因为"风急"，所以叶落纷纷，潇潇有声。诗人登高，视野开阔，但总还有限，这里用"无边"二字，是诗人的想象之景，浩瀚的落叶，纷纷而下，可见秋意已深，这里蕴含了作者对已逝年华的深切感叹。"不尽"用来形容长江源远流长，又因"风急"，所以说大江波涛翻卷，滚滚而来，这句也表现了作者对历史、对人生的态度。

"万里悲秋常作客，百年多病独登台。"描写登高的情怀，包含多层意思。在诗人看来，秋天正是让人悲凉的，这是第一层；客中的秋天更是不同，这个第二层；常客中的秋天，又不同于一时做客他乡，这是第三层；万里常客中的秋天，这是第四层……既不能会亲访友，又不是举家齐登，而是独自登高，是第五层；病中独登，是第六层；万里常客病中独登，是第七层。可见诗人哀叹自己身体飘零的痛楚心情已到了无以复加的地步。

"艰难苦恨繁霜鬓，潦倒新停浊酒杯。"把前两句的内容补充得更具体、更深沉了，表达了诗人复杂丰富的情感。久栖他乡，备尝艰辛，这是第一；艰难自然愁多，为第二；愁多势必催人衰老，是第三；艰难、哀愁更兼衰老，使诗人潦倒日甚，为第四；穷愁潦倒，需要借酒消愁，却偏偏病魔缠身不能饮酒，更增烦愁，这是第五。诗写到这里骤然而止，好像语义未尽，这恰恰收到了"弦外音""味外味"的艺术效果。

此诗语言的精炼、对仗的自然，达到了登峰造极的地步。一般律诗只有中间两联对偶，此诗却八句皆对，俱无斧凿痕。第一联，"风急"对"渚清"，"天高"对"沙白"，"猿啸哀"对"鸟飞回"，前四字名词对名词、形容词对形容词，后三字是一名词两动词相对，清新流畅，浑然天成。中间两联的对仗也十分工整。最后一联诗人别出心裁，采用了当句对法，"艰难"对"苦恨"，"潦倒"对"新停"。在遣词用字上诗人同样是独运匠心的，前两联写景，诗人用了生动、形象、鲜明、准确的语言把秋景写得有声（肃肃、啸哀），有色（白），有静（天、渚、沙），有动（鸟飞、猿啸、落叶、江流），共同组成了一幅绝妙的秋景图。

正是由于诗人将充沛的感情融入娴熟的艺术技巧中，为后人留下了这首悲歌，一首"拔山扛鼎"式的悲歌。

2017 年 4 月 10 日

咏蒋捷词《虞美人·听雨》

少年听雨歌楼上，红烛昏罗帐。壮年听雨客舟中，江阔云低、断雁叫西风。

而今听雨僧庐下，鬓已星星也。悲欢离合总无情，一任阶前、点滴到天明。

　　生活于宋末元初的词人蒋捷，一生处于时代急剧变化之时，度宗咸淳十年（1274年）进士，宋亡后隐居太湖中的竹山，人称竹山先生。元大德年间，有人举荐他做官，他不肯去，表现了始终不渝的气节，蒋捷晚年词有很大一部分表现了他对南宋王朝的深切怀念，词中虽然没有直接描写现实社会中的重大矛盾，但是国破家亡的沉郁基调和个人身份的哀叹情感，却强烈地撩拨着历代读者们的心弦，曾经引起多少有同样遭遇、感触的人们的共鸣。他的暮年之作《虞美人·听雨》可以称得上是这类词的代表作。

　　在自然界里，存在着多少种能够表达人世间悲欢离合情感的景物，词人只选择了雨；在人生的道路上，充满着多少曲折和风波，词人只选择了少年、壮年、晚年三个片段。以特定的时间、特定的环境，表现了作者的坎坷经历和迥然不同的听雨感受。值得我们注意的是，此词在格式上是大胆创新的。古人作词多以上阕写景，下阕抒情；或以上阕描写，下阕感怀。此词全然打破了这个界限，把听雨这个中心情节一贯到底，通篇情景交融，描写与感怀浑然一体。词人独运匠心，截取了三个表现人生零碎的画面，这些画面是静止的、孤立的、是特写镜头，宛如词人少年、壮年、老年三个不同时期的相片，间隔有着很大的跳跃性。然而，词人却给读者留下了广阔丰富的联想的余地，正是这一个个看起来毫不相干的生活片段画面构成了一整幅苍凉、悲楚的人生画卷。

　　词的上阕"少年"句构成了第一幅画面。少年时代乃人生中最为得意之时。词人才高旷达，无忧无虑，经常出入于歌楼舞榭，吟风赏月。红烛昏暗，笑涡红透，醉卧罗帐，听那小雨淅淅沥沥，大有"少年不识愁滋味"之情趣。

"壮年"句为全词的第二幅画面。"断雁"为孤雁，壮年时的景致就大不相同了，词人从少年进入壮年正值南宋即将覆灭之时，尽管词人为进取功名奔波忙碌于官场仕途之中，但连年的战乱，国家的危亡，人民的流离失所使得词人的幻想一个个化为泡影，漂泊离乱的客居生活又怎能不使作者发出"望断乡关知何处，羡寒鸦、到著黄昏后。一点点，归杨柳"哀怨呢？我们看到画面上阔大的江水，一层层云幕低垂，一只落伍的孤雁在凛冽的寒风中哀鸣，小小孤舟载着"影厮伴，东奔西走"的词人在波涛翻滚的水面上漂荡，此时此刻那连绵不断的秋雨又烦扰了这词人苦痛的心境，真是剪不断，理还乱，别有一番滋味在心头了。

词的下阕是全词的重点所在，"而今听雨"，词人为读者展现了第三幅画面。"鬓已星星"形容头发斑白。词人的晚年，国家灭亡了，自己也成了天涯沦落人。雕栏玉砌应犹在，只是朱颜改，故国不堪回首，词人只能怀着对南宋王朝的痛彻心扉的怀念隐居不仕，过着清冷凄苦的生活。双鬓斑白的词人落得与僧为伍了，蜷曲于苍天古木遮掩着僧庐之下，听那无尽无休的令人心碎的雨声。

"悲欢离合总无情，一任阶前点滴到天明。"总结自己的一生，词人发出了对人间沧桑的最深沉的感叹，真是而今识尽愁滋味，欲说还休了。

从词的表面看，作者是感叹人间恩怨、自然变化，一切付之等闲，悲欢离合之情太多太令人伤感了，仿佛作者的感情麻木了，对这一切都无动于衷了。

古人在诗词中常用蒙蒙细雨衬托人间离合悲欢感伤之情，温庭筠《更漏子》："梧桐树，三更雨，不道离情正苦，一叶叶，一声声，空阶滴到明。"李清照《声声慢》："梧桐更兼细雨，到黄昏、点点滴滴。这次第，怎一个愁字了得！"在这里，温、李二位词人寄愁于雨，借景生情，是明写，其离情别苦见于字里行间。而蒋捷在这里运用的是暗写的手法，词人一生的坎坷遭遇，悲凉身世，对故国的忧思，对人生的感叹全部寄托于"一任阶前点滴到天明"的景物之中了。

内情外景，水乳交融，寓情于景，天衣无缝。不着一个"愁"字，但感伤之音实在弦外，此时无声胜有声。作品恰恰收到了言有尽而意无穷的艺术效果。如果从这一点上来评价蒋竹山词为"长短句之长城"恐怕并不过分吧。其实，词的最后一句同样构成了一幅画面，一幅没有主人公的画面，一幅只有点滴细雨洒落阶前天将启晓的画面。

读到这里，我们不禁想到白居易的《听夜筝有感》："江州去日听筝夜，白发新生不愿闻。如今格是头成雪，弹到天明亦任君。"此词与白诗比较，实有异曲同工之妙。

蒋捷《虞美人·听雨》一词为我们展现了四幅人生画面。作者正是通过个人身世的感叹表现了他深沉的亡国之痛，词人的命运与国家的兴亡盛衰紧紧系在一起，词人悲欢离合的情感与时代的变化息息相关。为表现这样复杂的情感，作者精心截取了三个不同时期生活片段的画面，加之最后一幅包孕着人生无限苍凉的意境深远的画面，融合成一幅耐人寻味的人生画卷。还要提及的是，前两幅画实为后两幅画的陪衬和铺垫，词人也正是通过画面所造成的强烈的对比效果，表现了作品的主旨。

2017 年 4 月 13 日

诵柳永词《忆帝京·薄衾小枕凉天气》

长于铺叙，惯用白描手法，以"到口即消"的通俗语言传情状物，这是宋代柳永词艺术上的主要长处。

我们试以《忆帝京》一词为例。

"薄衾小枕凉天气，乍觉别离滋味。""衾"，被子。"乍觉"，刚刚觉得，突然觉得。词人没有明写时令，但是我们从薄衾小枕已不足以抵挡阵阵袭来的凉气的描写上已感觉是入秋天气了。词人独处异乡，栖身客栈，夜深不能入寐，因天气而引起别情离绪。

在古典诗词中，作家们常以秋天为背景表现离愁别苦。如曹丕的："秋风萧瑟天气凉，草木摇落露为霜。群燕辞归鹄南翔，念君客游思断肠。"又如李清照的："红藕香残玉簟秋，轻解罗裳，独上兰舟。"一阵紧似一阵的秋风，萧条的秋景最容易引起人们的思乡之情、怀人之感。其实，柳永本人就有描写羁旅行役之苦的大手笔。他的"多情自古伤别离，更那堪，冷落清秋节"实为千古咏唱的绝句，"对潇潇暮雨洒江天，一番洗清秋"引用秋日黄昏的萧疏景色烘托出词人浓郁的归思之情。

比起这些词来，《忆帝京》的景物描写那是简单得多了，"薄衾""小枕"为家庭、旅店司空见惯之物，"凉天气"是极寻常的口语，作者平铺直叙，没有烘托，没有陪衬，但感情之真实让人感到亲切可信。如果说曹植《燕歌行》宏大的秋景描写运用的是浓墨重彩的油画手法，那么柳永用淡淡的几笔勾勒出一幅秋夜客居旅店小图，运用的则是素描的手法了。

"展转数寒更，起了还重睡。毕竟不成眠，一夜长如岁。""展转"，翻来覆去。"数更寒"，风一阵比一阵紧，天气一更比一更寒，"想佳人，妆楼颙望，误几回、天际识归舟"。多少往事翻卷心头，这忧思这情怀怎能使词人入睡，起来独自徘徊，睡下辗转反侧，剪不断的思，诉不尽的愁，烦扰着词人怎能熬过这如岁的长夜。此句更是明白如话，清晰如水，天然而就，一气呵成。如果说前句作者描绘了一幅静止的白描图，那么此句作者引用白描的手法拍摄了一组特写镜头，词人起而复睡、睡而复起的痛苦思念的情景跃然纸上。

如果说上片描写的是词人怀人的情景，下片就着重于词人心理状态的描绘了。

"也拟待，却回征辔，又争奈，已成行计。""拟待"，打算；"却回"，退回；"征"，骑马远行，欧阳修有"草熏风暖摇征辔"；"争奈"，怎奈。全句意为：我真打算催马返回与你欢聚，又怎奈远行的计划不容更改。

于是归宋的心放不下，这"万种思量，多方开解，只恁寂寞厌厌地"。"开解"，开导和解释；"恁"，这样。整句意即：无精打采，这无穷无尽的思念无论如何也不能摆脱，使人感到无限的惆怅。

"系我一生心，负你千行泪。"《历代诗歌选》注释"系我"上面省"你"字，"负你"上面省"我"字。那么，全句就可以这样理解：你永远把我挂在心上，一生一世将我思念，但我一次又一次地同你离别，总不能够厮守在一起，辜负了你的千行泪。

词的最后几句是代表了柳词的本色语，不引任何典故，不用任何辞藻，只借用了当时人们的俗语，如"只恁寂寞厌厌地"，明白、质朴，随手拈来，全不费力，又是那样自然、贴切，毫无斧凿痕迹。这种"到口即消"的天然好语可以称得上艺术上的胜境，难怪叶梦得在《避暑录话》中称道"凡有井水处，皆能歌柳词"了。

白描是中国书画的传统画艺，白描用于语言，寥寥数语即声色毕露，白描用于文学，言情状物到惟妙惟肖。

柳永以前的传统小令重在抒情，词锋纤巧、婉约。他创慢词，而长于铺叙，意境豁然开朗，固然白描手法的运用也是随之而生的，从这首《忆帝京》，我们看到了柳词在这方面的功力。

2017 年 4 月 17 日

唱李清照《一剪梅·红藕香残玉簟秋》

李清照的《一剪梅》，黄昇《花庵词选》题作"别愁"。元代伊士珍《琅嬛记》载："易安结婚未久，明诚即负笈远游，易安殊不忍别，觅锦帛书《一剪梅》词以送之。"从《金石录后序》中，我们大体上可以知道明诚与易安婚后感情极好，趣味相投，即使是一次短暂的分别，词人在心灵上所承受的负担也是很沉重的。这首词就是用极浅近的语言表达了词人对丈夫那种真挚、深厚的感情。

上阕三句写分别的时令和地点："红藕香残玉簟秋，轻解罗裳，独上兰舟。""簟"，竹席也。"玉"，指簟光泽如玉。卢仝《自君之出矣》"玉簟寒凄凄"，李廓《长安少年行》"犬娇眠玉簟"。"兰舟"，木兰舟，木兰树所作，盖木兰之舟，坚而且香，诗人遂以为舟之美称，诗中所云"兰舟"或"木兰舟"，不必定位木兰所作也，宋代晏几道《鹧鸪天》"约开萍叶上兰舟"，柳永《雨霖铃》"兰舟催发"。"罗裳"，质地轻细的丝织的衣裳，一般指女子所用，但也可指男子衣物，如《黄庭内景经》："同服紫衣，飞罗裳。"这三句写她和丈夫分别时的情景，在这从竹席中已感到阵阵凉意的秋天里，在这荷花凋谢的水边，她的丈夫身穿丝织的衣衫，独自踏上兰舟离去了。

"云中谁寄锦书来？雁字回时，月满西楼。""锦"，是具有彩色花纹的丝织品；"锦书"，即帛书。相传苏若兰《织锦回文》诗，或云"锦字书"，或云"锦字"，或云"锦书"。后世即用以称书信。唐代杜甫《江月》："谁家挑锦字，灭烛翠眉颦。"柳永《两同心》："锦书断，暮云凝碧。"典即从此来。"雁字"，雁群飞时排成"一"字或"人"字。宋代欧阳珣《踏莎行》词："雁字成行，角声悲送。"古代相传，鸿雁能传书。《汉书·苏武传》："天子射上林中，得雁，足有系帛书。"古诗词中用这个典故的并不少见，如李煜的《清平乐》："雁来音信无凭，路遥归梦难成。"又如女词人自己的《声声慢》："雁过也，正伤心，却是旧时相识。"此词上言寄书，下言"雁字"，前问后答，贯穿此典。这三句是说：丈夫刚刚离去，词人就迫不及待地盼望雁子早些归来，把丈夫那情意绵绵的帛书一起捎来，那时我那小巧玲珑的闺楼一定在晶莹皎洁的月光照耀下显得格外的美丽吧。

李清照的词中有许多热烈地歌颂、赞美她与丈夫赵明诚的爱情之作，她感月吟风，是为了爱情，伤离愁别，也是为了爱情，过雁征鸿，引动她的心事，春花秋月惹起她的相思。如她的《点绛唇》《醉花阴》《凤凰台上忆吹箫》等都表现了这种热烈真诚的感情，此词不例外。

词的下阕表现这种情感就更为深挚、动人了："花自飘零水自流，一种相思，两处闲愁。"这里，词人运用了极为形象、贴切的自然景物来比喻自己与丈夫的相思之愁、离别之苦。这种情义，这种思念，犹如飘零的花朵，奔流的溪水，发源于两人的内心深处，源源不断，无尽无休。一根丝带，牵动两头愁情。这情思剪不断、理还乱，缠绵悱恻，不绝如缕。

"此情无计可消除，才下眉头，却上心头。"这深情厚谊没有办法消除，方才眉头不皱，心里头又想念起来了，范仲淹有词《御街行·纷纷坠叶飘香砌》云："都来此事，眉间心上，无计相回避。"女词人从此句脱胎而来，咏出新句，更见功力。《草堂诗徐隽卷五》眉批："多情不随雁字去，空教一种上眉头。"评语："惟锦书、雁字，不得将情传去，所以一种相思，眉头心头，在在难消。"《歙州山人词评》评此句的描写词人相思精神状态"可谓憔悴"。

前面说过，此词是赵明诚与李清照新婚不久，赵远游之际，李赠之。我们可以想象在丈夫临行之前词人想念的情感就达到了如此的程度，可见分别之后相思之情更加强烈。这使我们联想到她在《凤凰台上忆吹箫》丈夫未行之前就已经"起来慵自梳头""生怕离怀别苦，多少事欲说还休"。在《醉花阴》里"莫道不消魂，帘卷西风，人比黄花瘦"，更是那绝佳之笔抒写了词人衣带渐宽终不悔、为伊消得人憔悴的苦思之情了。

还想说一点的是，此句的"才下眉头"和"却上心头"八字以对句的形式出现，用语极简练、朴素，却很形象、生动，给人以动感。仿佛那缠绵的相思之愁，刚刚从眉宇间消逝，骤然又填满心头。

总之，这首小词清秀、自然、比喻贴切，感情深挚，读后使人感觉仿佛涓涓流水，清凉透彻，又仿佛醇香美酒，醉意浓浓。

2017 年 4 月 22 日

关于李煜词所引起的共鸣

李煜和他的词是中国文学史上有代表性的"复杂现象"之一，在中华人民共和国成立后是很少有人进行评论的。1956 年《文学遗产》发动和组织了一场历时一年之久的对于李煜评价问题的讨论，很有意义。但是讨论并未结束，其中对于李煜词有没有人民性与爱国主义思想、作品的思想性和艺术性如何统一等问题，意见还很不一致，在讨论中，有人对南唐的历史、李煜及家族自身的考证较多，未能很好地从作品本身出发，就作品本身及其影响给予评价，在讨论中还出现了简单化、概念化的倾向，有些人对于人民性、爱国主义等问题只是做出非此即彼的选择，旁征博引的材料均为其观点服务。有的人一味在"故园""往事""愁""恨"等词句上推敲琢磨，仿佛寻找出这些词语的确定含义，词的思想性及词人的政治倾向性就可以盖棺定论了……当然，我们应当赞誉的是当时百花齐放、百家争鸣的学术讨论气氛之浓烈，然而令人深感遗憾的是，25年来李煜及其词作成就一直被古典文学诗词评论界冷落，无人问津，就连那与讨论一起诞生的婴儿也恐怕很少有人知道李煜在中国古典文学史上享有的盛名吧！

我认为我们今天讨论李煜的词就首先必须有一副复杂的头脑，我国古典文学的发展状况本来就呈现出一个复杂的过程，文学史上的许多现象本来就是千奇百怪、光怪陆离的，一个作家的出身、经历及作品情况也绝非一对一的简单数学公式所能解释的，更何况李煜作为中国古代这样的封建统治阶级割据混战和异族侵凌年代的国君，一个在位时采取了一些息事宁人的政策，一个在国破家亡之后沦为宋室的阶下囚虏，沦于被压迫被侮辱的处境，在异国过着他那凄凉的"此终日只以眼泪洗面"的生活的亡国之君，一个少时才华过人，但又遭遇不幸，一生在诗词、书画方面都达到相当高造诣的艺术家而并非封建社会的典型国君，情况就更是复杂了。

我们分析古典文学历史上的作家及其作品固然不能离开当时的社会背景及作家的身影、地位等，但我以为作品本身是最有说服力的，李煜词在中国词的发展史上占据的位置，他的词那经久不衰的艺术魅力，千百年来感染着无数的读者，在不同的历史时期、不同的阶级和阶层的人们心中引起的强烈共鸣都是不容否认的事实。

关于李煜词引起的共鸣，我想谈一点我的粗浅看法。

李煜是一个封建社会的国君，这是一个事实，至于他到底是昏庸还是开明？我们不必去过多的考证，但我们读李煜词的

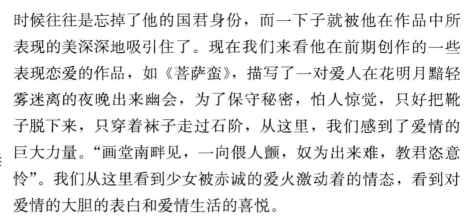

时候往往是忘掉了他的国君身份，而一下子就被他在作品中所表现的美深深地吸引住了。现在我们来看他在前期创作的一些表现恋爱的作品，如《菩萨蛮》，描写了一对爱人在花明月黯轻雾迷离的夜晚出来幽会，为了保守秘密，怕人惊觉，只好把靴子脱下来，只穿着袜子走过石阶，从这里，我们感到了爱情的巨大力量。"画堂南畔见，一向偎人颤，奴为出来难，教君恣意怜"。我们从这里看到少女被赤诚的爱火激动着的情态，看到对爱情的大胆的表白和爱情生活的喜悦。

又如，《捣练子令·深院静》："深院静，小庭空，断续寒砧断续风。无奈夜长人不寐，数声和月到帘栊。"《捣练子令·云鬟乱》："云鬟乱，晚妆残，带恨眉儿远岫攒。斜托香腮春笋嫩，为谁和泪倚阑干？"深刻地表现了情人相思的痛苦，表现了失去爱情安慰的女子心灵中所受的煎熬。在这些作品中，我们感到的是热烈的爱情的吸引，是对于坚定、赤诚的幸福爱情生活和理想的追求，是能够引起人们思想的共鸣的。

李煜第二期作品即他过着亡国囚虏生活时期的作品，影响最大，流传最广，是他一生中的主要创作。

不容否认的是李煜被囚后过着与囚徒同样的痛苦生活，他处在被侮辱、被损害、被压迫的极其难堪的境遇当中，这样处境完全改变了他既往的皇帝的身份和地位，故这时的作品内容是充满着孤独、寂寞、悔恨和凄凉的情调的，这时的作品在客观上已经突破了作者的身份和经历，产生了更为广阔、更为深厚的社会意义，因此在人们思想中引起了更为强烈的共鸣。

如他有名的《浪淘沙·帘外雨潺潺》："帘外雨潺潺，春意阑珊。罗衾不耐五更寒。梦里不知身是客，一晌贪欢。独自莫凭栏，无限江山，别时容易见时难。流水落花春去也，天上人间。"

又如《虞美人·春花秋月何时了》："春花秋月何时了？往事知多少。小楼昨夜又东风，故国不堪回首月明中。雕栏玉砌应犹在，只是朱颜改。问君能有几多愁？恰似一江春水向东流。"

关于李煜词为什么会在不同时代不同阶级、阶层的人们思想中产生共鸣，为什么他的作品具有如此震撼人心的艺术感染力，为历代人们所传颂，至今还令人有绕梁三日、回肠荡气之感呢，我认为这个问题倒是需要深入研究一下。

我们首先应当回答的是文学作品的共同美问题。

在文学史上能够被不同时代不同阶级所喜爱，在思想感情上产生共鸣的跨时代、跨阶级、具有永久艺术魅力的艺术珍品是存在的。如汉乐府的《陌上桑》，作品从行者、少年、耕者、劳动者的角度和史军、统治者的角度来观察罗敷的美，尽管他们的审美观点不同，但美却是其共同感受。再如王维的《送元二使安西》表现了人们共同的离别之情，又如岳飞的《满江红》表现了他虽属统治阶层中人物，但与当时人民有着共同的不受外辱的民族气节，因此，文学作品反映了不同阶级之间某些一致或相似的社会利益、愿望和追求；同一个民族的，由于长期生活在共同的物质和文化环境中，形成某些基本一致的民族感情、精神、心理习惯和精神气质等；一些作品只是突出地表现了人类共同的情感、思想性格、品质或生活感受，如性爱、离别思乡之情等，一些作品主要表现自然美的情况就不仅存在，而且为文学史的大量事实所证明。

现在，我们来分析李煜的作品就不难理解了，他前期的描写爱情的作品正是表现了与普通人们有着许多相通之处的共同情感，至于他后期沦落为囚徒的作品更是超越了他帝王的身份，表现了亡国之恨、丧家之苦，那种剪不断、理还乱，别是一番滋味在心头的愁，就绝不仅仅是当时由于社会动荡、开始沦落，而引起的封建统治阶级中的人物的一种破灭梦幻的感情和对这以前的封建兴盛时期的回顾眷恋。他还引起了具有相当普遍性的各阶层人们对于故园家乡的怀恋，乃至像他的"问君能有几多愁，恰似一江春水向东流"成为千古咏唱的绝句，使历代有离愁别绪的思想情感的人们产生共鸣，正如康士坦丁诺夫所说："古典艺术作品不论他表现出哪一阶级的世界观，它本身总蕴藏着一种人类共有的东西，蕴藏着涉及各时代各阶级的人们并激动着人们的东西。"

其次，不能把作品的内容和作者的生活、作品的客观意义和作者的主观思想完全等同起来，两者虽然密切相关，但仍然有差异，这就涉及文学作品的客观美问题，在很多情况下，读文学作品的人并不曾具体地联系到作者的经历、事迹，却从作品中获得更多的东西，这些东西是在作者主观创作动机中所不能完全包括的，读者可以根据作品的客观效果得出自己的结论和给予应有的评价，这种情况在文学史上也不是少见的。

对于李后主在个人生活上是否有坚贞的爱情，我们并不想去追究，自古的帝王将相有几百、几千的后宫妃子是不足为奇的，而后主对昭惠王后的爱情一般被认为是真诚深挚的，那么他在周后病危时与小周后的恋爱又如何做解释呢？其实这也没什么，据说《菩萨蛮》就是后主与小周后幽会的诗，但使读者感动的是，作品中对于爱情的巨大力量的真实描写，至于诗中幽会指的是哪两个人、后主个人对爱情的态度，并不是每一个读者都关心的。

又如"自是人生长恨水长东""人生愁恨何能免，销魂独我情何限""天教心愿与身违"等诗歌所表现的对于人生的咏叹和对于现实的愤懑，可以说已经在一定程度上超越了李后主创作时的主观动机，超越了他的原本事实，具有了更为丰富的内容和广泛的社会意义，尤其是后主被俘后在他的一些追怀往事的作品中大都以"故园""江山""家园"等为其追思对象，对于这些词的特定含义是什么，李后主怀着怎样留恋、迷离、怅惘的感情去怀思已逝去的帝王生活，我们且不去管它，至少后主在写这些词时他的身份、地位已经与过去迥然不同了，他思想上的愁苦与感情上的悲伤与当时沦陷的南唐人民已有某些相通之处，与后来当国破家亡，人民流离失所时的情感也一拍即合，因此在客观上就扩大了这些作品的意义，能够引起更广泛、更普遍的人们思想感情上的共鸣。

再有，我们知道，任何伟大文学作品的价值和意义，都是在于它具有高度的概括性，它们都必须借助于宽阔的、深刻的生活体验和丰富的想象力，来完成它的典型意义。

所谓文学形象的典型性即通过生动、鲜明的个性显著而又充分地表现出具有相当社会意义的普遍性，深刻地概括了社会生活的某些本质方面，具有长久艺术生命力的艺术形象。

李后主的作品之所以能打动我们、震撼我们，使我们获得他作品的感染而激起共鸣，也正是因为他通过自己对现实中典型事物的感受和倾吐，通过形象的诗句，表现了多数人在某种类似情况下所共有的思想和感情。

如他的《长相思》："菊花开，菊花残，塞雁高飞人未还，一帘风月闲。"又如《望江南》："闲梦远，南国正清秋。千里江山寒色远。芦花深处泊孤舟，笛在月明楼。"正是通过作者对一连串典型萧瑟景物的描绘和感叹表现了游子之思。

值得注意的是，李煜在一些抒情诗歌中所表现的只是一些情绪和感触，那种与这些情绪和感触有着深刻联系的具体事物却没有，或者几乎没有被描绘出来。这样，这些本来是具体的、与李煜的生活经验分不开的情绪和感触，在作品中却具有了一种普遍性，因而能为其他时代其他阶级的人们所理解，也可以为人们所接受，人们可以根据自己的生活经验与不同的阶级感情来体会这种作品中的情绪和感触。如他的《虞美人》中的"往事""故国""雕栏玉砌"与"恰似一江春水向东流"的愁，固然从主观上来讲是感叹自己失去的帝王身份和荣华富贵的生活，然而从客观上来讲，他却非常概括地表现了在失去故国的环境下，一般人们可以产生的最普遍、最有代表性的思想情绪。这样，他便给广大的读者以联系自己的经验和亲自见闻的机会，使他的作品意义更具有了极为广泛的社会性。

李后主不是自然主义地如实记录个人的零碎感受，而是通过对他个人思想感情的刻画，把自己和自己的生活都典型化了，写离愁别恨，就写出了典型的离愁别恨的环境和人们在这样的环境中所能引起的共同感受。如《清平乐·别来春半》："别来春半，触目柔肠断。砌下落梅如雪乱，拂了一身还满。雁来音信无凭，路遥归梦难成。离恨恰如春草，更行更远还生。"读者不一定要有李后主那样或甚至类似的遭遇，只要你有了离愁，有了别恨，就会被他的作品深深地感动，各人凭自己特定的人生经历理解它、体会它，所感所解尽管各有不同，但究竟都被感动了。因此李后主词最感动我们的地方，往往不是单纯地表现了李后主自己的地方，而是带有普遍性、典型性，这也正是李煜词引起共鸣的重要原因。

　　总之，我们今天讨论李煜及词必须本着历史唯物主义的态度，我们不能苛求历史人物，既然李后主的身世经历呈现着曲折复杂的情况，他的思想就一定是错综多样的，在他的文学作品中也一定会不同程度地得到反映。我们必须承认的是，李煜的词千百年来震撼着无数读者的心灵，在各个历史时期，各阶级、阶层的人们中间引起如此强烈的共鸣，就不仅仅是由于他艺术上的巨大成功，他的词在思想内容上也是有打动人心之处的，况且流芳千古的艺术品往往都是思想性与艺术性的完美结合，对于如何对李煜词的思想性做出恰如其分的评价，这正是需要我们进一步深入研究和探讨的。

　　　　　　　　　　　　　　　　　　　　　2017 年 4 月 30 日

读李清照《点绛唇·蹴罢秋千》

　　宋代女词人李清照被公认为婉约词派宗主，与她南渡前幸福、美满、安逸、华贵的生活相对应，她前期的词呈现出清美、欢快、委婉、细腻的风格，婆娑多姿，独具风韵，是那样温婉动人，又是那样真挚感人。

　　试以她的《点绛唇·蹴罢秋千》为例。

　　　　蹴罢秋千，起来慵整纤纤手。露浓花瘦，薄汗轻衣透。

见有人来，袜刬金钗溜，和羞走。倚门回首，却把青梅嗅。

小词以精美的语言、生动的形象描绘了作者少女时代的风姿，未出闺阁的年轻女子天真活泼的性格，以及我们的女词人乍见未婚夫时的羞涩、对未婚夫爱情的萌发，这些在作品中都写得似含似露，分寸恰当，很有风采。

上阕"蹴罢秋千"，"蹴"是踏、踩，"罢"指完了。踩着踏板，荡罢了秋千。"起来慵整纤纤手"，"慵整"就是懒得整，"纤纤手"形容手很柔美、细嫩。《古诗》有"娥娥红粉妆，纤纤出素手"。"露浓花瘦"，"露浓"指露水很多，"花瘦"指花很小很少。"薄汗轻衣透"，"薄汗"指出了少量的汗，"轻衣"指用绸子或纱制成的很薄很轻的衣衫。

整个上阕意思为：荡罢了秋千就在草坪上休息，连手都懒得揞一揞，便在花园里散步了，这时只见绿树成荫，晶莹的露珠洒满叶心，还不是百花盛开的季节，花朵还小还少，隐隐约约点缀在绿树丛中。尽情地玩耍使我们的女词人出了一身微微的薄汗，把那轻纱般的衣衫都浸湿了。

玩得多么痛快，多么惬意！少女的生活，少女的风姿，少女的神态，少女的体貌，短短四句话，寥寥二十余字，就如此惟妙惟肖、活灵活现地为我们全盘托出了。我们知道李清照生活在一个极有文化教养的贵族家庭，她从小就喜爱琴棋书画，而且少时经历造就了她活泼、开朗的性格，随着年龄的增长，青春的光彩在她身上闪烁了，少女所特有的那种娇柔的魅力开始萌生了，在这春意盎然的明媚阳光下荡罢秋千，在这绿树成荫、红花点缀的花园里迈动轻盈的步履，任凭轻风吹拂娇红的面庞，掀起略湿的轻衫，真是无忧无虑、神清气爽啊！

如果说词的上阕，作者为我们描绘了一幅少女荡罢秋千图，为我们展示了词人当时爱玩耍、爱打扮等少女的性格，那么在词的下阕，词人则是用戏剧性的笔法更加淋漓尽致地揭示出少女独具的内心世界和性格特征了。

"见有人来"，有的版本写作"见客路来"。人从路来，自然不是指从大门走进李家，而是从小门走进词人游玩的那个后花园，否则词人就不会大惊失色，出现以下一系列手忙脚乱的戏剧性的场面了。"袜划金钗溜"，"金钗"指头上戴的饰物。这二句意思为，看见有人闯进后花园来，急忙当中来不及穿鞋，就穿着袜子朝里走，头上的金钗冷不防也滑脱了。李煜《浣溪沙》词有"佳人舞点金钗溜"，又《菩萨蛮》词也写道："划袜步香阶，手提金缕鞋。""袜划金钗溜"五个字就极为生动，形象地描绘了词人的三个动作，没有穿鞋，头饰滑落了，满脸娇羞，慌慌张张，而这一切都是因为看见有人来，是什么人呢？是一位英俊翩然的青年男子，身居闺阁的少女那种从来未见过年轻男子的羞涩心理通过词人这一连串的动作描写表现得再出色不过了，动作逼真，使人感觉真切，神态更加逼真，使人如见其人，如窥其神，这就更加别有风致、饶有趣味了。

然而这一美丽活泼的少女形象还未完成，看到最后一句那才叫画龙点睛之笔呢！"和羞走"，"和"指连、带着，"走"就是跑。我们的女词人正慌里慌张往里跑，不知是跑向自己的书房，还是奔向自己的闺阁，突然有人告诉她，"他"就是未来的夫婿赵明诚，于是女词人有了这样的举动："倚门回首，却把青梅嗅。"处于青春之花绽放时期的女词人已知父母将自己许配给赵明诚，又知此人才华横溢，与自己志趣爱好相投，心目中对这个未来的丈夫充满了美好的憧憬。但是，今天明诚已来，他到底是个什么样子呢？我们知道封建社会未出阁的年轻女子，是有许多清规戒律的，她们不仅无法与陌生的年轻男子接近，就是对于已经许配的男子在未出嫁之前也是不准有越轨的行动。我们的女词人虽然对爱情幸福有着大胆的追求和向往，禁不住要倚门回首，好好看一看，但又唯恐别人笑话，于是就狡黠地做了一个嗅青梅的假动作来遮人耳目，这里词人的大胆与掩饰、惊喜与恐慌、爱慕与羞涩之情交织融合，词人错综复杂的心理变化真切动人。另外，"嗅青梅"还有更深一层的意境。李白有"郎骑竹马来，绕床弄青梅"，写妻子回忆与丈夫自幼相处、两小无猜的情景，这里词人暗用青梅竹马的典故表示她与赵明诚将结成幸福美满的婚姻，同时也透露了她对未婚夫赵明诚的喜爱之情。

我们知道李清照与赵明诚都生活在宋代有名望的贵族之家，赵明诚是当时著名的金石学家，本人也极富文化教养，同李清照一样喜欢填词咏诗，读书赏画。关于赵李恩爱相亲、感情甚笃的佳话为人们广泛传颂。此词专门描写他们订婚之后初次见面的情景，词人以精湛生动的语言描写了自己少女时代天真愉快的生活，特别是对于见到年轻男子慌慌张张奔逃而去，及至知道是自己未来夫婿急切地回首张望，又满脸惊喜、羞涩神情，机灵地以嗅青梅掩饰的又喜又羞、又羞又喜的少女所独有的动作和心理描写，更使人感到了一个亭亭玉立的少女形象如在眼前了。

2017 年 5 月 5 日

读李清照《凤凰台上忆吹箫·香冷金猊》

李清照的慢词长于铺叙,铺叙是包含时间因素的,但抒情词与叙事诗不同,它不可能有较完整的外部事件,它仍以抒情为主。李清照的慢词善于抓住内在感情的发生和发展的过程,不追求外部事件的完整性和连续性,把外在事物统一在感情发展的连续性上。这样的铺叙,既有丰富的形象,又把感情表现得淋漓尽致,像她的《声声慢》《念奴娇》都有这种特点,这首《凤凰台上忆吹箫》更是在心与物交互作用下才生动地表现了感情活动的心理过程。

这是一首李清照早起写别情的词,从她的《金石录后序》中我们知道赵明诚与李清照结婚后感情甚笃,即使是一次短暂的离别,女词人心灵上所承受的负担也是很重的。从全词看,是明诚行前之作,然而词人的伤情别恨就已经到达了如此的程度,可想离别之后,相思之苦怎能不使"人比黄花瘦"。李清照专于情,忠于情,痴于情,早年的词作多半是言情的,此词同样,值得注意的是这首词写了明诚离别前一天词人的实感,以早上为重点。

"香冷金猊,被翻红浪,起来慵自梳头。""金猊"是狻猊形的香炉。李清照《醉花阴》有:"薄雾浓云愁永昼,瑞脑消金兽。""金兽"指兽形的铜香炉,我们且不去管它香炉的形状,这是词人因思恋丈夫而懒得往铜炉中添香料的不佳心绪是相同的。"红浪"指红锦被,柳永《凤楼梧》词"鸳鸯绣被翻红浪"。这词是说铜炉因其中的香料早已燃尽而冷却了,红锦被没有叠好,乱摊在床上,起来后想到丈夫即将独自负笈远游不由得心灰意散又懒得梳头了。

"任宝奁尘满,日上帘钩。""宝奁"指华贵的梳妆镜匣,"帘钩"取自杜甫《落日》诗"落日在帘钩,溪边春事幽"。清照反而用之,装有梳妆用品的镜匣早已灰尘满布,想必词人倦怠梳头也非一日了。这里的"任"字用得好,表现了一种无可奈何的心境。"宝奁"和太阳并无联系,词人把二物连接,其实正是词人感情的纽带在起作用。

前面两句作者拈出四种景物:"金猊""红被""宝奁""日头",李清照作词历来有融情于景的功力。词人本来就因丈夫即行而多日心绪不宁。今日看到这些景物,心情更为不快。如果说这两句还是以一种叙述的语句描写词人早起后的懒散状况,那么底下词人的离愁别绪就再也不堪承受,而直接抒发出来"生怕离怀别苦,多少事,欲说还休。"生怕勾起伤情离愁,有多少知心的话儿、贴心的嘱托,到嘴边又咽下。"新来瘦,非干病酒,不是悲秋"。"病酒",言因酒而病,冯延巳《鹊踏枝》词:"日日花前常病酒,不辞镜里朱颜瘦。""悲秋"言为秋而悲。杜甫《登高》诗:"万里悲秋常作客,百年多病独登台。"清照这里用的是感叹语,刚刚的新瘦不是因酒而病,不是因伤秋而悲,那是为什么呢?不言而喻,词人的消瘦是伤情而致了。前人评此句曰:"非病酒,不悲秋,都为苦别瘦,写出一种临别心神,而新瘦新愁,真如琴女楼头,声声有和鸣之奏。"又有人说:"新来瘦之语玩转曲折,煞是妙诀。"吟到这个"瘦"字,我们不禁想起清照其余词中亦有"绿肥红瘦""人比黄花瘦"之句，"瘦"字实在是一种险韵，清照屡屡敢押，押得既无斧凿痕，又惟妙惟肖，堪称传神之笔。这里的"瘦"一字勾画出女词人因别愁而衣带渐宽的消瘦面容和萎靡的精神状态，从字音、字形、字义上都给人一种可触可观的形象感。

词人的愁苦已到尽头，无可奈何的心境在下阕中表现得更加酣畅无阻，"休休，这回去也，千万遍《阳关》，也则难留"。"阳关"，地名，源出王维《送元二使安西》诗，因此诗原为送别，故后人以"阳关"为离别之曲，白居易《对酒》诗"听唱阳关第四声"，李商隐《赠歌妓二首》诗"断肠声里唱阳关"，阳关之曲本为三叠，白居易听唱第四声就已经被人评价言别情之悲切了，然而清照这里唱出千万遍阳关，可想是痛之极甚。

"念武陵人远，烟锁秦楼"，武陵在宋词、元曲中有两个含义，一是指陶渊明《桃花源记》中的渔父故事，另一是指刘义庆《幽明录》中刘、阮的爱情故事，韩琦诗《点绛唇》"武陵回睐，人远波空翠"用的就是刘《录》之典。从此词的上下文来看，解释为陶渊明的隐世避俗的含义恐怕不妥，武陵人是借刘郎喻明诚，行者即行，不可挽回，词人进而从别前想到别后。"秦楼"即凤台，相传是春秋时秦穆公女弄玉和她的爱人萧史飞升以前的二人吹箫之所。作者这里用"秦楼"是暗指明诚、清照婚后有如同弄玉、萧史一般的爱情和幸福生活，离别之后，词人将独居妆楼，无闻箫声，烟锁重门，冷冷清清。冯延巳《南乡子》词有"烟锁凤楼无限事"。这样一动一静，一热一冷，对比之下，词人相思之悲凉心情自然而生。

那么，词人的情感寄托何处呢？"惟有楼前流水，应念我，终日凝眸。""凝眸"，注视，呆看。显然，词人这里运用的是移情于物、借物抒情的手法，楼前的涓涓流水蕴满了词人思念丈夫的脉脉深情，溪水不停地流淌，词人终日地极目远望，这景物早已感染了人的情感，成为词人倾吐衷肠的知己，难怪古人惊叹此句为"痴语也。"

"凝眸处，从今又添，一段新愁。"词人从听到丈夫要远游，就添了一段新愁。即行之日，想到别后的种种情景，更增添一段新愁，所以用"又"字。

前人评价此词"笔改绝佳，余韵尤胜""婉转见离情别意，思致巧成"。然而，语言的优美、构思的巧妙又从何而来，感情所致，浑然天成。清照写词决不孤立地、静止地写感情，因为感情活动是一个心理过程，有它的波澜起伏，此词突出的艺术手法就在于词人仅仅抓住感情发展的这根链条，连接大量的景物，贯穿于一天的实感，从而表现了女词人深婉、细腻、真切、动人的情感，收到了动人心弦的艺术效果。

2017 年 5 月 12 日

读李清照《如梦令·常记溪亭日暮》

常记溪亭日暮，沉醉不知归路。兴尽晚回舟，误入藕花深处。争渡，争渡，惊起一滩鸥鹭。

李清照在北宋覆灭之前的词颇多饮酒、惜花之作，反映出她那种极其悠闲、风雅的生活情调。这首词描写了作者在溪亭饮酒醉、乘舟晚归时的情景，犹如一幅淡淡的水墨画，清雅别致，饶有兴趣。

"常记溪亭日暮，沉醉不知归路。""溪亭"，临水的亭台。从全词来看，时间大概在夏末，荷花盛开的日子里，我们的女词人（也许同她的丈夫，也许同她的朋友）驾一叶扁舟驶过清澈明亮的溪水，登上那小巧玲珑的亭台，抚琴吟诗，饮酒畅叙，不知不觉，已近暮色，然而人们醉里且贪欢笑，连回家的路都迷失了。在这里，我们看到李清照作为封建时代一个上层社会的妇女，不在闺中工织绣补，却如此放荡不羁，跑到野外去欢饮，这表现了她不甘屈服于封建礼教的束缚，性格中有着豪爽开朗的一面。

"兴尽晚回舟，误入藕花深处。""兴尽"，酒兴的高潮过去了。"藕花"即荷花。从上下文的意思来看，"兴尽晚回舟"放在"沉醉不知归路"之后，说得痛快尽致的人们登上回归的小舟，因为酒意而未全醒才迷失了返航的方向，这里作者将语句稍加颠倒却是别有用心的，我们两句两句地看，这样安排更为贴切，更有风趣。"常记溪亭日暮，沉醉不知归路"表示词人不止一次两次，而是许多次地在溪亭饮酒而迷失了返回的道路。"兴尽晚回舟，误入藕花深处"，我们仿佛看到一叶小舟载着酣醉的人们随波逐浪闯入荷花绽开的荷塘深处去了，"误入"好像是舟的动作，而不是人的行为，这就使得词句情趣盎然了。

小舟不能前行了，词人才一下子从酒意中苏醒过来，于是乎"争渡，争渡，惊起一滩鸥鹭"。"争渡"是夺路而归的意思，不是船行之道，又有何妨，我们的词人劈路而行，在争芳吐艳的绿叶荷花之中穿梭而过，哪管它惊起一滩雪白的殴鹭扑棱棱展翅而翔呢。

此词短小精湛，词人寥寥几笔为我们勾画出一幅"藕花深

处晚归舟图"，是那样清新淡雅，又是那样妙趣横生。

2017 年 5 月 15 日

读李清照《如梦令·昨夜雨疏风骤》

昨夜雨疏风骤，浓睡不消残酒。试问卷帘人，却道海棠依旧。知否？知否？应是绿肥红瘦。

这是一首脍炙人口的小词，词人以寥寥数语的对话，曲折地表达出主人公惜花伤春的心情，写得十分传神，特别是词人在语言技巧上的创新和精雕细琢颇具匠心。

"昨夜雨疏风骤"，这里"疏"与"骤"用得很贴切，"疏"即稀，"骤"为急，合起来即雨稀风急的意思，既写出了暮春天气风雨的特点，又隐含着这种风雨对自然界景物的影响。暮春之雨，不是瓢泼大雨，也不是淅淅沥沥的小雨，而是令人烦恼的断断续续、稀稀疏疏的雨。"骤"表示风来得突然，是一阵而过的，因此它的危害性就大了。这风雨是送春归去的风雨，这风雨是使绿肥红瘦的风雨。

"浓睡不消残酒"，如果上一句"疏"与"骤"相对，这一句就是"浓"与"残"相对了。睡得很香、很熟，但仍然不能消除残存的酒意。为什么呢？人们自然会联想到第一句，词人昨晚畅饮本来就有惜春惜花之感，生怕春又匆匆归去，而这一夜的风雨又来得这么快、这么猛，这怎能不使尚未消失的酒意复而又生呢？

　　"试问卷帘人，却道海棠依旧。"词句值得称道的是这个"却"字，真乃传神之笔，一个字道出了问答人双方的心情与表情。这一方，词人心情焦急，想必海棠已经凋零，但又生怕听到春去的信息，因此用"试问"。可这个"却"字表示答案与词人的所想恰恰相反，既令她感到意外，又令她不相信，本来应是这样，怎么会是那样呢？那一方，这个卷帘的侍女对昨夜的风雨无动于衷，对窗外的海棠也不屑一顾，她哪里能理解女主人惜花又惜春难驻的复杂心情，只是平平淡淡地答道：海棠还是老样子啊。

　　"知否？知否？应是绿肥红瘦。"前一句未写到作者的问话就直接端出了侍女的答话，一方面为了语言的简明同时也表现了女词人刚刚睡醒，酒意未退时有一种朦朦胧胧的神态。但这时听到"海棠依旧"的回答，词人马上感觉到侍女的无所用心，对答话表示不满了。"知否？知否？"双音节重复，同时也是一种叠句的运用，选词精当，并且极富音乐感，女主人一种嗔怪之情宛然纸上：知道吗？知道吗？恐怕是绿叶繁茂、红花稀少了吧。

　　"应"字，又是巧夺天工，它是一种揣测之词，这里译成"恐怕"较为适宜。联系到前一句的"却"字，两个虚词，相映生辉，恰到好处地传达出词人感情的细微波澜，使得如此短篇中也有曲折跌宕，回旋往复。

　　特别是"绿肥红瘦"一句，历来为人们所传诵，誉为"词眼"，堪称警句。从炼字方面讲，这四个字中的每一个字都叮当作响，落地有音，既简洁洗练又形象生动，既色彩鲜明又意境悠远，在诗词语言中可谓精雕细琢之典范、独出新语之楷模。

首先，作者用树叶的绿色代指树叶，用花朵的红色代指花朵，都是从事物的部分特征代指事物的全体，用事物给人的最突出的印象——色泽，代指事物的名称，这就不仅简练，而且鲜明，也比用叶肥花瘦更具形象性，给读者留下联想的余地，同时我们知道花叶是一种抽象的概念，是某一类植物的通称，而"绿""红"虽然只抓住了叶、花的某一方面的特征，却是具体的、生动的、可感的，因此给人留下的印象更强烈、更深刻。

再则，"肥""瘦"也用得极生动、极富形象性，这两个词本来用于人或动物，形容花、叶应说是茂盛了、凋残了、多了，少了，而词人偏偏不这样说，她运用了拟人化的手法，把数量的变化这样抽象的东西变为形体的变化这样具体可感的东西。在作者笔下，叶活了，花也活了，它们像人一样活泼地瘦了、胖了。

古诗词中抓住了事物鲜明的特征，把直感的印象诉诸语言的先例是有的，如孟郊的"红皱晒檐瓦，黄团系门衡"，"红皱"指大枣，"黄团"指瓜蒌。赋予自然景物以人的特征和性格的诗句也不罕见，如欧阳修的"泪眼问花花不语，乱红飞过秋千去"；两者结合在一起的有柳永的"自春来、惨绿愁红，芳心是事可可"。但仿佛都不及李清照这句"绿肥红瘦"来得新奇，用得精妙。无论状物传情还是烘托意境，都那样惟妙惟肖，含义隽永。

还应特别指出的是，此词巧妙地运用了问答体。清代黄蓼园《蓼园词选》说："一问极有情，答以'依旧'，答得极淡，跌出'知否'二句来；而'绿肥红瘦'无限凄婉，却又妙在含蓄。"主仆一问一答，两人情态迥异，因而迭出层层波澜，汹涌向前，左回右旋，曲折有致。

这首词用语清新、生动、自然，"雨疏""风骤""浓睡""残酒""绿肥红瘦"，都是当句对，对得工整严谨，清新自然。"绿肥红瘦"所创造出的崭新意境、崭新形象，令人击节叫绝。总之，《如梦令·昨夜雨疏风骤》一词的用语，的确臻于炉火纯青的地步。

2017 年 5 月 18 日

读懂李清照作品中的"愁"

李清照写的诗词，由于封建贵族妇女生活圈子的局限，再加上受"诗庄词媚"传统词论的束缚，影响了她在题材和风格上的多方面的探索，而我们现在能看到的李清照的主要作品是词，这些词中写的又多是个人的喜、怒、哀、乐、悲、愁。因此，过去有些文章对李清照贬低较多。《宁夏大学学报》1980 年第 1 期有一篇题为《必须发扬实事求是的学风》的文章，不同意对李清照评价过低。作者认为，李清照在词里确实是写了："梧桐更兼细雨，到黄昏，点点滴滴。这次第，怎一个愁字了得。"写了："只恐双溪舴艋舟，载不动许多愁。"看来的确是孤寂、无聊而消沉。但同样是她，不也写出了"生当作人杰，死亦为鬼雄，至今思项羽，不肯过江东"这样的"金刚怒目"之词，写出了"欲将血泪寄河山，去洒东山一抔土"这样具有爱国主义精神的诗歌吗？所以，那些从家愁方面写的词和从困难方面写的诗，正是李清照同一种感情的两个侧面。因此，显然不能说李清照只是个沉湎于个人哀愁之中的女性，而应该说她是一个有一定爱国主义精神的词人。

作者认为，要把作品放到当时的具体的社会环境之中去评价，才能得出正确的认识。像李清照前期的词，由于其情调在今天会产生某些消极影响，有人因此就不敢肯定这些作品在当时的一定进步性。其实在理学盛行的宋代，一个大家闺秀，敢于把对爱情生活向往和独处深闺的烦闷写成诗词，并且流传出去，应该说这是向封建礼教的挑战。李清照后期写的词，像《永遇乐》等作品，即使写的是个人家破人亡的凄凉心境，但从个人遭遇，我们也可以看到，在由宋代统治者腐朽昏庸而造成的异族入侵背景下，一个贵妇人的遭遇尚且如此，普通老百姓的处境就更是可想而知了，因而李清照词中的"愁"也是有一定史料价值的。

2017 年 5 月 21 日

李清照词的语言特色

"何须浅碧轻红色，自是花中第一流。"这词句出自宋代著名女词人李清照的《鹧鸪天·桂花》，我们用它来形容这位才华横溢、不同凡响的女词人在中国词史上的地位恐怕再恰当不过了。

李清照之所以能够成为一名成就卓越的词人，首先是社会造就了她。北宋末年金人入侵，社会极度混乱，这使她跳出了个人生活的小圈子，在颠沛流离中饱受了人间的凄苦，和人民有了一定的接触，扩大了创作视野，从而使她词的风格与前期大不相同。李清照前期作品多是表现离愁别恨、惜春悲秋的内容，其主要风格是热情、明快而又细腻、委婉。而她后期的作品则是通过个人的不幸遭遇和深切悲哀，曲折地反映了国家沦丧时代的动乱与人民家破人亡、流离失所的苦难，其风格是缠绵凄苦而又深沉的伤感了。其次，也与她自己在艺术上的努力追求有关系，特别是在用词的语言艺术上，她不仅吸收并发挥了婉约派的长处，同时兼收并蓄豪放之风格，独树一帜地创造了自己词的语言风格。本文将李词的语言特色分为四个方面加以论述：

一、真挚感人

李清照词语言的最大特点是饱蘸着浓郁的感情，她的词是她心血的结晶、感情的花朵。我们读她的词常常会被她那饱满、激越的感情所激动，和词人一起欢乐、忧愁、悲哀、痛苦。

我们先来看她早期的小词《点绛唇·蹴罢秋千》，词人在词的上半阕，用寥寥几笔描绘了一个天真活泼的少女"蹴罢秋千"后的体态形貌。下半阕，词人的笔调转向曲折、细腻了："见有人来，袜划金钗溜，和羞走。"深居闺阁的少女乍见青年男子的羞涩之情、狼狈之态宛然纸上。"倚门回首，却把青梅嗅"。词中女主人公尽管害羞，禁不住还要回头望一望，但又唯恐被别人看见，于是以嗅青梅的动作来遮人耳目。这样，女主人公的大胆与掩饰、惊慌与欣喜各种感情的交织融合，就生动地表达出来了。

《凤凰台上忆吹箫·香冷金猊》是一首离别之词，词人在描写了自己连日来对生活的懒散心情后，直接道出情绪不佳的原因："生怕离怀别苦，多少事欲说还休。"下阕，词人的感情再也不能抑制："休休，这回去也，千万遍《阳关》，也则难留。"《阳关曲》为离别之曲，纵使唱到千万遍也不能把丈夫留下，其伤离之感真可谓表述得淋漓尽致。难怪明代李攀龙在《草堂诗余隽》中赞叹道："写其一腔临别心神，新瘦新愁，真如秦女楼头，声声有和鸣之奏。"

我们再来读一读她的名篇《声声慢·寻寻觅觅》吧，近代梁启超云："这首词写从早到晚一天的实感，那种茕独凄惶的景况非本人不能领略，所以一字一泪都是咬着牙根咽下。"词人匠心独运，把自己刻骨铭心的伤痛，发自肺腑的血泪之情，融入极精练、极形象、极富创造性的语言中，表现了她南渡后寂苦无依、走投无路的处境和满腔悲愤无法排遣的国难家愁，其感情的深沉哀婉真是到了无以复加的地步。词的一开始凭空而起一串叠字，像是一串感喟，吐出她对生活的慨叹和凄惶之感。紧接着："乍暖还寒时候，最难将息。"以下铺开排遣时光的种种手段：一是饮酒，然而身家性命都在风雨飘摇之中，借酒浇愁也是徒劳的；二是看过雁，这雁此时看去似"旧时相识"，更牵动无限的乡愁；三是赏菊花，满地的黄花和孤寡的自己都憔悴不堪了。淡酒、过雁、黄花徒增痛苦，只有独自"守着窗儿"了。可是，守到黄昏，偏又下起雨来，点点滴滴，打落在梧桐叶上，更感到苦绝凄绝。值得注意的是，此词用了四个反问句，说到早酒："怎敌他、晚来风急。"说到黄花："如今有谁堪摘？"说到"独自怎生得黑"，结束全词："这次第，怎一个愁字了得！"这种数量极多的浸满凄切悲哀情感的反问句式，造成了全词跌宕起伏的感情波澜。有谁读了这首词不为之泣下呢?

李词之所以感情色彩浓郁,是因为她从不脱离自己的感情而对环境和事物作客观的描绘,她也不写应酬之作,她的词都是由自己的感受出发,大胆抒写,绝无拘束,使词中的情事、景象等都跃然在读者眼前,具有强烈的感染力,使人感到自然、率真。

在我国古代诗论中,有人极力主张诗贵在曲,诗人感情不能直露。李清照却喜欢直抒胸臆。这种表现手法是受她父亲李格非影响的。李格非曾说:"诸葛孔明《出师表》、刘伶《酒德颂》、陶渊明《归去来辞》、李令伯《陈情表》,皆沛然从肺腑中流出,殊不见斧凿痕。"

这恐怕也是造成她词的语言感情真挚、强烈、如见肺腑的一个原因吧。这种直抒胸臆的手法使得读者与作者间的感情距离缩短了,读者与作者的感情水乳般地交融在一起了。

二、富有形象性

极富形象是李词语言的又一特色。

李清照善于把抽象的感情变成具体的形象化的事物,她往往巧妙地利用人们的通感,把本来不相关的事物出人意料地结合在一起,产生了奇妙的效果。如《武陵春·春晚》:"只恐双溪舴艋舟,载不动许多愁。"把无形的愁同舴艋舟联系起来,变成了生动的艺术形象,这愁也就成了具体可感的,仿佛有了千斤重。

李词善用比喻,这种比喻是形象化的比喻,它不仅巧妙、新颖、不落俗套,而且于比喻之中寓比喻,效果是双重的。最著名的是《醉花阴·薄雾浓云愁永昼》那句:"莫道不消魂,帘卷西风,人比黄花瘦。"说人瘦,只使读者想到我们的女词人因思念丈夫之苦，形体、外观上消瘦。说黄花瘦，这本身就是一种形象的拟人手法。作者是把菊花花瓣的纤细、娇美称为瘦，这是第一层；再用黄花来喻人，这是第二层。这样就给为相思所苦的佳人的消瘦增添了一种意外的神韵美。又如她的"绿肥红瘦"，也是同出机杼，以颜色代替花和叶、再以人的肥瘦形容花和叶的多少的双重比喻。

李词还运用了引人联想的形象化的语言。如《一剪梅·红藕香残玉簟秋》："花自飘零水自流，一种相思，两处闲愁。"这种新妙的比喻，使人产生丰富的联想。"落花"使人想到她自叹青春之花的凋谢，"流水"使人想到她有感生活岁月的流逝。因此，这种相思就使人觉得比单纯思念丈夫更深一层，很富于暗示性，容量很大，感染力也更强百倍。

三、明白如话

李词给人的第一个印象是好懂——明白如话，李煜词最能抓住读者的是这点，李清照也复如此。"问君能有几多愁，恰似一江春水向东流"。这成为脍炙人口的佳句，而"守着窗儿，独自怎生得黑？梧桐更兼细雨，到黄昏、点点滴滴。这次第，怎一个愁字了得"也是妇孺皆晓的。使人们感到惊异的是，这些只是寻常的语言何以构成这样不寻常的艺术，其实，这正是李词在语言艺术上的又一突出成就。她的词读起来似乎朴实平淡，但却是大巧之朴、浓后之淡，明白如话却不浅俗，在宋词中少与比并。

这是为什么呢？细读李词，我们会发现她的语言极富多样性，而多样性是语言形式美的重要条件。

她运用传统文学语言清新流畅，无斧凿痕。如《青玉案·征鞍不见邯郸路》"明窗小酌，暗灯清话，最好流连处"，又如

《怨王孙》"秋千巷陌，人静皎月初斜，浸梨花"和《一剪梅·红藕香残玉簟秋》"此情无计可消除，才下眉头，却上心头"。

再如《临江仙·庭院深深深几许》"庭院深深深几许，云窗雾阁常扃"，把欧阳修《蝶恋花》"深深深几许"之语融入自己词中，自然入妙。又《念奴娇·春情》"清露晨流，新桐初引，多少游春意"的前二句是《世说新语·赏誉》文句，信手拈来，浑成一片。

尤其可贵的是，李清照善于从当时的民间口语提炼文学语言入词，她竭力主张写作"须是本色，须是当行"，她写词反对雕琢造作、堆砌和僵死的语言，采用新鲜、美丽、明白如话、流转如珠的词的语言，也就是来自民间词的"当行本色"的语言。如：《行香子·七夕》"甚霎儿晴，霎儿雨，霎儿风"；《念奴娇·春情》"被冷香消新梦觉，不许愁人不起"；《孤雁儿·藤床纸帐眠起》"小风疏雨潇潇地，又催下千行泪"；《武陵春·风住尘香花已瘗》"物是人非事事休，欲语泪先流"；《永遇乐·落日熔金》"如今憔悴，风鬟霜鬓，怕见夜间出去。不如向、帘儿底下，听人笑语"。这样的词句都似当时的民间口语，读者依靠耳朵是能够掩卷听懂的。这种语言使她的词呈现着一种新鲜朴素的辞采。

李清照还以独辟蹊径的创新精神自铸新语，极富表现力又极为工丽。如《永遇乐·落日熔金》："落日熔金，暮云合璧，人在何处？染柳烟浓，吹梅笛怨，春意知几许！"又如《怨王孙》"红稀香少"、《蝶恋花》"柳眼梅腮"等新语，在她词中俯拾即是。她往往只用寥寥几个字就能极概括、极准确贴切地把所要反映的生活内容表现出来。如《念奴娇·春情》"宠柳娇花寒食近"仅7个字就写出了在寒食将近的时候，鲜花盛开，杨柳多姿，它们好像格外受到人们的宠爱。这里既描绘出一幅春意盎然的景物画，又烘托出人物的幽怨情怀，真是高度的概括和集中，再经济也没有。而这些自铸新语的表现力之强，真有画龙点睛之妙！

清人沈德潜《说诗晬语》云："诗不可不造句——一经锤炼，便或警绝。"李词的工丽正在于她的语言经过锤炼却不见锤炼的痕迹。如《凤凰台上忆吹箫·香冷金猊》："惟有楼前流水，应念我，终日凝眸。凝眸处，从今又添，一段新愁。"又如《声声慢·寻寻觅觅》词一开始连下的 14 个叠字，如巧匠运斤，俱无斧凿痕。这说明作者运用词的语言已达到了炉火纯青的娴熟程度，这样精致的语言"是锻炼出来，非偶然拈得也"。然而炼句精巧则易，平淡入妙者难。宋人黄庭坚云："以故为新，以俗为雅者，易安先得之矣。"锻炼语言本非易事，尚且要锻炼得无斧凿痕，那难处就更不同寻常了。在这一点上，李清照远远超过了北宋秦观、贺铸、周邦彦等词人，他们的词虽然也很工丽协律而又典重温雅，却难免流露出雕琢的痕迹，较之李词工巧出于自然、清新不见雕饰，是逊色不少的。

四、善用叠字，讲究音律

词来自民间文学，本是配乐的歌词。唐宋时代，了解音乐的人是按照乐谱的音律节拍来写词的，大凡婉约派词人偏重音律，这是由于他们尊重词这种特定的文学样式的内部规律。李清照吸收了婉约派这一长处，主张"词别是一家"。她作词工于音律，然而她的独特之处却在于能将寻常语度入音律，试以《声声慢·寻寻觅觅》一词为例，那种"咬着牙根咽下"（近代梁启超语）的情感是怎样表现的呢，让我们从音律这个角度来看一看词人的独具匠心吧。

读一读全词，我们会发现这首词用了很多的"舌音"，如"难""敌""到""点点滴滴"，又用了更多的"齿音"，如"寻寻""清清""凄凄惨惨戚戚""伤心""憔悴损"等。夏丞焘先生做了统计说"全调九十七字，而这两声却多至五十七字，占半数以上；尤其是末了几句'梧桐更兼细雨，到黄昏、点点滴滴。这次第，怎一个愁字了得！'"

二十多字舌齿两声交加重叠，这应是有意用啮齿叮咛的口吻，写她自己忧郁恼恍的心情，不但读来明白如话，听来也有明显的声调美，充分表现了乐章的特色。这是李清照的大胆创新，前人以多用双声叠韵为戒，怕犯"吃口令"，李清照此词全无口吃感觉，并且借它来增强作品表达感情的效果。宋人只惊奇它开头能用许多叠字，还不曾注意到它全首声调的奥妙。

《声声慢·寻寻觅觅》一词既可押平声，又可押仄声，与她同时代人的《声声慢》多数是押平声的，独她这首选用了仄声，这难道是无意的吗？不是，李清照在这里选用急促的入声韵为的是更强烈地表现她抑郁的情怀。《声声慢》的曲调虽已失传，但吟诵起来基本上为二节拍（两字一顿）、扬抑格（先重后轻），词中的四字句、六字句以及加衬字的三字、七字句，莫不以二节拍为基础。这样急促的节拍、入声韵加之其他精湛完善的艺术技巧的运用，共同构成了《声声慢》一幅幅悲凉惨淡、空虚寂寞的画面，之后还隐隐约约回荡着一种哽咽悲声，让我们听来宛似苏轼《前赤壁赋》描写的"如怨如慕，如泣如诉""舞幽壑之潜蛟，泣孤舟之嫠妇"。这正是音律所造成的独特的艺术效果。

在叠字的使用上，《声声慢·寻寻觅觅》一词也称得上是

"独家一绝"。词起头三句由七组叠字组成："寻寻觅觅，冷冷清清，凄凄惨惨戚戚。"这是词人在艺术上的大胆新奇的创造，曾引起历代词评家的一致称道。宋人张端义《贵耳集》云："此乃公孙大娘舞剑器手，本朝非无能词之士，未曾有一下十四叠字者。"对于后叠又云："又使叠字，俱无斧凿痕。"清人徐虹亭赞叹道："真是大珠小珠落玉盘也。"清人陈銮曰："二阕共十余个叠字，而气机流动，前无古人，后无来者，可为词家叠字之法。"其实，叠字的使用很早就开始了，我国第一部诗歌总集《诗经》的第一篇第一句"关关雎鸠"就用了叠字，古诗十九首的《青青河畔草》《行行重行行》《迢迢牵牛星》等用了叠字，以后文人诗使用叠字的更不乏其人，然而唯有李清照这九对叠字名垂千古，堪为绝唱。

李清照才气超众，颇爱逞强好胜，她读书博闻强记，力求胜过别人；她作词则好用险韵，李词中《念奴娇·春情》就有"险韵诗成，扶头酒醒，别是闲滋味"的句子。试以《声声慢·寻寻觅觅》一词中的"黑"字韵为例。前人评论"黑字妙绝""黑字警。后幅一片神行，愈唱愈妙""黑韵却新，更添何字"！我们说"黑"字这个险韵下得沉稳，不仅是由于别的诗人不敢押此韵，而主要在于这个韵押到此处，无论从音律、情景还是遣词方面来说都再恰当不过了。再有，就是"瘦"字，李词中有"新来瘦，非干病酒，不是悲秋""人共博山烟瘦""绿肥红瘦""人比黄花瘦"，从字音、字义、字形上，我们仔细地斟酌这一句句中的"瘦"字，感到它们运用得那样恰到好处、惟妙惟肖。我们不妨翻阅一下《广韵》，看到："瘦"字出于尤韵，虽然它并非险韵，但在别的词人的创作中也是不多见的。而李清照偏偏喜欢用这个尤韵（用此韵的词在她的创作中为数不少），我想，这一方面与她词的主要风格即婉约风格有关，另一方面恐怕也表现出一个女词人在用韵方面的特色吧。

总之，李清照词的语言别具特色，她作为一名成就卓绝的女作家在中国词史上占据着特殊的地位，她确实是我国古典文学的星河中一颗闪烁着夺目光辉的星。

旧作整理于 2017 年 5 月 23 日

李清照爱国主义思想和性格特征及其作品艺术风格的形成

"文如其人"，这是人们形容一个作家的性格特征决定其创作风格时常说的一句话。一个成熟的作家作品的题材、主题以至语言表现的特点，其中包含着作者个人的文艺修养、文艺观点和文艺趣味等，即反映着作者的创作个性。正如刘勰所说："然才有庸俊，气有刚柔，学有浅深，习有雅郑，并情性所铄，陶染所凝，是以笔区云谲、文苑波诡者矣。"

这就是说研究一个作家的创作风格，必须研究他的思想性格，必须知人论世。本文就想从这个角度对宋代女词人李清照谈一点个人的看法。李清照是我国古典文学史上一位才华横溢、不同凡响的女作家。尤其在寥若星辰的妇女作家行列中，她更是独占鳌头的。给予李清照在文学史上这样既崇高又特殊的评价并非过誉之词。虽然她的作品许多已经失传，至今流传于世的仅有词60首（其中包括存疑15首）、诗19首、文5篇，但这些作品却流芳千古，为历代所争相传诵。用她自己作品中的话说，就是"自是花中第一流"。

谈到李清照思想和性格的研究，我们不能不承认多年来人们思想上存在着一种偏见，认为李清照只不过是一个整天愁啊泪啊，思想性格很脆弱的女子，顶多称得上是抒写柔情的能手、闺房中的才女。即使有人谈到李清照具有爱国主义思想，也仅仅是把它作为她诗文思想方面的成就。我以为这些未免都是管窥之见。

李清照的作品之所以在思想上、艺术上有着经久不衰的魅力，其中一个重要原因就是她在创作上形成了自己独特的风格，而风格正是作家的精神面貌和创作个性在作品中的完整体现。马克思曾指出"风格即人"。风格是作者人格在创作中的具体体现。可以说，李清照的创作就是她人格的艺术再现。下面就从李清照的爱国主义思想的形成和发展、她坚毅刚健的性格特征以及她在文学创作上的艺术风格成因等方面加以论述。

一、李清照爱国主义思想的形成和发展

李清照出生于封建士大夫家庭，但她从不满足于优裕的生活，更不甘心于深闺之中，她有理想，有抱负，有深刻的思想见解。这种思想上颇有见地在少年清照身上就已经显示出来了，最有代表性的是《浯溪中兴颂诗和张文潜二首》。这是咏唐朝史实的诗，诗中首先表现了诗人进步的历史观。她认为发生安史之乱和唐政府军溃败的原因，是以唐明皇为首的统治集团的奢侈腐化、玩物丧志，给安禄山、史思明造成了反叛的机会。而要想平定叛乱，得到中兴，就必须任命郭子仪、李光弼这些忠

勇的大将。然而，诗歌更深刻的含义还在于，诗人借古喻今。据考证，此诗写于公元 1100 年前后，正值北宋后期。北宋王朝从它一开始建立起来就存在的各种矛盾和危机，此时已经完全暴露出来，北宋面临着沦亡。清照敏锐地感觉到这种潜在的危机，对形势作出清醒的分析，并一针见血地告诫统治者"夏为殷鉴当深戒，简策汗青今具在"，不要重蹈前代的覆辙。要知道清照作出此诗时才不过十六七岁，当时唱和张耒诗者人数甚多，清照的和作不过其中之一，然而清照两诗才气奔腾，不可一击，仿佛近乎李白。难怪宋人王灼《碧鸡漫志》赞叹易安道："自少年便有诗名，才力华赡，逼近前辈。"

1102 年，清照的父亲李格非因拒绝"编类元祐诸臣章疏"一事被贬职，年仅 19 岁的清照就上书给赵挺之（当时为尚书右丞）救其父，"何况人间父子情"。1105 年，清照又上书给位高权重已身为宰相的赵挺之"炙手可热心可寒"，讽刺其权势虽大，却薄情寡义，心寒如冰，表现了清照蔑视权贵、不畏强权的品质。

如果说清照政治思想上颇有见地的主张，在她生活美满的前期还只是略有显露，她的爱国思想也只是蕴含在少数诗篇中的话，那么当 1126 年金兵大举进攻北宋，汴京陷落，次年掳徽、钦二帝北去，五月赵构即位于建康，清照和丈夫赵明诚也不得不开始逃亡生活的国难家难当头之时，她内心深处的爱国主义火焰也熊熊地燃烧起来了。自 1127 年明诚起复为建康知府，他们在那里前后住了 3 个年头，她经常登上建康的城墙，向远方眺望，借诗句来凭寄她的无限忧思。奔驰于脑际的是昔日故都的繁华，而呈现于眼前的却是山河的破碎。过去与现在的对照愈强烈，也就愈增加内心的苦痛。这几年，照我们推想，清照应该写下很多有价值的诗篇，可惜她的诗文集全部失传，仅仅留下了被人传诵的两联断句："南来尚怯吴江冷，北狩应悲易水寒。""南渡衣冠少王导，北来消息欠刘琨。"虽只有 28 字，但表现的爱国主义情感却极为强烈，忠愤激发。《风月堂诗话》说："讥刺甚众。"具有强烈爱国主义思想的诗人看到这种情况是不能不感到忧心如焚的。

上述第一联就表现了清照的这种心情。南渡初年，赵构有一个时期驻在扬州，也曾在平江（今苏州）驻过。诗里的"吴江"就是指这一带，"北狩"不是别人，正是赵构的文兄。"南来还怕吴江寒冷"，那么就应该想想北狩到达易水的情况是怎样的了。此诗讽刺的对象很明显，它直接触动了皇帝，这是何等的大胆。

第二联讽刺的是满朝文武百官，特别是妥协投降派。意思是说，南渡衣冠既缺乏像王导那样的人物，于晋王朝南渡后还能稳定江东建立东晋政权；在北方又不能在黄河流域抵抗金人，像刘琨那样于西晋灭亡以后还能在中原坚决抗击胡掳。她拿晋王朝南渡来和宋王朝南渡比较，而叹息连那个时代情形还不如，这种愤慨是很深的。

这短短的两联诗句，从最高统治者一直到文武官员全在清照斥责之列，抨击得又是那样尖锐、猛烈，这在非常专制的宋王朝，即使是梅圣俞、苏轼讽刺时事的作品中，也很难寻觅到这样激烈的句子，更何况这忧愤诗句出于一妇人之手笔。显然，必须具有强烈的爱国主义思想与对朝政巨大的愤慨，才敢于发出这样的歌唱。难怪清人沈曾植赞叹道："易安俍傥，有丈夫气，乃闺阁中之苏辛。"

1133 年，赵构派遣鉴书枢密院事韩肖胄和工部尚书胡松年出使金国，清照正当穷困，又患着病，但听到此消息，很是兴奋，就作了几首诗分别献给他们。在《上枢密韩公、工部尚书胡公》中，她表示了对沦陷区受苦受难的人民和反侵略斗争的形势的深切关心，她说她好像听到沦陷区的志士们仍在坚持保卫城郭的声音，"不乞隋珠与和璧，只乞乡关新信息"。诗人殷切盼望的是在她看来比隋珠和璧还要贵重的沦陷区人民抗金斗争的新消息，最后诗人怀念故土的情感再也不能遏止："欲将血泪寄山河，去洒东山一抔土。"《上韩诗》首先通过想象，描写了南宋使者到了北方，受到北方人民热烈欢迎的情景，这就反映了处于水深火热中的沦陷区人民是多么渴望着光复，反映了他们在以如何焦急的心情"南望王师"！末了几句，诗人更为明确地表明了自己对当前事态的看法："圣君大信明如日，长乱何须在屡盟。"反对和敌人订盟，词句虽含蓄婉转，但讽刺却相当深刻。

除了直陈时事之外，清照还常常通过对自己历史事实的抒写和对历史人物的吟咏，表示自己对当前政治的态度。

《咏史》："两汉本继绍，新室如赘疣。所以嵇中散，至死薄殷周。"这里，诗人采用借古讽今的写法，把南宋继承北宋，比作东汉继承西汉，把在金人扶持下出现的伪楚、伪齐傀儡政权比作新莽，并且表示只有东汉继承西汉，南宋继承北宋，才是正统政权，而对于一切傀儡政权坚决不予承认，表现了诗人高尚的民族气节和爱国精神。朱紫阳云："如此等语，岂妇人所能！"

《夏日绝句》则通过对项羽宁死而不辱的英雄行为的赞美，讽刺了南宋以赵构为首的统治集团不肯北上抗敌，而实行逃跑主义的可耻行为。从而提出，人必须有节气，活着要做人杰，死了也要做鬼中的英雄。其实，这正是清照自己人格的写照，她一生以"人杰"律己，理想远大，抱负不凡，不愧为女中豪杰、巾帼丈夫。

清照的远大抱负在那首被近代梁启超评为"此绝似苏辛派，不类《漱玉集》中语"的豪放词《渔家傲·天接云涛连晓雾》中表现得更为清楚："我报路长嗟日暮，学诗漫有惊人句。"她的抱负主要在文学创作上，词中说明了她终身的归宿，她要在诗的创作上有惊人的成就。此词奔放驰骤，生气蓬勃，清代黄了翁《蓼园词选》说它："无一毫钗粉气，自是北宋风格。"的确，《渔家傲·天接云涛连晓雾》与她别的词的风格迥然有别，然而却洋溢着她诗文中豪迈飘逸的思想和情致。

同样，清照在文中也表现了自己诚挚热烈的爱国之情。绍兴四年（1134年），清照避乱金华时，曾对"打马"这种闺房游戏有所改良，著《打马赋》和《打马图经序》，暗中寓意了她的政治思想和希望。虽然她已年过半百，但她时时关心抗金斗争，念念不忘收复失地，这在最后的乱辞中表现得十分明了："佛狸定见卯年死，贵贱纷纷尚流徙，满眼骅骝杂騄駬，时危安得真致此？老矣谁能志千里，但愿相将过淮水。"

木兰横戈从军，捍卫祖国，是妇女的好榜样，她是十分钦佩和向往的，然而现在老了，没有中年时代那种"志在千里"的雄心了，因此她期望能出现元子、谢安一类的人，把收复失地的希望寄托在相将身上。虽然清照晚年颠沛流离，无所依靠，生活给予她的折磨是够惨痛的，思想比较趋向实际。然而，她强烈的民族意识并未因此受到改变，仍时刻不忘收复中原，其爱国思想的深挚热烈真是感人肺腑。

当然，清照终为女子，她虽然满怀一腔爱国热血，但毕竟不能像辛弃疾那样金戈铁马，驰骋疆场，也不能像杜甫那样以入仕来实现为国为民尽忠的抱负。在封建时代，在宋代理学戒备森严控制女性的时代，特别是南北宋之交，戎田乱离、战事频繁之时，一个女子在经历了国破家亡，远离故乡，丈夫既死，决然独处的种种打击后，所陷于的悲惨境遇是难以想见的。然而应当引起我们敬佩的是清照后期，特别是她悲苦的晚年的作品，甚至是那些一向被人们认为是抒写个人哀怨的晚期词中，仍然闪烁着她深厚的爱国思想的火花。如《蝶恋花·日巳召亲族》："永夜恹恹欢意少，空梦长安，认取长安道。"又如《武陵春·春晚》："物是人非事事休，欲语泪先流。"再如《菩萨蛮·风柔日薄春犹早》："故乡何处是，忘了除非醉。"南渡以来，清照常怀京洛旧事，晚年赋《永遇乐·落日熔金》，当时"中州盛日"，妇女皆戴珠翠闹蛾，玉梅雪柳，汴京是一片繁华世界，"如今憔悴，风鬟霜鬓，怕见夜间出去，不如向、帘儿底下，听人笑语"。表面看来，清照这里写的是个人过元宵节时的今昔之感，其实，词人正是通过个人的遭遇，曲折地反映了国家沦亡、人民丧乱流离的苦难，其情感的哀婉、深怨真是到了无以复加的地步。

二、李清照坚毅刚健的性格特征

谈到李清照的性格，应当说她属于坚强一类，那首铿锵作响的《夏日绝句》就是极有力的说明。一个人的思想与性格是分不开的，而且思想又往往制约着性格的形成和发展。前面我们论及的许多闪烁着清照杰出思想光辉的作品同时也都体现着她坚毅刚健的性格特征，这里就不再一一列举了。

我想说的是，清照是一个具有鲜明个性的女子。她从小就开朗活泼，少女时就敢于冲破封建礼教的层层束缚。那首清新、美丽的小词《点绛唇·蹴罢秋千》描写了清照在花园里"蹴罢秋千"，乍见青年男子时的体态形貌和大胆与惊喜交融的感情："倚门回首，却把青梅嗅。"

《如梦令·常记溪亭日暮》则为我们描绘了一幅清照与侍女们荡起轻舟，恣情欢嬉，酒醉后忘记回归之路而"误入藕花深处，争渡，争渡，惊起一滩鸥鹭"的绝妙图景，表现了少女时的词人一种放荡不羁的性格。

清照这种豪放洒脱的性格在她的诗作《晓梦》中也可见一斑，"晓梦随疏钟，飘然跻云霞"，诗人腾云驾雾进入了神仙世界，在那里看到了仙人们逍遥自在的生活，表现了诗人对个性自由的渴望，对没有桎梏、没有羁绊的生活的向往，反映了诗人追求精神解脱的苦闷心情和对封建束缚的反抗。她的词《渔家傲·天接云涛连晓雾》同样以梦幻的笔法抒写了自己不安于现实庸俗生活，追求理想的豪情壮志。

清照的极有个性还特别表现于她对爱情的大胆歌颂、勇敢表露和强烈追求上。在封建社会，男女之间的交往往往是被禁止的，而向自己的爱人热烈地表达爱慕之情更是会被人耻笑的，我们的清照全然不顾这些。在她前期的词中就有不少是那样明白热烈地表现自己对丈夫的执著爱情和离别后的相思之苦。如《一剪梅·红藕香残玉簟秋》："一种相思，两处闲愁。此情无计可消除，才下眉头，却上心头。"《醉花阴·薄雾浓云愁永昼》："莫道不消魂，帘卷西风，人比黄花瘦。"《念奴娇·萧条庭院》："鸿过尽，万千心事难寄。"《凤凰台上忆吹箫·香冷金猊》："休休，这回去也，千万遍《阳关》，也则难留。"《蝶恋花·泪湿罗衣脂粉满》："泪湿罗衣脂粉满。四叠《阳关》，唱到千千遍。"

到了凄然独守的晚年，这种对丈夫痛彻心扉的思念情感表现得更为深沉、哀婉，也更为淋漓尽致了。"吹箫人去玉楼空，肠断与谁同倚"。当年伤别，自比消瘦如同菊花，如今悼亡，只能"一枝折得，人间天上，没个人堪寄"。《孤雁儿·世人作梅诗》："满地黄花堆积，憔悴损，如今有谁堪摘？"《声声慢·寻寻觅觅》感喟满地的黄花和孤寡的自己都憔悴不堪了。

不可否认，在清照的作品中以爱情为题材的为数不少，特别是她的词更是较为集中地表现了这一内容。固然，这与清照生活环境的狭小有关，然而我们却不能脱离社会背景和时代环境去随意品评这些作品。宋代王灼在《碧鸡漫志》中曾大肆攻击清照的词作是："轻巧尖新，姿态百出，闾巷荒淫之语，肆意落笔。自古缙绅之家能文妇女，未见如此无顾藉也。"这正从反面说明清照是一个极有个性、决不受束缚的女性。在严酷扼杀控制女性的宋代，她居然勇敢地冲破层层封建桎梏，大胆地热烈地歌颂爱情，而且书写作品数量之多，不仅在宋代无人比并，即使在历代能文妇女中也是绝无仅有的。

清照的性格坚韧顽强，她对生活有着自己的追求。人们说她与赵明诚的结合是幸福美满的，因为他们都酷爱艺术。的确，清照从不满足于已有的较好的物质生活，她在精神生活上有着很高的追求。她对自己献身的文学艺术，对丈夫从事的金石书画研究有着永不止息的进取追求。清照能诗善赋，精于四六和散文，而最擅长的是词，这在当时文学界差不多是个全才。文学以外，经学是她的家传，对史事也非常熟悉。此外，她又善于书画，精于博理，书籍、校勘、版本、目录之学都有所涉猎，是一个具有高度文化修养、兴趣爱好极广的才女。明诚是宋代著名的金石学家，他9岁时就喜欢访求前代金石刻辞，对于金石的收藏与研究的嗜好，可以说是出于天性。幼时也很爱好文，喜欢苏（轼）黄（庭坚）的文章。共同的爱好和志向为他们的婚姻奠定了基础。婚后，他们一同搜求金石字画，传写古书，这在《金石录后序》中有着极为生动的记载。结婚时，明诚只是个太学生，生活并不宽裕，明诚每朔望步入相国寺，都要做质衣，取半千钱，市碑文果实，回来之后，"相对展玩咀嚼"，怡然以"葛天氏之民"自乐。他俩每见古今名人书画和一代奇器，都要"脱衣市易"。一次见到有人卖南唐徐熙的《牡丹图》，因一时实在拿不出 20 万钱来，夫妇"相向婉怅者数日"。据《金石录》记载，1125 年，明诚改守淄州时得白居易书《楞严经册》，急驰归与清照共赏。

清照性格洒脱，颇好逞强好胜，她要胜过一切人，连她自己的丈夫也不例外。她经常与明诚和诗作鉴，比赛智力。《金石录后序》曾说："余性偶强记，每饭罢，坐归来堂烹茶，指堆积书史，言某事在某书某卷第几页第几行，以中否角胜负，为饮茶先后。"《琅嬛记》记载："易安以重阳赏菊为题，将《醉花阴·薄雾浓云愁永昼》词函致明诚，"明诚叹赏，自愧弗逮，务欲胜之，一切谢客，忘食忘寝者三日夜，得五十阕，杂易安作以示友人陆德夫，德夫玩之再三，曰：'只三句绝佳。'明诚诘之，答曰：'莫道不消魂，帘卷西风，人比黄花瘦。'正易安作也"。

这不仅在生活美满的前期为常事，即使在南渡后那些艰难的日子里，清照的这种情致也曾出现过。宋代周辉《清波杂志》载："顷见易安族人言，明诚在建康日，易安每值天大雪，即顶笠披蓑，循城远览以寻诗，得句必邀其夫赓和，明诚每苦之也。"

清照把专心致力于文学艺术研究当作毕生的最高追求，她可以："食去重肉，衣去重采，首无明珠翠羽之饰，室无涂金刺繡之具，遇书史百家字不刓阙、本不讹谬者，辄市之，储作副本。于是几案罗列，枕席枕藉，意会心谋，目往神授，乐在声色狗马之上。"南渡后，整日在逃亡迁徙之中，身家性命都难保，然而清照牢牢记住丈夫的嘱托："必不得已，先弃辎重，次衣被，次书册卷轴，次古器，独所谓宗器者，可自负抱，与身俱存亡。"就是这样，清照在丈夫病故，孑然一身，几经战火硝烟周转后，那些最珍贵的古籍、书帖仍于清照卧室内"岿然独存"。由此可知，清照对于自己和其丈夫献身的文学艺术研究事业的热爱到了何等的程度。正像她自己所说："岂人性之所嗜，生死不能忘之欤？""三十四年之间，忧患得失，何其多也！然有有必有无，有聚必有散，乃理之常。人亡弓，人得之，又胡足道。""夫女子，微也，有识如此，丈夫独无所见哉！"

一个才绝一身的女作家以自己的血肉、自己的生命筑起了艺术之塔，为我国古典文学的宝库留下了珍珠般的艺术成果，可想而知这位女艺术家具有怎样坚韧的思想性格和顽强的进取精神了。

清照有才气，有魄力，自负之傲使她在她爱好的一切领域都要求自己有所建树，酷好比高低、决胜负一类的活动。她十分喜爱打马这类的博弈，就是因为它是一种"争先术"，在她为数不多的散文中就有两篇是写这种博弈的。她在《打马图经序》中说："予性喜博，凡所谓博者皆耽之，昼夜每忘寝食。"为什么喜欢呢，因为这种博弈，"能通者少，难遇劲敌"。而清照常胜不败。这又是何道理，清照自云："慧则通，通则无所不达；专则精，精则无所不妙。"清照不仅通，而且还精。可见她对自己的聪明智慧是何等自负。人过留名，雁过留声，清照要"使千万世后，知命辞打马，始自易安居士也"。

三、李清照在文学创作上的独创精神和艺术风格的成因

正是这种杰出独到的思想见解，坚毅刚强、洒脱不羁的性格赋予了清照在文学创作上的独创精神，她鲜明的个性特征表现于她创作的一切方面。她著名的《词论》就充分体现了这一创新精神。

把词当作文学中一种体裁来进行分析讨论，指出这种体裁的特点，提出一套系统而完备的理论，清照的《词论》还是词学史上的第一篇，它极其鲜明地体现了清照的文艺思想。

《词论》中，清照对北宋词坛诸名宿逐个品评，她批评柳永"词语尘下"，耻笑沈唐、元绛、晁次膺"破碎何足名家"，指摘晏殊、欧阳修、苏轼"不协音律"，贬斥王安石、曾巩之词"不可读"，不满晏几道"无铺叙"、秦观"少故实"、贺铸"少典重"、黄庭坚"多疵病"。

这些词家，名噪一时，先后在北宋词坛上各领风骚，然而清照却大胆"妄为"，直揭其短，直击其病。对此，宋人胡仔在《苕溪渔隐丛话》中就大为不满。云："易安历评诸公歌词，皆摘其短，无一免者，此论未公，吾不凭也。其意盖自谓能擅其长，以乐府名家者。退之诗云：'不知群儿愚，那用故谤伤，蚍蜉撼大树，可笑不自量。'正为此辈发也。"清人裴畅也批评李清照："易安自持其才，藐视一切，语本不足存。第以一妇人能开此大口，其妄不待言，其狂亦不可及也。"（引自冯金伯《词苑萃编》卷九）这里，我并不想去驳斥这些充满着大男子主义的品评，我只需站在清照这边，为她说话。首先，我们应当赞叹的是，清照作为一个女子所具有的独立和孤高自许的性格，"盖不徒俯视巾帼，直欲压倒须眉"。其次，从文章来看，清照对每个人的评价都有功过两个方面，并非全盘否定，她认为柳永的词"协音律"，赞扬晏殊、欧阳修、苏轼三人"才大如海"，称道晏几道、贺铸、秦观、黄庭坚等人对词的音律格调"始能知也"。最为可贵的是，清照旗帜鲜明地提出了自己"词别是一家"的理论观点，阐述了自己的文艺思想。词别是一家，与诗有别，此时早已呼之欲出，而把词作为一种独立的体裁提到传统文学的位置上来，与诗文的地位一样，则是当时文士们的共同愿望。清照正是历史地肩负起这个重任，因此她在词的理论上这一伟大建树，使得她在中国词史上的地位更为显著。

关于清照是否严格按照自己在《词论》中提出的文艺思想和理论观点创作的问题，我想在这里说明一下，清照是婉约派的正宗词人，"正调至秦少游、李易安为极致"。清照是遵循自己"词别是一家"的主张，严格按照词这种特定文学样式的内部规律来进行创作的，她的词在音律、押韵、对仗、用字方面都颇具功力，她的许多首词都堪称当时乃至后世词家的典范。然而就她在《词论》中提出的标准看，她并没有符合自己的要求，原因何在？《词论》是清照早年作品，当时初露锋芒，锐不可当，那种目空一切、前无古人的批评口吻，无疑地代表着她年轻时代孤高自傲的性格。南渡后，政局发生了很大的变化，生活上受尽折磨，以忧患余生之人，饱尝了人间滋味，少年与中年的锐气和棱角磨得差不多了，于是由灿烂而归于平淡，创作风格也就由新奇一变而为浅近平易。她的创作和她早期的理论有了距离，从社会的发展、个人性格和生活的改变上是可以得到解释的。清照在文学创作上有着顽强的永不止息的进取精神，她绝不苟同于人，接前人之踵。她的词之所以较之诗文成就突出，其重要原因之一就是她决不因袭旁人，也不满足于自己已有的理论水平和创作成绩，而是大胆地创新，独树一帜地开创自己词的风格。这种创新精神与她的思想性格正是合拍的。

　　一个作家艺术风格的形成，首先要受到当时时代背景、社会环境和个人生活经历的影响。

　　清照所处的时代是南北宋交替的社会大变动的时代，早年的欢乐，中年的不幸，晚年的哀苦，是她不同时期生活的标志，同时也使她的创作道路、她的作品同她的生活紧紧地结合在一起。我们知道一个作家的作品风格受其思想性格支配，而思想性格因时代环境、个人生活境遇之变迁，在各个时期亦有所不同。当然，一个人是有其主要或说是本质特征的，清照性格的本质特征属于坚强一类。

　　在她生活幸福美满的前期，北宋政局表面上呈现出安定局面，清照本人和她的家庭生活都是无忧无虑和非常优裕的。她早年的性格也因此表现为开朗、任性、骄傲、自负、锐气英发、目空一切，《词论》和《浯溪中兴颂和张文潜韵》就是最好的例证。她有意逞露才华，显示本领，写词要造惊人句，作诗则要用险韵，极力想在字句与布局上创意出奇，压倒别人。

　　1127年，金人的兵戈铁马搅乱了她像无波春水一样的平静生活，民族危机直接影响到她的生活，她的爱国主义思想因此受到激发，这在她的诗篇中曾留下了光辉的片段。中年的清照还是一个雄心勃勃地志在千里的巾帼丈夫的形象。

　　清照晚年，国势更加衰退，收复中原已经无望，诗人个人更是屡遭不幸，丈夫既死，无所依傍，四处飘零，成为"天下沦落人"，因此思想趋向现实，有些消极情绪，正如庾信《哀江南赋序》所说"不无危苦之辞，惟以悲哀为主"了。

　　她的散文《打马赋》、著名词作《永遇乐》《声声慢》等都表现了这种"物是人非事事休"的感伤情绪。此时，创作风格与内容都有比较显著的改变，她的一些浅俗而清新的作品大抵都作于这个时期。久经颠沛，在字句上创造奇迹，由惊词险句一变而为平易浅近，所谓灿烂之后归于平淡，含蓄委婉，有意趋向于"炉火纯青"，在艺术上更加成熟起来，这种发展变化很显然与南宋的时局发展有密切的联系。

关于家庭和社会环境的影响，我想着重从清照的父亲李格非及李格非的文友这方面谈一谈。清照的父亲李氏在济南一带很有名望，她在《上枢密韩肖胄诗》中就明确说过："嫠家父祖生齐鲁，位下名高人比数，当时稷下纵谈时，犹记人挥汗如雨。"对她影响最大的当然要称她父亲李格非，格非是一个博学、多方面有造就的人，最为时人所推许的是文学，和廖正一、李禧、董荣等当时号"苏门后四学士"。清照幼年生活大半在汴京长大，元祐元年（1086年）以后几年是汴京苏门人才最盛时代，苏轼门人黄庭坚、晁补之、张耒、秦观以及陈师道都与格非交往甚密，此时期文字唱和也最多。他们都是当时第一流文学家，都是诗人兼词人，他们是格非亲密的朋友，同时就等于是清照的老师，清照在少年时代很可能就受到他们的教导、鼓励和影响。《风月堂诗话》说晁无咎多对士大夫称颂清照的诗，可见少年时晁氏就对她起了不少奖励作用。张耒是格非最好的朋友，约在元符二三年间作《浯溪中兴颂》，清照和他两首，少年时就有文字来往。

格非不但是一个文学家，而且还是一个文学理论与批评家，对文学尤其有独创的见解，他提出："吾是知文章以气为主，气以诚为主，故老杜谓之诗史者，其大过人在诚实耳。""文以气为主"这个理论是曹丕首倡，韩愈光大，然两人都就形式而言。

格非提出"气以诚为主",是就内容而言的,这就触及到了文艺的根本问题。格非的"主诚论"充实了曹丕、韩愈"文气论"理论,在他们的基础上又向前发展了一步,这在文艺批评史上是有其光辉意义的。这使我们不禁想到清照的《词论》,显然,清照的文艺思想有不少就是从她父亲那里来的,在她身上同样具有独创的精神。她在此期间的创作中喜欢采用的直抒胸臆的手法就是其文对"气以诚为主"理论的实施。格非曾有这样一句话:"诸葛孔明《出师表》——皆沛然从肺腑中流出,殊不见斧凿痕。"这恐怕是造成清照作品感情真挚、强烈、如此感人肺腑的一个原因吧。

谈到李格非,我以为父女俩在性格上也有绝似之处,格非为人比较正直,不阿附权贵,曲意逢迎,他因此得罪了权贵,一生几遭贬谪,政治生活颇为坎坷。清照在人格上与其父是一脉相承的,她的正直刚毅的性格的形成不能不说受到了其父潜移默化的影响。

李格非才思敏捷,又勤于写作,平生散文成就最高,但现在仅存那篇著名的《洛阳名园记》,此文描写了洛阳19座园林的奇特风景,借以寄托了他对北宋国势危殆的忧虑。格非尖锐指出洛阳处天下之中,"盖四方必争之地也,天下常无事则已,有事则洛阳必先受兵"。表现了他在政治上的远见卓识。这种含有深刻政治寓意的写作手法对清照影响极大。她的《打马赋》就是以打马这种博戏表现了自己忧心国事,以克敌复国为念的高度的爱国主义精神。最有说服力的是她那首《浯溪中兴颂诗和张文潜》,我们的少年诗人以她犀利的政治眼光透过北宋当时歌舞升平的安乐景象洞察了北宋国势的安危,借咏唐史,暗示了北宋灭亡已成必然趋势。这简直与其父的《洛阳名园记》同出一辙。

清照的母亲是状元王拱辰的孙女，宋史说她也善做文章。清照有这样文学修养很高的父母，特别是其父对她的巨大影响，对她后来能成为一名多才多艺的文学家有着很大的帮助。《金石录后序》记载："遇书史百家，字不刓缺，本不讹谬者，辄市之，储作副本。自来家传周易、左氏传，故两家流，文字最备。"

我们知道，清照也是博学多能的，她的作品中常常化用经史百家，很多人都佩服她用词明当，工于用典，甚至使人不觉得她在文学创作中这些表现跟她父亲的博学与幼年家庭教育该有多么密切的关系。

作家个人的文艺修养、文艺观点和文艺趣味等对其创作风格的形成也有影响。清照具有很高的文化修养，在此文中陆陆续续已谈到不少，她从小就生活在文学气氛极浓的家庭里，后来又与在金石研究上造诣很深的赵明诚结成美满婚姻，以及她自己在文学艺术上的刻意追求和努力造就，这些都是造成她文化修养极高的重要因素。

这里，我想从清照的文艺爱好和审美趣味的角度来谈一谈。从一些记载中我们可以知道，清照于琴棋书画、骈散诗词各种文体都通。《金石录后序》说她平生特别专心于金石书画的鉴赏和研究，于研究中形成了崇尚古朴淡雅的审美情趣，这对她词的创作影响很大。清照喜欢竹墨画，据记载，"莫廷韩曾买得易安墨竹一幅"。中国画一向分为两大派，一是以细致的描绘为特点的工笔画派，一是以简练的笔墨求传神的写意画派。显然清照喜欢后一派的画。中国古代诗画的关系是十分密切的，不少文学家同时又是画家，如唐代的王维、清代的郑板桥。作诗讲究诗中有画，如"野渡无人舟自横"；绘画强调画中有诗，如

"踏花归去马蹄香",已成为一种优良的传统。清照的诗画也是互为影响的,在词作上她就喜欢用清新简洁的笔触,几笔就勾勒出一幅生动逼真的图画来,像"绿肥红瘦""人比黄花瘦",都妙在神似,使人一唱三叹,一览无余,构成了无比含蓄、无限深远的意境。

综上所述,我们可以得出这样的结论:李清照的思想性格与她独特的艺术风格有着极其密切的关系,这就是说,文如其人,风格即人,而她思想性格的形成又是受到时代背景、社会环境、本人生活经历和文化教养等一系列方面的影响的。

总之,李清照是一个具有独到思想见解、鲜明个性特征的女性,因此,她的创作,她的诗、词、文都强烈地体现了她的创作个性,她的作品是她人格的再现、感情的花朵、生命的结晶。

这样,我们就不难理解为什么说李清照在中国古典文学史上占据着一个既重要又特殊的位置了。她确实是我国古典文学的星河中一颗闪烁着夺目光辉的星。

旧作整理于 2017 年 5 月 25 日

读《生活的从容,来自内心的秩序感》有感

我一直不太清楚,在我人生当中为什么对一些事情有着执著的追求,不达目的决不罢休;为什么我对自己一个阶段一个阶段的生活总要做出打算,然后努力按照这些计划和安排去实

施。读了《生活的从容，来自内心的秩序感》这篇文章，我受到了启发。

原来，这一切都是因为我喜欢有序的生活。我应当特别感谢我的父母，在我的幼年和少年时期，在一个孩子进入秩序敏感期时，帮我建立了好的秩序感，在我心中形成了一种内心定力与行为习惯。

这种内心的秩序感使我在"文化大革命"那种慌乱无序的年代，在"上山下乡"千千万万知识青年被抛向社会底层的无望岁月，我的内心也始终坚定地向往着企盼着能有重新读书、上大学的机会，因为那对我们年轻人来说，是一种有序的生活。这种内心的秩序感使我在人生的每一个阶段——青年时期、中年时期、退休之后，都能够按照人生的规律，按照自己头脑中的计划，按照自己内心的节奏，去安排工作、学习和生活，达到某一确定目标，按照自己的要求去执行并完成计划。

此文说："有序使人安定，无序使人慌乱。""我们生活中充满力量的人，也多是内心秩序感很强的人。""一个人可以控制自己的行为，即可掌控自己的人生，按照自己内心的节奏从容生活。"

此文给我更大的启示还在于，它提出："更大的生命秩序感是在生老病死、风霜雪雨前的一份平静与恬淡。"文中举了杨绛先生的例子。杨绛就是一个把欢乐与悲伤都当成生命里过客的超凡脱俗之人，她只管顺其自然、潜心一志完成自己想做之事。"因为懂得世事无常，所以境遇面前不慌不忙。因为知道人生有序，所以内心始终有节有律"。

"有序的生活，才是生命的大自在。"我向往和追求"有序的生活"，因为有序，生活才能从容，生命才能有意义。这正是

此文给我的启示。

2017 年 9 月 7 日

9月3日参加母校 （原北京师大女附中）百年华诞有感

百年华诞，百感交集。
五十年前，梦从此起。
寻觅书香，长空搏击。
同窗共读，甜蜜回忆。
文革浩劫，梦想破灭。
十六七岁，各奔东西。
社会熔炉，炼就刚毅。
恢复高考，喜逢春雨。
顽强拼搏，继续学习。
职场奋斗，尽心尽力。
退休四载，热情未熄。
同学相见，浓浓情谊。
欢呼雀跃，喜极泪泣。
夕阳尚好，充满希冀。

2017 年 9 月 10 日

做书香女人

做书香女人，一个新颖别致的提法，一个令人遐想、令人神往、令人终生追求和奋斗的理想。

书香女人，要有厚重的内涵、丰富多彩的内心世界，能感人肺腑，动人心弦，沁人心脾。书香女人懂得内外兼修，懂得修养自己，锻造自己；书香女人可以一生保持自我，超越自我，璀璨自我。

书香女人静若清池，动若涟漪，那是天然的质朴与含蓄混合在一起，像水样的柔软，像风样的迷人，像花样的绚丽。她有一种内在的气质，幽雅的谈吐，超凡脱俗的仪态，无需修饰。书香女人即使素面朝天，走在花团簇锦、浓妆艳抹的女人中间，也格外引人注目，是气质，是修养，是浑身上下洋溢的书卷气，使她显得与众不同。

书香女人如诗如书，优秀的女人就是一首动人的诗，就是一部感人的书。看之赏心悦目，引人入胜，爱不释手；读之朗朗上口，余音袅袅，韵味无穷。书香女人柔情似水、风情万种、睿智聪慧、大气坦荡、优雅高贵，一生追求知识的富足、精神的富足、感情的富足和内心世界的富足。书香女人嗜书如命，爱读书，在书香的濡染中，会变得更加芬芳四溢，醇厚耐品，风度迷人，气质非凡，超凡脱俗，卓尔不群。

书香女人不论走到哪里，永远都是一道充满朝气和活力的魅力四射的美丽风景。

2017 年 9 月 16 日

后　记

　　值此《寻觅书香》即将正式出版之际，我感谢我的父亲母亲，是他们给了我生命，给了我聪明和智慧，给了我顽强拼搏、不怕一切艰难困苦的精神和力量。我感谢我的亲人、老师、同学、战友、同事和朋友，是他们鼓励我、陪伴我走过昨天，走在今天，走向明天。

　　在此，我衷心地感谢在这本书的撰写、修改、出版过程中，自始至终给予我大力支持和热情帮助的兵团战友徐寿虎先生。感谢王邦中先生、马志强先生、周佩先生、赵明女士、关慕兰女士、彭安女士和韦金凤女士，以及一切关心和帮助这本书出版的朋友们！

彭抗

2017 年 9 月 20 日

1960 年我和父母姐妹(右二为作者)

1983 年金秋时节我们旅行结婚了

1977 年我和小妹

1965 年少先队四姐妹(左一为作者)

2015 年秋在北大未名湖畔

2016 年在《我们共同走过从前》一书出版时

小院读书

2016 年初春在北大西门

2015 年初春参加十八连战友在京聚会

2015 年在加拿大住所前

2015 年与留学加拿大的孩子们在一起

2015 年在加拿大与儿子合影

退休后参加中国气象局合唱团活动

2017 年春游颐和园

退休后回单位

2017 年夏在国家体育场前

2016 年在太湖鼋头渚游玩